なぞとき

〈捕物〉時代小説傑作選

和田はつ子／梶よう子／浮穴みみ
澤田瞳子／中島 要／宮部みゆき
細谷正充 編

PHP
文芸文庫

○本表紙デザイン＋ロゴ＝川上成夫

なぞとき〈捕物〉時代小説傑作選　目次

五月菓子(さつきがし)

和田はつ子

一

江戸の初夏は風が薫る。

水気を含んだ木々や土の匂いが香り立ち、吹き渡る清々しい風に馴染んで、日々心地よく流れてくる。

過ごしやすいのが五月であった。

この時季、日本橋は木原店にある一膳飯屋塩梅屋では、裏庭にある美濃柿の若葉で包む柿の葉ずしが供される。

「この十日でぐんと葉が大きくなったから、そろそろだわね」

裏庭から戻ってきたおき玖が、店主の季蔵に話しかけた。

看板娘のおき玖は、先代塩梅屋長次郎の忘れ形見で、やや浅黒い肌に、すっと通った鼻と、ぱっちりとした黒目がちの大きな目が、気性の強さと繊細さの両方を物語っている。

「それなら、早速、拵えてみましょう。珍しく鮭の一塩が手に入ったので、今年はこれで拵えてみます」

元武士の季蔵は、今は病に臥している元許嫁瑠璃を案じることが多いせいか、優しい表情にも、一筋の翳りが滲んでいた。

「それじゃ、もう、柿の葉の天麩羅は仕舞いね」

おき玖は残念そうにため息をついた。

春先から新芽をつける柿の双葉は、揚げ物にすると、たとえ、渋柿の葉でも甘くて美味しい。

訪れる青物売りが時折、只で置いて行ってくれる、雪の下や小豆の葉なども天麩羅にして、この柿の葉揚げと一緒に盛り合わせると、客たちに喜ばれるおつな肴になった。

「柿の葉摘みは、柿の葉ずしで打ち止めです」

季蔵がそう応えたのは、先代からの申し送りを守っているためであった。

「たしかにね。あたし、子どもの頃から、ふんわり夏の香りがする、柿の葉ずしが大好きで、暑くなっても柿の葉ずしが食べたいって、駄々をこねたことがあった。柿の葉ずしに使う魚は鯛や鱸、小鰺、ようは何でもいいんだし、臭み消しの生姜だって、この時季は不自由しない、それに、柿の葉なら裏にいっぱいあるでしょって言ったの。そうしたら、おとっつぁん、困った顔で、これはまだ試したことがないが、葉を摘みすぎると、実のつきがよくなくなるんじゃないかって、心配だから、いくら、可愛いおまえの頼みでも聞いてやれないって」

菴摩羅果（マンゴーの実）とも称される熟柿作りのために、先代長次郎はわざわざ美濃柿を取り寄せて裏庭に植えた。

美濃柿は秋になるとたわわに実をつける。その実を摘み取って、離れに置いた木箱の中で、ぼろ布と共にじっくりと寝かせて作られるのが熟柿であった。

ただし、この熟柿、何個か余分に作るだけで、ほとんどが太郎兵衛長屋に住まう年寄りたちに配られる。それだけに幻の水菓子として評判が立ち、市中の食通たちの垂涎の的であった。

「それに、おとっつぁん、毎年、柿の実を当てにしているのは、熟柿を作る自分や、首を長くして待ってる太郎兵衛長屋の人たちだけじゃないって」

枝に残った柿の実は、冬を越す鳥たちのためにそのままにしておく。

「秋の実につながる柿の葉、無駄にしないように、あたしが数えて摘んでくるわ。毎年、二百枚よね。季蔵さんは料理を始めてて――」

その姿を見送った季蔵は、早速、一塩の鮭を俎板の上に据えた。

まずは三枚に下ろして、皮をひくと酢に漬けた。

――例年、下総から鮭が届くのは、もう少しあとだ。まさに、時知らずの鮭だ。冬の寒い時季の塩引きとは、違う味わいだ――

「こいつの決め手はこれだよね」

しばらくして外から戻ってきた三吉が、酢に漬かっていた針生姜を、固く絞って小皿に盛り上げた。

見習いの三吉は、年端もいかないうちから、天秤棒を担いで納豆を売り歩くなどして苦労を重ねていたが、縁あって、今は塩梅屋で修業中である。

「よく、ここで針生姜の出番だとわかったな」

季蔵は三吉にも微笑みを浮かべた。

「去年の柿の葉ずしの魚は小鰺だったけど、そん時、おいら、うんざりするほど酢漬けの針生姜を作らされたから。それに、そろそろ柿の葉ずしを拵える頃だろ。さっき、季蔵さんが一塩した鮭を前にしているのを見て、ひょっとして、今年の柿の葉ずしには、鮭を使うつもりかなって思ってたんだ。珍しいから、楽しみにしてたんだ」

ややや自慢げに言った三吉は、季蔵の包丁捌きに見惚れた。

「それにしても薄い、薄い。塩引きと違って脂が多いのに。すごいね。季蔵さん」

「鮭は薄く切らないと、たとえどんなに沢山、生姜を使っても、臭みが抑えられない」

「なーるほど。ってえことは、酢漬けの鮭をここまで薄く切れないと、鮭を使った柿の葉ずしは作れないってことだよね」

「そうだ」

「おいら、まだまだなんだな」

情けなさそうな顔になった三吉に、

「薄焼き卵を四角く焼いてくれ」

季蔵は命じた。

柿の葉ずしのタネは二種で、魚のほかに卵のも作る。

「合点、承知」

打って変わってうれしそうな表情になった三吉は、季蔵に言われて買い求めてきた卵が入った籠を取り上げた。

「おいら、薄焼き卵は得意なんだ」

塩梅屋の薄焼き卵は、卵一個について酒と砂糖が各々小さじ一杯ずつ、塩と醤油で調味して鉄製の四角い卵焼器で仕上げる。

次々に仕上げていって、

「薄焼き卵一枚を十枚に切るんだったよね。たしか、卵十個で百個の柿の葉ずしができるんだよね」

季蔵に念を押した。

「その通りだ」

柿の葉をきっかり二百枚摘んできたおき玖は、ぬらした布巾（ふきん）でせっせと艶々（つやつや）した柿の葉を拭（ふ）きあげている。

「おいら、すし桶（おけ）取ってくる」

薄焼き卵百枚を仕上げた三吉は、離れの納戸（なんど）にすし桶を取りに行った。

合わせ酢を混ぜ、団扇（うちわ）で煽（あお）いで十分に冷ましたすし飯（めし）で、いよいよ、すしが握られることになった。

ご飯の量は握って小指の大きさほどになるくらいでなければならない。

「女の人のおちょぼ口でも一口でぱくりじゃなきゃ、駄目なんだって、おとっつぁん、言ってたわ」

「おいらは屋台で売ってるみたいな、大きくて食いごたえがある方がいいな」

「それじゃ、せっかくの柿の葉ずしの風情（ふぜい）が台無しじゃないの」

叱るように言ったおき玖は慣れた手つきで、小指ほどのにぎりを作ると、柿の葉の表側にのせその上に少量の針生姜と鮭の切り身をのせ、くるっと一巻きした。

「これが赤く色づいた秋の柿の葉だと、それはそれは綺麗。あたし、一度だけ、おとっつぁんにせがんで作ってもらったことあるのよ」

おき玖はしんみりと呟いた。

「おいらは薄焼きの方を」

三吉は意外に器用ににぎると、薄焼き卵をのせて、柿の葉に手を伸ばした。卵のタネに針生姜はのせない。

柿の葉の表が外側になるように、葉の裏側に、にぎりと卵をのせて巻いていく。こうして巻き上がるにぎりは、すし桶のはしから隙間ができないように詰め込まれていく。すし桶が二百個のにぎりで埋まったところで、木の押し蓋が落とされて重石が置かれる。

このまま半日ほど押すと、柿の葉ずしが出来上がる。

夕刻、先に訪れていた大工の辰吉は、履物屋の隠居喜平が暖簾を潜るのを待って、

「勝ったぜ、ご隠居」

ぐいと拳を突き出して見せた。

この二人は先代長次郎の頃から塩梅屋の常連客である。もう一人の一番若い勝二は、婿に入った先の指物師の義父が病死して以来、必死で仕事に精を出しているのだろう、塩梅屋へは足を向けなくなっていた。

「俺とご隠居で、いつ、柿の葉ずしが出てくるかで賭けをしてたんだよ。ご隠居は端午の節句を過ぎてからと言ったが、俺は五月に入ったらすぐと――。勝った、勝った」

「賭けなんぞくだらん」

食い道楽を自認している喜平は、上機嫌の辰吉を無視して、

「それにしても、今年は何とも、柿の葉の照りがいいじゃないか」

置かれているすし桶に目を凝らした。

「今年は一塩の鮭を使ったので」

鮭の脂を吸って葉が艶やかに輝くのである。

「なるほどな」

「どうぞ、召し上がってください」

喜平と辰吉は同時に箸を手にした。

二

「これは――」

　辰吉の目が瞠られて、

「ん」

　喜平は喉の奥から感嘆の声を出した。

「去年の小鯵とは違う」

　首をかしげた辰吉を、

「当たり前じゃないか、今年は鮭なんだから」

　喜平がじろりと睨み付けた。

「小鯵や鯛は淡泊なので、柿の葉と針生姜の匂いが際立つのです」

　季蔵が説明した。

「鮭の濃い旨味が針生姜、何より柿の葉と相俟って、飯にほどよくしみてる。上等の酒みてえなすしもあるもんだ。卵をのせただけのにぎりだって、去年のとは違う。ほのかに鮭の旨味が移ってて甘い。俺は、ついつい、五つになるまで吸って放さなかった、おっかあの柔らかな乳首を思い出すなあ」

辰吉が呟くと、

「おまえも根は助平なんだ」

喜平が茶化した。

「そんなこたあねえよ」

辰吉はいきり立って見せたがその目は笑っている。

そもそもこの二人、酒が入ると、口だけだとはいえ、大喧嘩になるのが常で、辰吉の他愛ない軽口が引き金になる。

辰吉の恋女房おちえを、食べ物同様、女にも一家言あると自負している喜平が、〝女ではない、褞袍だ〟と評して以来だったが、たいていは勝二の仲裁で殴り合いにまでは及ばなかった。

たいして根が深く無い証に、酒から醒めると辰吉はけろりとしてしまい、喜平が質の悪い風邪を引いて生死の間をさまよった時は、どれだけ案じたかしれなかった。

ようは二人の喧嘩は、酒席でのご愛嬌なのであった。

「ま、あんたは女房のおちえさん命だからね」

喜平は琴線に触れたかのようだったが、

「そうだよ。だから、俺も好いた女房には助平になるさ」

辰吉はさらりと躱した。

仲裁役の勝二が一緒でなくなってからというもの、張り合いがないのか、ここらへんでチョンと柝が入る。

「わしもな、今でも、死んだばあさんの裸を夢で見る。もちろん、皺のなかった若い身体で、観音様のように綺麗だ」

喜平が相好を崩すと、

「お互い、想う相手がいて幸せだよな」

辰吉は頷いた。

——いい話だ——

季蔵は心の中がほのぼのと温かくなった。

——わたしにも瑠璃がいてくれる——

助平話がここで落着すると、

「お大尽ほど不幸せなのが端午だからな」

喜平は世間話に転じた。

このところ、塩梅屋での二人は市中のさまざまな出来事を、噂話も含めて話してくれる。

喧嘩の代わりが世間話で、塩梅屋の柿の葉ずしに関わる賭けもこの一端であった。

「盛り上がらねえのはつまんねえだろ」

「わしは陰気な酒は嫌いでな」

「ところで、端午になぜお大尽が不幸せなのでしょう?」

季蔵は尋ねた。

「そりゃあ、もう、豪勢に端午の節句を祝いたいからさ」

喜平はここぞとばかりに乗ってきた。

「跡継ぎのことね」

おき玖も加勢する。

市中の端午の節句は、男児の成長を祈願して、出世魚とも言われる鯉の幟を立てる。

そのほかに、家族が菖蒲を軒下に吊るして邪気による病を払い、菖蒲湯に浸かって菖蒲酒を傾けるだけではなく、菖蒲刀と呼ばれる木製の刀や甲冑をもとめて、男児に身につけさせる習わしがあった。

「〝鯉までも尻のすわった初幟〟」

喜平が一句ひねった。

「この鯉って、はじめて男の子を産んだお妾さんやご新造さんのことよね」

「〝男児を産んだ妾は外へ立て〟」

喜平は続ける。

「男の子、男の子って、お武家じゃないんだから。どっちでもいいじゃない。子どもは可愛いものよ」

おき玖の言葉に座がしんとした。

「ところで大伝馬町の呉服・太物問屋京極屋の妾おいとは産み月を過ぎてる。端午の節句前に生まれれば、おいとは鯉のように尻が据わりつつ、お内儀さんは、すでに、跡継ぎを産んでいるが、生まれた子が男の子なら、初幟は外に立てることになるのかなあ」

「ご隠居、おいとはいい女なんだろう？」

辰吉は言い当てようとしたが、

「いや。おいとは、色こそ白いがそばかすが目立って、年齢より老けて見える、地味な印象の女だ。元は京極屋の奉公人だよ。浪人だった亭主と、生まれたばかりの子どもを流行病で亡くした後、京極屋に乳母として雇われた。お内儀が跡継ぎの弥太郎を産んだばかりだったのさ。お内儀は降るほどの縁談を断るのに、親たちが四苦八苦したというほどの器量好しなんだが、身体がそれほど丈夫じゃなく、乳の出も悪かったんだ。おいとは弥太郎を自分の乳で育てたんだ。武家の出だというおいとの奉公ぶりは、忠義そのもので、主夫婦もたいそう気にいってたって話だ。乳離れしてからも、京極屋が暇を出さなかったのは、弥太郎が、たいそうおいとになついていたからなんだと。そこで、弟か妹がほしいとせがむ弥太郎に、主の迪太郎が心を動かされた。跡継ぎが一人では心許ないこともあり、迪太郎はおいとならと、お内儀の許しを得て、去年の秋、おいとを妾にして、京橋筋の柳町に囲った。望んだ通り、おいとはすぐに腹に子を宿したんだ」

「それなら、何も、世間はうるさく言うこともないでしょうに――」

おき玖はじりっと目尻を上げ、喜平はうんうんと頷きつつ、

「けれど、相手が老舗でお大尽の京極屋だからね。人の不幸は蜜の味とも言うだろう。酷にも世間は、鵜の目鷹の目でこの成り行きを見守っているのさ、気の毒なのはおいとだ」

少しばかりの同情を示した。

「そういや、京極屋のことを長屋の女たちが、井戸端で噂してたのを、おちえが小耳に挟んできた。〝お内儀の胸焼け妾の柏餅〟ってえ、川柳が流行ってて、京極屋の端午の節句のことだそうだ」

辰吉が思い出し、

「わかってたこととはいえ、いざ、そうなってみると、お内儀さんも辛いでしょうね。おいとさんもお内儀さんも可哀想」

おき玖は目を潤ませた。

五ツ半（午後九時ごろ）が過ぎた頃、

「そろそろ、仕舞いだろう」

喜平が立ち上がったところで、

「ごめんなさいよ」

女の声がして、がらりと勢いよく油障子が開いた。

「暖簾がまだ出てたんで、寄らしてもらえないかと思って――」

入ってきたのは芸者姿とはいえ、明らかに二十歳前の若い女であった。

白粉で塗り込められているせいで、顔こそ白かったが、弾むように若々しいだけではなく、きりっと引き締まった目元、口元に、妖艶(ようえん)さに同居した理知の輝きが見てとれた。

――何って、綺麗な女(ひと)なんだろう――

おき玖は思わず見惚れた。

喜平や辰吉の顔も驚嘆と、男ならではの本能的な内なる喜びで溢(あふ)れている。喜平は頬(ほお)を紅潮させ、辰吉はごくりと唾(つば)を飲み込んだ。

女は提灯(ちょうちん)の火を吹き消すと、

「何か食べさせておくれよ」

やや蓮(はす)っ葉(ぱ)な物言いをした。

「あるものでよろしければ――」

季蔵だけは、誰に対しても変わることのない微笑(わら)いを向けて、残っていた柿の葉ずしを皿に取って、その女の前に置いた。

女は前には勝二が陣取っていた床几(しょうぎ)に軽く腰を下ろした。

おき玖が茶を淹(い)れると、

「駄目、お酒」

鋭い声を上げて、

「はい、ただ今」

酒が運ばれてくると、手酌でぐいぐいと飲みつつ、ぱくぱくと柿の葉ずしを食べ、帯の上をぽんと叩いて、

「ああ、美味しかった、ありがと」

季蔵にだけではなく、辰吉や喜平、おき玖、井戸端で皿を洗って戻ってきた三吉にまで、にっこり、にっこり笑いかける。

「あたしは芸者、名はさと香っていうのよ」

さと香は微笑み続けている。

「こんな爺にまで、笑ってくれるのはうれしいが、姐さん、いや、さと香さん、飲み過ぎだよ」

とうとう喜平が苦言を呈した。

「これほど酔っちゃ、帰りの夜道が危ねえ。あんたの住まいまで送ってくぜ」

辰吉は神妙な面持ちでさと香を見つめた。

「みんな綺麗なさと香さんに、何かあったらって、案じてるんだよ。おいらも辰吉さんと一緒に送ってってもいいよ」

三吉は眩しそうにさと香を見た。

「いいの、いいの、置屋のおかあさんのところは葭町ですぐ近くだから。大丈夫、大丈夫」

そう言って、床几から立ち上がったものの、さと香は一歩踏み出して、ぐらっとよろけ、

「まあ、大変」

おき玖が抱き止めて小上がりに横にならせた。

すでに前後不覚に酔い潰れていたが、ふうふう、くうくうと鳴るその寝息もまた愛らしかった。

「今夜はここに寝かせておきましょう」

おき玖が階上に夜着を取りに行った。

三

翌朝、季蔵が通ってきた頃にはもう、さと香の姿は小上がりに無かった。

「これ――」

おき玖は、几帳面に畳まれている夜着の上の懐紙を季蔵に差し出した。

それには、〝お世話をおかけしました。お代は後ほど必ず払いに伺います。哲美〟とだけ書かれている。

「いつものように一番鶏の鳴く声を聞いて、下りてきてみたら、いなくなってたの。それにしても、力のある立派な字。手習所の席書でご褒美が貰えそうだわ」

おき玖は感心して、文字に見入った。

席書というのは、毎年、手習所が四月と八月に行う品評会で、子どもたちの習字の上達が競われる。

「哲美は、芸者さんになる前の名なんでしょうね」

季蔵は書かれた名が気になった。

――哲美――もしかして、武家の出かもしれない――

明日にでも、とは書いていなかったさと香は、それから二日が過ぎてやっと姿を見せた。

「すみませーん」

やや高めの美声が響いて、

「ほんとにすみません。あたし最近、半玉（芸者見習い）から一本立ちして、芸者になったばかりなんです」

恥ずかしげにぺこりと頭を下げた。

「置屋のおかあさんに叱られたでしょ。大丈夫だった？　朝ご飯でも食べていってくれればよかったのに――」

おき玖はやんちゃな妹を案じる姉の目になった。

「あのう、まずはお代を――」

さと香は払いを済ませると、

「そして、これはお世話になったお礼」

風呂敷の包みを解いて、中身をおき玖に渡した。

「まあ、松風堂の柏餅と粽」

おき玖は目を瞠った。

柏餅や粽も柿の葉ずし同様、新緑の移り香を楽しむことができる、この時季ならではの逸品であった。

「明日が端午の節句ですから」

「それにしても、松風堂のを持ってきてくれるなんて――。ずいぶんと並んだんでしょ？」

「ええ、でも、まあ、ついででしたし――」

　さと香は浅く頷いて、

「粽は松風堂のでないと美味しくありませんから」

　白酒は、毎年、雛祭りが近づくと、神田鎌倉河岸にある豊島屋に行列ができるが、端午の節句となると、開府以来の老舗である麴町三丁目の松風堂の前に大行列ができる。

「どうか、召し上がってください」

　さと香は笑顔で勧めた。

「柏餅、美味そう」

　お菓子好きの三吉がごくりと喉を鳴らした。

「それではいただきましょうか。お茶を淹れてくるわ」

　おき玖は支度に立った。

「粽なんて美味いのかな」

　三吉の目は柏餅から粽に移った。

　新しい芽が出るまで古い葉を落とさない柏の葉は、子孫繁栄の縁起物とされ、柏餅は江戸ならではの端午菓子である。

　一方の粽は中国から端午の節句が伝来した時に伝えられたもので、伝統を重んじる上方（かみがた）では粽が伝承されてきていた。

江戸の人たちに粽はあまり馴染みのないものだったのである。

「けれど、ここの粽だけは美味しいのよ」

さと香は、だけはという言葉に力を込めた。

「それでは粽の方からいただきます」

季蔵は粽に手を伸ばした。

粽は上新粉（じょうしんこ）をぬるま湯でこねて餅状にしたタネを、片端が尖（とが）った粽の形に整え、笹（ささ）の葉で巻いて、たこ糸で留め付け、蒸して作られる。

たこ糸をほどいて、粽の中身を口にした季蔵は、

「しっとりした舌触りと、笹の葉の匂い、上品な甘みが素晴らしい」

思わず目を細めた。

松風堂の粽は、上質な上新粉に和三盆（わさんぼん）の甘みを加え、笹の葉も清流近くに繁（しげ）る、匂いのいいものが選ばれていた。

「柏餅を食べる前に食べてみろ」

季蔵は三吉に勧めた。

「でも、やっぱり、おいらは柏餅の方が――」

三吉が尻込みすると、

「それじゃ、あたしがお先に」

味わったおき玖は、

「美味しい。何って上品な味なんでしょ。評判はほんとだったのね」

「それなら、おいらも――」

倣った三吉は、

「美味しいけど、やっぱ、ちょい、物足りないかな」

続けて柏餅に手を出した。

柏餅は上新粉を湯で練って、扁平な円形の餅にして、餡か、砂糖入りの味噌餡をのせて二つに折り、蒸籠で蒸し上げて作る。餡は柏の葉の表を見せるように包み、味噌餡は裏を表にして包むのが松風堂流である。

「馴染み深いものは、やっぱり、美味しいわね」

釣られておき玖も柏餅をほおばり、ほうっと一つため息をついた。

松風堂の柏餅は、餡と味噌餡は洗練されていてさすがのものだったが、これだけでは、ほかの菓子屋のものより抜きん出ているとは言いがたかった。

「粽に格別な思い入れがおありなのでは？」

季蔵は黙々と粽だけを食べているさと香に話しかけた。

「松風堂の粽は父上の好物です。実家は祖父の代から浪人暮らしなんですけど、西国の主家のしきたりにならって、実家では、ずっと端午菓子は粽だけでした」

――やはり、武家の娘さんだった――

「尤も、あたしは、隠れて、餡やお味噌が美味しい柏餅も食べてました」

さと香はふふっと笑った。

「西国の武家が粽に拘る話は、ちらっと耳にしたことがあります。くわしくご存じでしたら教えてください」

季蔵の主家であった鷲尾家は大身の直参旗本なので、端午菓子は柏餅と決まっていて、毎年、仕える者たちの妻女が、我先にと、主家へ手作りの柏餅を届けるのが常であった。

――今年も母上は、腕によりをかけて、得意の小豆餡を作ったことだろう。母上の小豆餡はこしもつぶも逸品で、当時の奥方様からお褒めをいただいていたものだ。今は、姑となった母に作り方を教わった義妹が、精を出しているのかもしれないが――

今は、御槍方という武具の保管営繕をつとめる季蔵の生家堀田家では、出奔した季蔵は病死と届け、薬種問屋良効堂の主の妹と結ばれた弟、成之助が家を継いでいる。

普段、季蔵は、町人、塩梅屋の主になりきったつもりでいる。

だが、武家と関わりのあるものに出くわすと、過去へと気持ちが引き戻され、なつかしくも悲しく、どうしても心が波立つのを禁じ得なかった。

――さと香さんも同じなのではないか？――

「端午の節句の起こりは、古く、楚の政を批判した詩人の屈原が、諫めても聞く耳を持たない主に絶望して、川に身を投げて自害した史実に関わっていると、父上から聞きました。これが五月五日、端午の節句の日で、その死を悼んだ里人が、毎年、命日に竹筒に米を入れて川に投げ込み供養していたところ、こうした供物が魔物の龍に横取りされていると、屈原の霊が現れて訴えたのだそうです。厄除けにせんだんの葉で包んで、五色の糸で巻き上げてほしいと頼んだという話でした」

「屈原の霊に従って作られるようになったのが、粽の始まりだというわけですね」

「汚れを払う供物だった粽が、いつしか、西国の武家の端午の節句に欠かせなくなったのは、病魔などの汚れを払い、男児の健やかな成長を願って、お家を守る旗印になったからだと、父上は言いました。死をもって主を諫めようとした、屈原の毅然とした生き様も、武家には共感できる志ではなかったのかと――」

「お父上は学問に深いですね」

「父上は新材木町の長屋の近くに小さな仕舞屋を借りて手習所を開いています」

「それであんなに字が上手なのね」

おき玖の目が頷いた。

「何しろ、父上は厳しくて、子どもの頃は泣くと叱られたのですが、それでも、涙が落ちてきて、夜通し、書かせられたこともありました」

「さと香さん、芸者になったのは、おとっつぁんが嫌だったから？」

おき玖はずばりと訊いた。

「その通り」

神妙だったさと香の顔が笑みで割れて、ははというやや投げやりに乾いた笑い声が立った。

「父上はあたしを手習所の女師匠にしようとしてたんです。でも、あたしは学問なんかよりも、三味線や長唄、踊りなんかの華やかなものを習いたかった。もちろん、父上は大反対、そんな習い事はさせちゃくれない――。それで、女友達についていって、後ろに控えてて、こっそり盗み見て覚えてたんです。でも、それが見つかっちゃって、謝って逃げようとしたら、いいから、やってみなさいって、いきなり、三味線を渡されて――。その時、居合わせてたのが、今の置屋のおかあさんで、〝あんた、見て覚えたにしてはなかなかだよ、見所があるから、うちに来て、芸者になったらいいよ〟って誘ってくれたんです。それで今のあたしが、こうして、ここに――」

さと香は片手を胸に当てて、今度は満足そうににっこりと微笑んだ。

「両親がいなくて、食うや食わずの身の上ならいざ知らず、どうして、そう簡単にかたぎじゃない道を選んだの？　おとっつぁん、さぞかし、嘆いたでしょう？」

おき玖は知らずと眉を寄せていた。

四

「ですから、勘当ですよ、勘当。おかあさんのところに出て行く時、縁切りの文を渡されてからは、会ってもくれません。だから、あたしはもう、糸の切れた凧みたいに気楽なもんです。こうやって、ふらーり、ふらーりって」

さと香は紬の普段着の短い両袖を、勢いよく前後に振って見せた。

「それでも、お父上の好物をもとめて届けずにはいられない――」

季蔵の言葉に、

「あたし、そんなことしてません」

さと香は首を横に振った。

「さっき、ついでに並んだと言いましたよ」

「それはそうだけど――」

「置屋の皆さんの分だとしたら、あなたではなく、小女が並ぶはずです」

「してないったら、してません。あらあら、あたし、少し長居をしすぎたみたい」

さと香はくるりと背中を見せると、

「ありがとうございました」

重ねて礼を言って出て行った。

ほとんど入れ違いに、

「邪魔するよ」

岡っ引きの松次の声がした。

北町奉行所定町廻り同心の田端宗太郎も一緒である。長身痩軀の田端と、肉付きのいい四角い顔と金壺眼に愛嬌がある短軀の松次が並んで床几に腰を下ろした。

おき玖が素早く、田端の前に冷や酒を満たした湯呑みを置く。

「お茶代わりでございます」

左党の田端はよほどの気まぐれを起こさない限り、飯や肴には手を出さず、昼間から茶を啜るように酒を呷る。

「親分はどうされます？」

おき玖に聞かれた松次の目は、松風堂の包み紙と箱の中の柏餅に注がれていて、

「今日はいつもの甘酒は止しにして、あの柏餅と茶をもらおうか」

下戸の甘党ぶりを発揮した。

田端は変わらず、うんともすんとも洩らさずに酒を飲み続け、松次は小豆餡と味噌餡と試した後、

「小豆餡や味噌餡はどうということもないが、餅の舌触りと風味がいい。さすが、名高い松風堂だ。あそこは粽も美味いそうだが――」

上目使いで季蔵を見た。

すでに粽は食べ尽くしてしまっている。

――何と応えたものか――

思わず目を伏せた季蔵に代わって、

「親分、これはいただきものなんです。あたしも、是非一度、評判の粽を食べてみたかったんだけど、残念ながら、包みに粽は入ってなかったんですよ」

おき玖が言い繕って、

「それにしても、お二人とも、お顔の色が優れませんね。お役目、お疲れなのでしょ」

と話をかえた。

「よほどのことがありましたか？」

季蔵は目を上げた。

――今日の田端様や松次親分の顔は、疲れているというよりも、たまらない気持ちをどうにか、持ちこたえているように見える――

「旦那――」

松次に話していいかと訊かれた田端は、

「ん」

短く応えて許した。

「実はね、今、さっき、京極屋の妾おいとをお縄にしたところなんだよ」

「あの忠義者だっていうおいとさんを？」

「いったい、何の咎(とが)でです?」

おき玖と季蔵は目を見合わせた。

端午の節句と関わって、市中で囁(ささや)かれている京極屋の妻妾話(さいしょうばなし)は、喜平たちから聞いたばかりであった。

「跡継ぎの弥太郎殺しだ」

柏餅を残さず平らげてしまった松次が、甘酒を催促すると、

「はい、ただ今」

おき玖が急いで用意した湯呑みの甘酒を、松次はごくごくと音を立てて飲みきった。

「もう、一杯」

「はいはい」

この間、田端は沈黙のまま、冷や酒を飲み続けていて、こちらのお代わりは季蔵が引き受けた。

「おいとさんにとって、乳をやった弥太郎さんは我が子みたいなもんでしょう? いくら、自分の子がお腹(なか)に出来たからって、そんな酷(ひど)いことができるなんて、あたし、とても信じられないわ」

おき玖は二人にならって、酒か甘酒を飲みたかったが堪え、代わりに、柄杓で水を飲み干した。

「女の中には腹に子ができると、普通じゃなくなる奴もいるにはいるらしい。前に気の病にくわしい医者から聞いたことがある――」

松次が呟いてため息をついた。

「お縄を掛けたのは、逃れられぬ、これという証があってのことで？」

季蔵は田端に訊いた。

「うむ」

頷いた田端は、

「おいとは毎年、端午の節句が近づくと、弥太郎のために柏餅を拵えてきたという。幼い頃から食べ慣れたこの柏餅でないと、弥太郎は口にせず、そのため、おいとは妾になってお店を離れても、柏餅を作って届けた。弥太郎はこの柏餅を食べた後、苦しみ出して息絶えた」

淡々と過不足なく事の次第を話した。

「その柏餅が毒入りだっていうんですね」

おき玖は念押しして、

「毒の証があったんですね」

畳みかけた。

その剣幕に押された田端は、

「ただし、おいとが届けた残りの柏餅から毒は出ていない。とはいえ、弥太郎が口にしたのは味噌餡だった。弥太郎はおいとの柏餅の中でも、味噌餡がことのほか好物で、いの一番に手を出した」

「すると、お上は、おいとさんは弥太郎さんの好物を知っていて、味噌餡だけに毒を入れたというのですね」

「まあ、そうだ」

「でも、弥太郎さんの味噌餡好きを知っていたのは、おいとさんだけではないはずです。主夫婦はもちろん奉公人に至るまで店の者は、皆知っているでしょう」

「たしかにな」

田端は珍しく、額に吹き出た汗を手の甲で拭った。

「おいとが世話になった人たちを詮議するのは止めてくれ、自分をお縄にしてくれと、俺たちに泣いてすがったのよ」

松次が口を挟むと、

「ええっ？　おいとさん、お腹に自分の子がいるっていうのに、弥太郎さん殺しを認めたっていうの？」

　おき玖は目を吊り上げた。

「〝主の跡継ぎ殺しでお縄になったら、間違いなく獄門だぞ〟と俺は止めたんだが、〝お寂しい坊ちゃんに弟か妹を作ってさしあげたい一心で、旦那様のお世話になった身です。肝心（かんじん）の坊ちゃんがこうなっては、この世に何の未練もありません〟ってね。〝お腹の子もきっと、聞き分けてくれると思います〟ってね。だが、弥太郎に毒を盛ったことだけは、断じて認めてねえ」

「そうなると——」

　おき玖の目が恐怖で見開かれた。

「何せ、死んだのが主の倅（せがれ）だ。知らぬ存ぜぬを通すと、女とはいえ、最後は重い責め詮議になるかもしれない。そうすれば、身重（みおも）のおいとは命が持つまい」

　松次はたまらないという表情でふーっと息を吐き出し、

「世には、何とも、救いのない成り行きがある」

　田端は空になった湯呑みを逆さにして振った。

　二人が浮かない様子で帰って行き、しばらく経（た）つと、

「ご免」

油障子を引く武藤多聞の声がした。

武藤多聞は塩梅屋が熟柿を届ける太郎兵衛長屋の新入りで、臨月の妻を抱えた浪人者である。

飯炊き、薪割り、掃除、草刈り等の雑用を主に、よろず商いで暮らしを立てている。

塩梅屋でも、毎月七の付く日に働いている。

「こんにちは」

季蔵は七の付く日でもないのに武藤が訪ねてきてくれたのがうれしかった。

おいとの死んだ夫も、さと香の手習いの師匠をしている父親も浪人であるというが、親近感を持つまでには至らない。

だが、この武藤に限っては、くわしい過去は語らないものの、浪人になってから、まだ日は浅い様子で、無類の料理好きである。

その上、自分に似た、一抹の寂寞がそこはかとなく感じられる。

「何かありましたか？」

季蔵は思い詰めている表情の武藤を促した。

五

「実はそれがし、柳町の柳稲荷裏にある呉服・太物問屋の妾宅で、庭掃除等の家事手伝いに雇われておる」

　ぽつぽつと武藤は話し始めた。

「もしかして、その呉服・太物問屋の名は京極屋さんでは？」

　柳稲荷裏は別名お妾横町と呼ばれているが、そこに妾宅を持っている呉服・太物問屋は京極屋だけであった。

「そうだが――」

　言い当てられて武藤は困惑した。

　季蔵は、おいとの届けた柏餅を食べて弥太郎が毒死したことは知っていると言い、

「まさか、武藤さん、また巻き添えになっているのではないでしょうね」

と、続けた。

　以前、武藤は雇い主に命じられるまま、岡っ引きに化けさせられ、危うく雇い主

殺しの下手人(げしゅにん)にされそうになったことがあった。

「そうではないが」

武藤は困惑した顔を見せた。

「それがしは、いと殿が得意の柏餅を作るのを手伝った。本宅への重箱詰めも任された。断じて、いと殿は味噌餡の柏餅に毒など入れてはおらぬ。それがしの妻にと渡された柏餅はどれも、松風堂を凌(しの)ぐに違いないと思われるほど美味かった。いと殿に咎はない。できれば、この事実をお上に言上(ごんじょう)したいと思っている。何より、日々、仕えていてわかったのは、控えめであるだけではなく、万物に慈(いつく)しみの深いいと殿が、妾の鑑(かがみ)だということだった。人の世にこれほど美しい魂はあろうかと、いたく感心させられた。いと殿の命とその命をつなぐ子どもを絶やせば、きっと、この市中に、神仏の祟(たた)りが降りかかるに違いない」

武藤の表情が憤怒(ふんぬ)で歪(ゆが)んだ。

「しかし、そんなことをなさっては、十中八九、武藤さんまでが下手人にされてしまいます。二人で弥太郎さんを亡き者にしようと図ったと――」

「人となりを褒めれば褒めるほど、武藤さんとおいとさんの仲が疑われるに決まってる」

おき玖が口を挟んだ。

「であろうな。しかし、このままでは、いと殿を下手人として死なせてしまうことになる。あのような身体の女子に、あまりにも酷い災難ではないか？」

武藤は産み月の近い妻においとの身の上を重ねたのか、太い眉を寄せていた。

「何とかして、いと殿の無実を証したい。その前に、いと殿の身も案じられる。それがしは、何とかして、いと殿を助けたいのだ。頼みは季蔵殿、おぬしだけだ」

「そうでしたか――」

季蔵は内心、やはりうれしかった。

「いと殿が、縄を打たれて家から引き出されるのを、それがしは庭の五葉松の陰から見送った。その折、岡っ引きが、〝なにやら、気が滅入りますね。こんな時は塩梅屋へ寄るに限りますよ、旦那〟と、痩せて背の高い町方役人に話し、役人が頷くのを見た。それでその岡っ引きと役人がおぬしと知り合いだとわかった。いと殿は三四の番屋に連れて行かれたに相違ない。あそこは泣く子も黙る大番屋と聞く。いと殿に無体なことをしないように頼んではもらえまいか」

「たしかにお二人はここへよくお寄りにはなります。けれども、それは定町廻りというお役目ゆえです。わたしはただの一膳飯屋の主にすぎず、お二人に私事を頼むことのできる立場にはないのです。申しわけございません」

季蔵は頭を垂れたが、

——京極屋さんの主夫婦が動けば、出来ぬことではないかもしれない——

肩を落として武藤が帰って行くと、急ぎ、北町奉行の烏谷椋十郎に以下の文をしたためた。

——京極屋弥太郎毒死の件、すでに、お聞き及びのことと存じます。当方、お縄になったおいとの嫌疑に不審な点ありと判じます。ひいては、京極屋への詮議をお許し願う次第です——

季蔵が先代の長次郎から受け継いだのは、塩梅屋だけではなかった。長次郎は烏谷椋十郎の命に従って、密かに市中の事件を詮議したり、御定法では裁けぬ悪党たちを成敗している隠れ者だったのである。

この事実は娘のおき玖も知り得ないことで、見方を変えれば、塩梅屋の主とは血なまぐさい裏の顔の恰好な隠れ蓑であった。

季蔵が不可思議な翳りを漂わせているのは、許嫁の瑠璃が心を病むきっかけとなった、元武士の過去以外にも理由があったのである。

季蔵は文を使いの者に託すと、

「端午の節句が過ぎたところで、麩の焼きを拵えてみようと思います。新しい粉がほしいので粉屋へ行ってきます」

おき玖に言い置いて、店を出た。

塩梅屋では先代の頃から、端午の節句が終わると、麩の焼きを作って、客に土産に持たせる。

水で溶いた小麦粉を薄く薄く焼いて、味噌と砕いた胡桃、けしの実、白砂糖を混ぜた、胡桃味噌餡を敷き込んで、くるりと巻き上げたのが麩の焼きであった。

これは酒の肴にもなる。

「柏餅も粽も米の粉だから、ここいらで、小麦粉も少しは使ってやらねえと、小麦の神様がへそを曲げちまうだろうからな」

長次郎はもっともらしいことを言っていたが、

「あの世のおとっつぁん、待ちかねてるかもしれないわね。よろしくお願いします」

実は長次郎が無類の胡桃味噌餡好きで、味噌餡の柏餅が物足りなかっただけのことであった。

「市中は柏餅、上方は粽、あっちもこっちも、猫も杓子も、柏餅や粽ばかり幅を利かせてちゃあ、面白かねえだろうが——」

季蔵の足は京極屋のある大伝馬町へと向かった。

跡継ぎが急死したとあって、京極屋は店を開けていない。道行く人たちが立ち止まって、ひそひそと話している。

「とうとう、起きちまったわね」

「いつかとは思ったんだが」

「魔がさしたんでしょうけど」

「女は怖いねえ」

「それを言うなら、我が子可愛さの女は、でしょう? あたしなら、身二つになってからにするのにね」

「ますます怖い」

季蔵は勝手口へと回った。

「ご免ください」

塩梅屋の主とは名乗らずに、お上のお手先だと、竈で鍋をかき回している賄い方

の一人に告げ、奥から駆けつけてきた番頭を、

「是非、すぐに旦那様にお目にかかりたいのです」

　固い表情を崩さずにじっと見据えて、

「先ほどお手先と申しましたが、どなたに仕えているかについては、お名を申し上げること、憚らせていただきます」

　頭は下げなかった。

「い、今、大番頭さんに取り次ぎます」

　代わって出てきた白髪頭の大番頭は、これ以上はないという憔悴しきった顔で、

「どうぞ、こちらへ。旦那様とお内儀さんがお待ちです」

　長い廊下を歩かされて、季蔵は客間に招き入れられた。


　主夫婦と向かい合って座る。

　一見、二人は大番頭ほど窶れては見えなかった。

「北町奉行烏谷椋十郎様からの使いの者です」

　と名乗ると、

「これはこれは、お役目、ご苦労様でございます」

主の迪太郎は人の好さそうな童顔を、無理やり、ほころばせて、深々と頭を下げ、

「お奉行様からの有り難いお使いの方とあっては、そのうち倅にもお会いいただかないと――。折悪しく、腹痛で医者に行っておりますが、しばらくしたら、必ず、戻りますゆえ」

お内儀の加代も微笑んだ。

唖然とした季蔵に迪太郎が目配せした。

――この人はまだ、息子の死が実感できていないのだ――

「加代、ここはわたしがお相手するから、しばらく向こうで横になって休んでいなさい」

迪太郎は労る視線を妻に向けた。

「ええ、でも、弥太郎が帰ってくるまでは――」

躊躇する加代を立たせると、

「大丈夫、そのうち、必ず、戻ってくる」

手を叩いて、呼んだ大番頭に預けた。

加代がいなくなると、

「柏餅を食べて弥太郎が息絶えた当初のお加代は、まるで、気が狂ったように、〝人殺し、人殺し〟と、泣きわめいて、その場にいないおいとを責め立てていました。〝あの不忠者、殺してやる〟とも——。ところが、しばらくして、突然、弥太郎は腹痛で医者のところにいるのだと言い出し、わたしはお加代が不憫に思えて、話を合わせているんです」

　迪太郎は目に涙を滲ませた。

「あなたが世話をしているおいとさんが、お縄になったことはご存じですね」

「はい、松次親分が報せてくれました」

「あなたはおいとさんが弥太郎さんを手にかけたとお思いですか？」

　季蔵は思い切って訊いた。

「手にかけたと認めたから、お縄になったのではないのですか？」

「お縄になった理由は、あなた方やこの店の人たちに、迷惑をかけたくないからのようです。おいとさんが作ってここに届けた柏餅で、弥太郎さんが食べた味噌餡入りの柏餅のほかから毒は出ていません。その味噌餡だって、すでに、亡くなった弥太郎さんの胃の腑の中におさまっていて、毒入りだったという証は突き止められていないのでしょう？　となると、毒は、たとえば、弥太郎さんが飲んだ、茶の中に

仕込まれていたかもしれないのです。おいとさんは断じて毒など盛ってはいない
と、言い張っているそうですから、真の下手人は弥太郎さんの近く、この店の中に
いるのやもしれません」
「そうでしたか――、やはりね――。そういえば、そうか――、いかにも、あのお
いとらしい」
呟いた迪太郎の目から、また、涙が滑り落ちた。これはおいとを哀れむ涙のよう
に思われた。

六

「あなたはおいとさんが下手人などではないとお思いですね」

季蔵は念を押した。

「観音菩薩（かんのんぼさつ）のような気性のあのおいとが、鬼のような所行をしたのだとしたら、た
いていの女は皆、鬼の猫被（ねこかぶ）りです」

迪太郎はきっぱりと言い切って、

「ただし、弥太郎はおいとの柏餅を食べてすぐ苦しみ出した。それも事実なので

――」

　苦しそうに眉を寄せた。

「あなたはその場に居合わせたのですね」

「はい」

「その時のことをくわしく話してください」

「毎年、おいとが柏餅を拵えると、八ツ時（午後二時頃）に、お加代とわたしと弥太郎、それに大番頭の四人でいただくのです。今年も同じでした。茶は妻が淹れます。さっきのお話では、茶が毒入りだったかもしれないと――」

　青ざめた迪太郎は首を横に何度も振って、

「いやいや、いくら、日頃、お加代がおいとに含むところがあったとしても、我が子を殺(あや)めるなんて、そんな恐ろしいことを仕組むわけがない――」

「お内儀さんは弥太郎さんが、腹痛で医者のところにいると言っていました。おいとさんの柏餅で腹痛を起こさせ、おまえのせいだと責め立てるつもりだったのでは？　毒の種類か、量を間違えたということもあり得ます」

「無事、弥太郎の弟か妹を産み落とした後、おいとをどうするつもりなのかと、お加代にしつこく訊かれてはいましたが――」

「どうなさるおつもりでした?」

「生まれた子どもども、このまま、おいとには柳町に住まってもらうつもりでした。子に母親は欠かせませんから」

「お内儀さんのお考えは?」

「子だけ引き取って、世話に乳母を雇い、おいととは縁を切ってくれと言われていました」

「お二人のお考えが異なりますね」

「わたしはお加代の悋気ゆえだと思ったので、正直、身も心も温かなおいとに未練はありましたが、〝もう、柳町へは通わない。いずれは分家させる〟とはっきり言いました。お加代は渋々でしたが、頷いたので、承知してくれたのだとばかり思っていたんです」

「おいととの子に店は継がせず、いずれは分家させる」とはっきり言いました。お加
「おいとさんは、自分に向いている、お内儀さんの剣のような気持ちに、気づいていたのかもしれません」

「ということは、おいとはお加代を庇って――」

とうとう迪太郎は顔を両手で覆った。

「わたしが悪いんです。わたしさえ、おいとを妾にしなければ、こんなことには

――」

「証は何一つなく、まだ、お内儀さんがなさったことと、決まったわけではありません。ところで、この店でお内儀さんが一番、心を許している人は誰ですか？」

「さっき、お会いになった大番頭の要吉です。跡継ぎが一人では心配だと言い張って、お加代を説き伏せ、気心の知れたおいとを、妾に推したという経緯もあって、人一倍、お加代の機嫌を取っていました」

「要吉さんをここへ呼んでください」

呼ばれて入ってきた要吉は、座敷の下座に慎ましく座った。

「今、やっと、お内儀さんが眠られたところでございます」

「お奉行様のお使いのこの方が、おまえに訊きたいことがあるそうだ」

「どうか、何なりとお訊ねください」

要吉は精一杯肩を怒らせた。

「回りくどい言い方をせずに、訊かせていただきます」

季蔵はおいとに悪意のあるお加代が、毒入り柏餅の狂言を仕掛けた可能性があると説明して、

「これには手伝いが必要です」

射るような目を要吉に向けた。

「て、てまえが、そ、そんな、だ、だいそれたことを――。と、とんでもございません。いたしておりません、ほ、本当でございます。仮にお内儀さんからもちかけられても、お諫めこそいたしますが、手を貸したりなど、決していたしません。ど、どうか、し、信じてくださいませ」

要吉は座敷の畳の上に平たくなった。

「わかった、おまえを信じる」

迪太郎は顔を上げさせ、

「お内儀さんは長きにわたり、おいとさんに対して、複雑な想いを募らせていたはずです。頼みとしているあなたに、いろいろと話をなさっていたのでは?」

季蔵はじりっと要吉に向かって膝を詰めた。

「お察しの通りでございます」

要吉はうなだれた。

「弥太郎さんが亡くなった日に、いったい、何があったのです?」

「お内儀さんは、毎年、端午の節句に、坊ちゃまが、おいと手作りの柏餅しか召し上がらないことがたまらなかったんです。おいとが旦那様との子を身籠もっている今年は、さらに、その想いが募って、てまえにカステーラをもとめてくるようにとおっしゃったのです。本場長崎の竈を取り寄せて、焼いているという、あの西国堂の評判のカステーラです。前もって頼んでおかないとならない、と断られたので格別のお代を払いました。何としても、おいとの柏餅に負けないほどの菓子を食べさせたいとおっしゃって――。思いあまっての母心です。もちろん、旦那様には内緒でした」

要吉は主に向かって畳に頭をこすりつけ、

「呉服・太物屋らしく、古式ゆかしきを美徳とするご先祖様からの申し送りで、いくら美味いという噂でも、わたしたちは、カステーラ等の南蛮菓子は口にいたしません。もっとも、奉公人たちが、駄賃を貯めて買い、隠れて食べているのには目をつぶっておりますが――」

迪太郎は咎めるまなざしを要吉に送った。

「弥太郎さんは、そのカステーラをいつ食べたのです?」

「てまえが坊ちゃまの片袖に、紙に包んだカステーラを一切れ忍ばせて、〝柏餅を召し上がる前に、必ず、こちらを先に食べてください。お内儀さんのお気持ちが籠もっています〟と申し上げました。坊ちゃまも、生みの母親が憎かろうはずもありませんから、てまえが伝えたようになさったと思います」

「残ったカステーラはどうなりました？」

季蔵は肝心なことを訊いた。

「旦那様の目に触れぬところで、皆で美味しくいただきました。お内儀さんとてまえはいただいておりませんが——」

「誰も毒には当たらなかった？」

「はい、左様で」

「すると、弥太郎さんに渡した、カステーラだけに毒が入っていたということになります」

「て、てまえは、ど、毒など入れておりません」

「要吉、お加代に頼まれたか相談したかして、おいとを陥れるためにやった悪戯が高じてのことなら、そうだとはっきり言ってくれ。お願いだ。このままでは、おいとも跡継ぎになるかもしれないお腹の子も——」

迪太郎は怒気を含んだ表情で迫り、要吉は、ひたすら首を横に振り続けた。

——ここまで来れば持ち出せる——

確信した季蔵は、

「どうか、無実かもしれないおいとさんを死なせないでください」

迪太郎の目を見た。

「もちろんです。だが、いったいどうすれば――」

「すぐに烏谷様まで使いを出して、お指図(さしず)を仰(あお)いでください」

「わかりました」

季蔵は京極屋を辞すと、堀江町の粉屋で小麦粉をもとめて店に戻った。

この日、北町奉行烏谷椋十郎は、暮れ六ツ（午後六時頃）の鐘の音(ね)が鳴り終える前に、塩梅屋の暖簾を潜った。

巨漢の烏谷の所作は意外に繊細で、油障子はそっと開ける。

くんくんと鼻を蠢(うごめ)かして、ぐるりと大きな目を瞠り、持ち前の童顔をほころばせる。

「今頃は卯(う)の花（おから）であろうが――」

「よいところへおいでいただきました。この卯の花が仕上がるまで、離れでお待ちください」

――お奉行様は京極屋のことでおいでになったのだ――

烏谷は身体が幾つもあるのではないかと疑いたくなるほど、日頃から、まめな性分でもあった。地獄耳、生き字引を自認しているだけではなく、多忙な奉行職とは思えない神出鬼没さで驚かされる。

「わかった、長次郎と積もる話などしておるぞ」

塩梅屋では必ず、この時季、卯の花をさまざまに料理して肴に出す。

豆腐が作られた後の搾り滓である卯の花は、鉢に満たした水にしばらく浸けておく。この後、布袋に入れて、固く絞り、少量の菜種油を引いた鉄鍋で、さらさらのふわふわになるまで気長に煎りつけると、乾煎りが出来上がる。

これを三杯酢で味つけして、三枚に下ろし、一口大に切った酢〆の鰺にまぶすと、左党にはたまらない卯の花和えになる。

烏賊の煮汁で、人参、蓮根、新牛蒡等を細かくして煮込み、乾煎りの卯の花に合わせると、煎り豆腐が出来上がる。茹でた莢隠元の細い斜め切りを飾ると、新緑と白い花の取り合わせが何とも初々しい、一面の卯の花畑を目にしているようで心癒される。

季蔵は卯の花の小鉢二種を酒と一緒に離れへと運んだ。

七

「今日は卯の花の肴だけを食いに来た。酒は要らん」

烏谷は顔に似ぬ典雅な箸使いを始めた。

美味いものを好きなだけ食べられる、巨大な胃の腑の持ち主である烏谷は、食い道楽の権化なのだが、食べるその姿は見苦しくない。

――わざわざ、報せに来てくださったのだ――

「日頃、こちらが用ばかりいいつけて、そちを荒く使っているゆえな。いずれ、冥途で会う長次郎にいい顔をされないのは困る。冥途では、きっと、先に死んだ者の方が身分が高かろう」

烏谷は、はははと高笑いして、

「文を届けてきた京極屋には、おいとへの差し入れのほかに、大番屋の役人たちにも挨拶せよと書き届けた。これで、おいとの身もしばらくは障りなかろう」

「ありがとうございました」

「ただし、月満ちておいとが子を産むまでのはからいだ。おいとが下手人だとしても、腹の子には罪はないと押し切って、詮議を延ばしたのだ。京極屋の倅の件は、今後、一切不問にしてほしいと書いてきたが、それは見逃すことはできはせぬ。われらは、市中の治安を守るのがお役目ゆえな」

「弥太郎さん殺しの下手人として詮議されるのですね」

そこで季蔵は、京極屋で見聞きした話をした。

「何と、倅可愛さで血迷った生みの母と手を貸した大番頭が、下手人であるかもしれぬというのか」

烏谷はふーっと大きなため息をついて、

「ならば、なおさら、下手人の詮議は徹底しなければいかん。この先、妻妾の間の悋気ごときで、人一人の命が、いともたやすく奪われるようなことがあってはならぬからだ」

小鉢を綺麗に空にすると、

「罪人の女が身籠もっているという事情で、詮議を延ばした例はあるのだが、その女は妻であって、妾ではなかった。妾の例はまだ無いのだ。御定法に則(のっと)って行う裁きでは、前例の無いことは認められにくい。今回のわしの判断について、奉行所の中には、あれこれうるさく言う者がおる。あれこれが蓄積して、火の玉になり、奉行職を狙（ねら）う者の耳に入らぬうちに、手を打って消しておかねばならぬのだ。京極屋は不問の件も含んで、わしにも過分な挨拶をしてきたが、これは今からの八百（やお）良（りょう）での宴（うたげ）で消える」

立ち上がり、

「今頃、あそこでは鰯（いわし）ずしだろうが、わしは、ここの鯵の卯の花和えの方がいい。時季の間にもう一度食わせてくれ」

烏谷は片目をつぶって見せた。

八百良は市中で一、二を争う高級料理屋で、茶漬けを頼んだところ、奉公人を玉川上水にまで汲（く）みに走らせて、法外な茶漬け代を取ったという話が、格式ある店自慢の一端として語り継がれてきている。

ちなみに鰯ずしは鮓煮（すしに）とも言い、鰯と卯の花の重ね煮である。

頭とはらわたを取って下処理した鰯を、鍋に並べて、卯の花の甘辛煮（あまからに）をのせ、さらに、また、鰯、卯の花というように、甘辛の煮汁を足しつつ、じっくりと煮込む。

酢を用いて、魚と卯の花を合わせているのは、鯵の卯の花和えと同じである。

酢漬けの新生姜を添えて供される様子は美味であるだけではなく、江戸の粋（いき）が京

風に溶け込んで、雅（みやび）やかではあったが、

「鰯ごときで肩が凝るのはたまらない」

烏谷は洩らした。

八百良での鮓煮ともなると、目の玉が飛び出すほどの高値であることは間違いなかった。

烏谷を見送った季蔵は店に戻って、いつものように客たちの応対をしながら、三吉の麩の焼き作りを見守っていた。

――おいとさんの柏餅でも、お内儀さんが手配したカステーラでも、ほかに人は死んでいない。要吉さんは取り繕っているようには見えなかった。おいとさん、要吉さんとも下手人でなかったとしたら、真の下手人はいったい誰なのか？　やはり、茶を淹れた張本人のお内儀さんが、一番、怪しいことになるが――

これほど我が子を想う母親が、たとえ腹いせで毒を入れたとしても、その量を間違えるとは思えず、季蔵はどうにも釈然としなかった。

五ツ半を過ぎて、客たちが帰って、暖簾がしまわれたところに、

「こんばんは――」

華やかな声が油障子を開けた。

艶やかなお座敷着姿のさと香であった。

「どういうわけなんでしょうね。ここいらを通ると、素通りできなくなっちゃって――」

「その節は美味しい柏餅と粽をご馳走になりました。ありがとうございました」

季蔵は笑顔で頭を垂れた。

「座っていい？」

「どうぞ。ただし、深酒はいけません」

「はいはい、わかってます。今日はちょっと話したいことがあって――」

季蔵は目で頷いた。

「この間、季蔵さん、あたしに松風堂へは父上の粽を買うついでに、行って並んだんだろうって言ったでしょう？」

「確かに申しました」

「あれね、本当なの。あの時は認めたくなかったけど――。どうしても、この時季になると、父上が幸せそうに粽のたこ糸を外す顔が浮かんで離れないの。それで、門買って届けずにはいられないのよ。勘当されてるあたしが届けに行ったんじゃ、門前払いだろうから、並んで買った後、使いの人に長屋まで届けてもらってる。でも、無駄よね、あたしからってわかって、他人にやっちゃうか、捨てて、猫の餌にでもなるのが関の山なんだから——」

「他人にもやらず、猫の餌にもなっていないとわたしは思います」

「どうして、そんな風に言い切れるの？」

「わたしはまだ、人の親になったことはありませんが、人が人を想う心の深さはわかっているつもりです。特に、親が子を想う気持ちには、はかりしれないものがあるのではないかと——。お父上はあなたが気がかりでならず、届けられる粽は感無量のはずです」

「だったら、勘当を解いてほしいものだわ」

「いずれ歳月がすべてを丸く収めるのでしょうが、さと香さんが折れて、お父上と話し合いを持ってはどうでしょう」

「追い返されるに決まってる」

「そこは根気よく通うのです。歳月に任せると遅くなりますから」

「そういえば、父上はお年寄りの物売りに弱かったっけ。特に押しの一手のお婆さん。わかったわ。時季外れの蚊帳を売りつけたお婆さんに倣って、あたし、めげずにやってみる」

「その意気です」

こうして、どことなく浮かなかったさと香の顔が晴れた。

「気持ちがさっぱりして覚悟ができたら、何だか、小腹が空いてきちゃったわ」

「こんなものならあります」

季蔵は残った麩の焼きを勧めた。

「これって、皮は小麦の粉よね」

さと香は恐ろしげなものでも見るように、皿の上の麩の焼きから目を逸らした。

「それが何か――」

「あたし、小麦を使った食べ物が駄目なの」

ほっと切なげな息をついたさと香は、

「最初に気づいたのは、五つくらいの時だったかな。相長屋のおばさんがくれた金鍔を食べて、それはそれは大変なことになったのよ。突然、胸が苦しくなって、息が詰まりかけたの。父上があたしを逆さにつるして背中を叩き、残らず、吐き出させてくれなければ、今頃、命はなかったはず。それが、うどんや素麵なんかでも起きたわ。二度目からは、おかしいと思ったら、すぐ吐き出した。すべては小麦のせいなの。最初の時のは、金鍔の皮がよくなかったの。父上は学問好きだから、お医者に訊きに行ったりもして、世の中には、普通の人が何気なく食べているものが、駄目って人もいるってことを突き止めたのよ。ただし、それが何であるかは人によって違うんだそうで、あたしの場合は小麦だけど、これは、わりに多いんだそうよ。まあ、すいとんや素麵やうどんが食べられないのは、我慢できるけど、カステーラだけは残念すぎる。あれほど美味しいお菓子はほかに無いって、みんな言ってるもの――」

――カステーラ！　そうだったのか!!――

「ありがとうございました」

季蔵は礼の言葉を口にしていた。

「どうしたのよ？　いきなり――。今の流れじゃ、お礼を言うのはあたしの方でしように――」

目を白黒させたさと香に、季蔵は京極屋で起きた事件をかいつまんで話した。

「それはお気の毒だけど、間違いなく、カステーラの小麦のせいよ。特別な体質（たち）に限って、小麦も毒になってしまうのよ」

「さと香さんに一つ、お願いがあります」

この翌日、季蔵はさと香を伴い、番屋を訪れて松次や田端にこの話をした。

さと香は微に入り細に入り、小麦に殺されそうになった話を紡いだが、

「そんな話、ほんとにあるのかねえ。別嬪すぎるあんたを見て、目が眩んだ助平野郎なら信じるだろうが――」

松次は首をかしげ続け、結局はさと香の父親と親しく、名医と評判の高い医師を田端が呼んだ。

事件の経緯を聞いた医師の指図で、京極屋で弥太郎の食歴についての詮議が行われた。

弥太郎は金鍔等の駄菓子は食べたことはなく、和三盆が使われている、上物の干菓子だけがおやつであった。

先代の素麵、うどん嫌いは、父親迪太郎にも引き継がれて遠ざけられ、すいとんは奉公人の食べ物であるとされて、もとより、弥太郎とは無縁であった。

詮議の結果を聞いた烏谷は、

「小麦に縁の無かった今までが幸いであったのだとしたら、お内儀が柏餅の対抗馬に、カステーラを思いついたのが不運であった。だが、人が小麦を食わぬまま、長い人生を送れるとはとても思えぬ。ちなみに、弥太郎の父迪太郎は屋台の天麩羅に、母加代は薄皮饅頭に目がなかったが、老舗の呉服屋の主夫婦であるゆえ、日

頃から、卑しい食べ物は決して口にしないという建前があるので、口の堅い大番頭の要吉にこっそりもとめさせ、ほかの奉公人たちに悟られぬよう、人目につかないところで舌鼓を打っていたという。正直に何もかも話さぬと三四の番屋へ来てもらうことになると、脅して、やっと白状させたのだ。加代が倅と同じ体質で、今まで、偶然ではなしに、小麦を避けてきたのだとしたら、知らぬ存ぜぬでは通らん。天麩羅や薄皮饅頭には小麦が使われている。これで、弥太郎の体質は両親譲りではないことがわかり、知らぬ周囲が細心な注意をせずにいたら、たとえ今回、難に見舞われなくても、遅かれ早かれ、この手の不運は訪れたはずだ」

と言い切って、おいとを解き放つと、京極屋が望んだ通り、弥太郎の死について、今後一切おかまいなしを言い渡した。

煙(けむ)に巻く

梶よう子

一

小気味よい音が通りに響く。

弥太郎と弥二郎の兄弟は、ふたつ並べた切り台の前に座り、乾燥させた煙草の葉を、幅広の大きな包丁で刻んでいく。馴れた手つきで、まるで太鼓で節をとるかのように包丁を扱う。

乾燥させた葉たばこを、こまと呼ばれる細長い小さな板できちりと押さえ、その小口をするように少しずつ包丁を動かす。

こすりと呼ばれる技で、これが下手だと葉たばこの刻みは荒くなる。

しかも兄弟ふたりの息は面白いほどぴたりと合う。刻んだ煙草を笊に移し、新たな葉を取って台に置き、刻む。その一連の動作もほぼ同時に進む。

包丁捌きの正確さも互角。

煙草の葉は兄弟の手にかかると絹糸ほどの細さになる。

堀留町二丁目にある煙草屋吉田屋の店先は、看板娘でなしに、弥太郎、弥二郎兄弟が人を寄せた。

ときどき、ふたりはこまを宙で回してみたり、葉たばこをすばやく交換したり、一拍二拍ずらしてみたり、大道芸のような見せ場も作るからだ。

人が集まる理由は、兄弟の熟練したその葉刻み技以外にもあった。

弥太郎、弥二郎は、どちらがどちらか見分けがつかないほどよく似ていた。兄の弥太郎を生んですぐに弥二郎を身籠った十月違いの兄弟だ。店先で紫のたすきをかけているのが兄の弥太郎。朱のたすきが弟の弥二郎だった。

身体的に異なる所といえば、弟の弥二郎のほうが兄より一寸ほど背丈があるくらいだ。

それも並んでみて、初めてわかること。

歳は十七。切れ長の眼に、鼻筋がすっと通った色白の肌で風采もいい。その顔がふたつ並んでいるとくれば、若い娘たちがほうっておくはずもない。

刻み煙草を作る職人を賃粉切りと呼ぶが、ふたりが店座敷に出始めたのは五年前。そのころは幼い兄弟の賃粉切りとして、近くのご隠居やら、粋な姐さんらに目をかけられて、菓子や小遣いなんかをもらっていた。それが十四、十五となる頃には、若い娘の気を惹き出した。

自分は煙草を喫まないが、父親や祖父のお使いだと理由をつけて購いに来る。

刻み煙草といえば、最上は国分といわれるが、葉たばこは日本国中で栽培されており、その産地ごとの銘葉がある。

吉田屋では、兄弟刻みとして、弥太郎刻み、弥二郎刻みという銘柄を三年前から売り出している。それも、人気のひとつだ。

他の煙草屋でも、お客の求めに応じて、各地の葉を調合した刻みを作ってはいるが、兄弟のそれはひと味違う。

どの産地の葉たばこを使ったか、どれだけの分量で調合しているかをきちんと記して売り出している。

刻みは、香り、喫み口、甘み、青臭さなどの味わいがあるが、葉たばこ産地を吟味し、それぞれの特徴を活かすことによって調合し、甘みを増したり、青臭さを減らしたりということができる。

弥太郎刻みは甘みが強く、弥二郎刻みは青臭いが喫み口が爽やかというふうに、月末近くの五日だけ、各々調合した刻みを売り出す。

しかもその袋それぞれに、兄弟の似顔が描かれている上に、弥太郎、弥二郎のふたりがそれぞれのたすきの色と同じ羽織を着て、直接対応する。

そのときの吉田屋の店先は、若い娘たちが列をなし競って刻みを買いに来る。

「毎度ありがとうございます」

　ふたりが声を出すたび、娘たちの間からはため息が洩れ、悲鳴が上がり、あたりは大騒ぎ。

　そのさまだけを眺めていたら、役者の顔見世狂言かと見紛うばかりで、とてもとても煙草屋の店先だとは思わない。

　兄弟のおかげで、吉田屋は昨年間口二間半ほどの隣の居抜きの店に移った。以前の店の二倍以上で、奉公人も増えた。もちろん兄弟ふたりだけの刻みでは到底売り物には足りないので、賃粉切りも数人雇い入れている。

　兄弟はこれから売り出す刻みの調合に余念がない。各地の葉たばこを吟味している。どちらの刻み煙草が評判を取るか、兄と弟、競い合っているが滅法仲が良い。

　主で父親の吉田屋文左衛門は幼い頃からふたりの息子に刻みを仕込み、立派な職人になってくれたことを喜んでいる。しかし、ときどき胸の奥底から湧き上がる不安に心が揺れていた。

　ふたりともに十七。そろそろ跡取りだのなんだのという話が出てくる。先日も、同業者から縁談を勧められた。まだ早いと文左衛門は相手にしなかったが、女房のお梅は受けたほうがいいという。

深川八幡門前にある菓子屋の三女らしい。

むろん悪い話ではないとは思っている。

兄弟はまったく知らぬことだが、十月違いの兄弟というのは真っ赤な偽り。

弥太郎、弥二郎は、正真正銘双子の兄弟。

誰がそれを知っているかといえば、実母のお梅が自分で確かに産んだ覚えがあるのと、産婆のお辰に、主の文左衛門の三人と、お梅の実家のふた親だけだ。

双子は畜生腹といわれたり、陰陽がふたつに分かれてしまったとされ、片方は悪人になるといわれたりした。そのため、すぐに里子へ出したり、少し前には子の命さえ絶ってしまうこともなくはなかった。

産婆のお辰は、ひとりをすぐに里子へ出せばいいといったが、父親の文左衛門にしてみれば待ちに待った子だ。お梅と夫婦になって七年。自分たちの子はあきらめ、養子をと思っていた矢先に授かったのだ。

それが一気にふたりもできた。

赤い顔をして泣く子らを文左衛門は交互に見つめて、首を振る。

どちらも愛しいし、どちらを里子へ出すかなぞとてもじゃないが選べない。

子は宝だ。その宝が二倍になった。そう思えばめでたいことだ。

だいたい畜生腹だのというが、戌の日に帯祝いをするのは、多産で安産の犬にあやかったものじゃないかと、文左衛門は思った。

しかし、だ。

たとえ小さな煙草屋でも、これではどちらを惣領息子にするのか悩んでしまう。こんな小店で跡取りに悩むのだ。お大名家やご大身、豪商ならさぞかし大変だろうと文左衛門はぼうっと思う。

双子を嫌うというのはこうしたこともあるのだろう。

けれどやはり生まれたふたりの子は自分の子。どちらも手放さず、手許に置きたい。

それにと、文左衛門は賃粉切りのふたりが仲良く並んでいる姿を思って、胸が躍った。

きっといい店の看板になると踏んだ。

もっとも欲をかいてのことじゃない。ちょっと面白そうじゃないかという遊び心だ。

ならば早速と、文左衛門は十か月違いで生まれた年子にすると決めた。

さすがに出産を終えたばかりのお梅も、自分の亭主が素っ頓狂な戯言をいっているのかと、眼をぱちくりさせた。

だが、文左衛門は本気だ。

お梅の実家に預け、頃合いを見てふたり目ができたことにするのだといった。

それなら片方を里子に出すのと同じじゃないかと、お辰に突っ込まれたが、文左衛門はそうじゃないと首を振る。

里子に出してしまったら、あるていどの歳になるまでは里親が育ててしまう。

なので、お梅の実家には事情を話して、二か月ごとに赤ん坊を交替するという。

赤ん坊なぞたいてい顔など似通ったものだ、うちは双子だからもっと似ているだろうし、ときどき取り替えたところで誰も気づきはしないと、文左衛門は自信満々だ。

そうすれば、どっちの子も均等に可愛がれるじゃないかと、大威張りしながら、万が一病を患ってどちらかが逝ってしまってもひとりは残るから安心だとつけ加えた。

「生まれたときから死ぬ心配をしてどうするんだい」

お辰が怒鳴った拍子に、お梅が、わっと泣き出した。

お梅もお辰も、文左衛門の突拍子もない考えに呆れ返りながらも、承諾した。

お辰には過分の銭を包んでよくよくいい含め、先に生まれた子に弥太郎、後から生まれた子に弥二郎と名をつけた。

文左衛門の筋書き通り、弥太郎らを産んで五か月後、お梅はお腹の中に少しずつ布を入れ、身籠ったふりをした。産み月には実家へ帰り、お辰まで呼びつける念の入れよう。

ようよう苦労のかいあって、二歳を超えたところでようやく弥二郎を披露した。

「十か月しか変わらねえと顔も似ちまうし、兄貴の真似をしてぇとすぐに歩けるようになっちまってなぁ」

文左衛門は隣近所や同業の煙草商に怪しまれないよう懸命になって話をした。

やはりふたりを手放さずに育てたことは間違ってはいなかったと文左衛門は思っている。おかげで店も潤い、大きくなった。

けれど、まことにこのままでいいのだろうか。十月違いの兄弟だと偽ってきたが、うっかりした拍子に知れてしまうこともある。だいたい賃粉切りの双子を並べたら面白そうだった、などという思いつきをまず恨まれるかもしれない。

近頃、文左衛門には気にかかることがあった。産婆のお辰だ。このごろ毎日のように店先を訪れるようになった。身内以外で兄弟の秘密を知るのは、お辰だけだ。

弥二郎とよく話しているのを見かける。

店座敷へ上がりこみ刻みに火をつけ、「あんたの小さい頃は」と、始めるのでときどき文左衛門は、割って入って別の話にすりかえることもしばしばあった。

夫婦別れをして、身寄りもないお辰は、もう還暦だった。お辰に要求されてはいないが、ずっと銭（ぜに）も与えている。

文左衛門にしてみれば、口止め料のつもりだが、うっかり口をすべらされたらと思うと気が気でない。

一度、それとなく釘（くぎ）を刺さねばと文左衛門は思っていた。

二

北町奉行所諸色調掛同心（しょしきしらべがかりどうしん）、澤本神人（さわもとじんにん）は連子窓（れんじまど）に肘（ひじ）を掛け、堀留町二丁目にある甘味屋から向かいを窺（うかが）っていた。

諸色調掛同心は、町場で売られている物が適正な値で売られているか、法外な値になっていないか、探るお役目だ。

あまりにあこぎな商売をしている者は、奉行所に引っ張って訓諭（くんゆ）する。

神人の視線の先にあるのは煙草屋の吉田屋だった。

同じ堀留町の一丁目にある同業者から、吉田屋の商いが迷惑だと苦情が入り、探りに来たのだ。賃粉切りの兄弟が見世物で人を寄せている、集まる娘へ甘い言葉をかけて、高い刻み煙草を買わせているなどだ。

店座敷には評判の兄弟はいなかったが、若い娘が三十人ほどあたりにたむろしている。

ふたりが出て来るのを待っているのだろう。

「まるで役者の出待ちみたいですねぇ」

二杯目の汁粉をすすっていた庄太が口許を歪めた。

おくびが出た。これで二度目だ。汁粉の餡で胸が焼けたせいだ。

「嫌だなぁ。こっちはまだ食べてるってのに」

庄太が口の端に餡をつけたまま憎まれ口を叩く。

「うるせえ、おまえに付き合ってここで待ち合わせたんだ。三杯目の銭は出さねえぞ」

声を張った瞬間、またおくびが出た。庄太があからさまに嫌な顔をする。

「だいたい、なんでおれが汁粉屋に来なけりゃいけねぇんだ」

どこを向いても若い娘ばかりだ。奥には男女で忍び会う座敷が設えてあり、たまたま入ってきた若い男女が神人を見てぎょっとする。役人がいれば当然だろう。ともかく男ふたりで来る処ではない。

「なんでそんなに機嫌が悪いんですか。また、和泉さんとなにかあったんですか」

和泉与四郎は神人と同じ北町の同心だ。かつて神人が定町廻りだった頃、一緒に市中を走り回った。

「ねえよ。あいつは、おとつい仙台堀から上がった婆さんの身許調べで走り回っているからな。おれにちょっかい出す間もねえ」

「ああ、読売が出てましたね。酔って堀に落ちたんでしょ。棒杭に引っかかってたって。赤い袖なし着てたっていうのは、還暦のお祝いかなぁ。気の毒だなぁ」

庄太がため息を吐く。

「たぶん災難だろうってことだが、身許も知れないのもかわいそうだってな」

「あの人、一見冷たそうに見えるけど、情に厚いっていうか」

「いや、きっちりさせねえと嫌だという性分なだけだな」

神人は薄く笑った。

「あ、じゃあれだ。お勢さんのことですね」

「ああ？　それもかかわりねえよ。甘いもん食って胸が焼けただけだ」

神人は空とぼけたような声を上げ、茶をひと息に呑み干した。

お勢は、かつてももんじ屋を営む女主人だったが、借りていた店舗の地下から贋金が出てきて大騒ぎとなった。むろんなにも知らなかったお勢に咎めはなかった。だが、もともと自分の地所ではないこともあって、店の存続は難しくなり、頼る身内もないお勢は、神人の口利きで日本橋、両国界隈を含めた二番組の名主である丸屋勘兵衛の処へ奉公することになった。

名主を務める勘兵衛は、お勢のことを知っていたし、店が続けられなくなったわけも重々承知していたので、ふたつ返事で引き受けてくれた。しかし、

「とてもありがたいお話ですが」

お勢は当初頑なに固辞した。

「もう少しだけ待っていただいてもよろしいですか」と、神人と勘兵衛に頭を下げた。

勘兵衛が訳を訊ねても、それはと口を閉ざし語らなかった。

それからひと月ばかりして後、神人の屋敷へ来ると、

「丸屋さんでお世話になります」

お勢は、晴れ晴れとした顔でいった。元は店の女将だけあって、お勢は人を使うことにも馴れているし、気働きもよい。すっかり勘兵衛の気に入りになってしまい、奉公してふた月ほどで奥向きをまかされるようになっていた。

そのお勢が、昨日いきなり姿を見せた。

多代の看病に来たのだという。

多代は数日前に熱を出し、寝込んでいた。往診に来た医者の診立てによれば水痘。熱が下がった途端、赤い発疹が多代の白い肌に小花を散らしたように広がっている。

水痘は主に子どもが罹る病で、一度罹ると二度とはならない。しかし、患ったことがない者は、大人でも罹るという。神人も飯炊きのおふくも水痘になった記憶がなかった。

つまり、多代の看病をすれば、ふたりとも水痘になる恐れがあるということだった。

そのことを庄太にこぼしたのが、お勢にしっかり伝わっていたのだ。

発疹が出始めたその日の午後だ。井戸端で水汲みをしていた神人の前にいきなりお勢が現れた。

「涼しいを通り越して寒くなりましたね。さっき炬燵やぐら売りのご夫婦を見て驚きましたよ。お水、お手伝いします」

面食らう神人に構わず、お勢は釣瓶を手にした。

「多代さまが水痘だって庄太さんから聞いたんですよ。あたしは小さい頃罹ってますから、大丈夫。旦那さまの許可もいただいていますので、しばらくお世話をさせていただきます」

庄太の奴ぺらぺらと、と舌打ちする神人を見て、お勢はくすりと笑った。

「赤い出来物の痒みが取れて、かさかさになるまでは、ちゃんと養生させなきゃいけません。それに女の子ですから、掻いてしまうと痕が残ってしまうのもおかわいそうですよ」

そこまで気が回らなかったと神人は素直に告げた。

水を汲み終えると、お勢は手桶を持ち、

「では、お任せくださいましね、神人さま」

身を返して神人の後ろを通り抜けていった。

これまで旦那だったのが、神人さまになっていた。悪い気がしないどころか、むしろ心地よく感じ、神人自身が戸惑った。

もう四日、お勢は多代のために寝泊りしてくれていた。熱もなく発疹だけなので、多代は動きたくてたまらない。それをお勢が退屈しないよう草双紙を読み聞かせたり、カルタやすごろくで遊んでくれている。

ふたりの楽しそうな笑い声が屋敷に響いているのに、神人はどこか安らぎを覚え始めてもいた。

庄太が妙に、にやついた顔をした。

「なんだよ、薄気味悪ぃ顔しやがって」

「いや、なんていうのかなぁ、ほら旦那は當百の贋金の出所を追っていたじゃないですか」

ああ、それがどうしたと、神人は素っ気なく応えた。その後、三嶋屋は厳しい詮議を受け、自らが贋金を鋳造したことを白状したと、吟味与力が教えてくれたが、奉行の鍋島は三嶋屋から、さる雄藩との繋がりを聞き出しているという噂だった。だが、どうも上の方から横やりが入ったらしい。もしも贋金が真物として出回っているならば、混乱を防ぐために、そのままにせよというお達しだ。

「馬鹿も休み休みいえというのだ。贋金がまかり通っては、お上の威厳は失墜する。藪を突かれ、焦って逃げ出す諸侯がおるのではないかというてやったわ」

鍋島は吐き捨てるようにいい放った。

「それで、お勢さんの湊屋で殺められた徳五郎さんの持っていた贋の當百で、三嶋屋が浮かんできたわけですよ」

「なにがいいたいんだ」

えへっと庄太は丸い肩をすぼめた。

「贋金が結んだ縁が、真物になるかなって」

「馬鹿いってんじゃねえよ」

思わず大声を上げた神人へ若い娘たちの視線が刺さる。神人は、咳払いして庄太を睨みつけた。

「あ、旦那、神人の旦那。ほらほら出てきましたよ」

庄太の声が響き、癪に障りながらも神人は連子窓から表を見る。兄弟のひとりが出て来た瞬間、吉田屋の店先でたむろしていた娘たちが我先にと刻みを求め始めたが、甘味屋に居た娘たちも一斉に立ち上がった。

庄太が眼を丸くして、ものすごい勢いで店を飛び出す娘たちを見送った。

「やれやれ、たいした人気ですねぇ」

店先に出て来る奉公人など娘たちは相手にしない。皆、吉田屋の倅（せがれ）しか見ていない。

「なんだか変な光景ですね。あれ、でもひとりだけですね。どっちでしょう」

「たすきが朱だから弟の弥二郎だな。紫が兄貴の弥太郎だ」

箸（はし）を手にした庄太が顔をしかめる。

「色男って嫌だなぁ。ひとりで幾人（いくにん）もの娘にきゃあきゃあ騒がれて。いい気なもんだ」

「まあ、そういうな。あれは店看板だ」

「神人の旦那だっていい男の類（たぐい）じゃねえですか。醜男（ぶおとこ）で小太りの気持ちなんかわかんないでしょ」

姐さん、汁粉もう一杯と、庄太は平らげた椀（わん）を掲げて奥へ怒鳴った。

「おめえはさ、丸顔で目鼻がちまちまっとして愛嬌（あいきょう）がある面（つら）だ。眺めているとほっとするとよくおふくがいってるぞ」

神人は苦し紛（まぎ）れにそういった。愛嬌があるというのは嘘（うそ）じゃない。たぬきのようだと思っているからだ。

おふくさんに褒められてもなぁと、庄太はぼやいて息を吐く。

「所詮、世の中は公平じゃねえんです。美醜も貧富もあるし、身分の差もあります。生まれ落ちたときから決まっちまってるもんはいかんともしがたいです。兄弟だってそうでしょ。たすきの色で分けなきゃいけないほど顔が似てたって、兄貴は跡継ぎだけど、次男は出て行かなきゃならない」

「たった十月、後から生まれただけでな。で、なにか気になることは拾えたか」

えっとですねと、庄太が懐から帳面を取り出し、丁を繰る。数日前から、この近辺で吉田屋の話を拾い集めている。

「いまの店は昨年、居抜きで手に入れたものです。店を広げて奉公人も職人も増やしてます。これも兄弟のおかげなんでしょうが、葉たばこを刻むのを大道芸のようにして人集めするのはどうかと。しかも見目よい青年ふたりは陰間（男娼）もどきじゃないかといってる者もありました。ほとんど同業者ですけど」

「たしかに顔がそっくりで色男の兄弟なら人も集まるだろうさ。けどな、いくらなんでもてめえの息子に店先で売色なんぞさせねえよ。ほっといていいんじゃねえか。こいつはただのやっかみだ」

神人はふんと鼻を鳴らした。

葉たばこを刻み始めたのか、店先に集まっている娘たちはその様子をうっとりと眺めている。煙草を購っても、なかなか帰ろうとしない。

「まあ、この様子を見たら、同業の者が腹を立てるのもわかるがな。周りの煙草屋も迷惑がってるっていうんだろう」

堀留町からほど近い新材木町あたりは、葉たばこの荷揚げがあり、昔は煙草河岸と呼ばれ、市も立った。いまはそれも衰えたが、堀留町に数軒の問屋が残り、吉田屋のような小売の煙草屋もこの近辺にまだ数軒あった。

「娘たちがこの界隈に押しかけて、きゃあきゃあ騒がしいので、古くからの常連客までが寄りつかなくなっていると」

「取ってつけたようなことといいやがって」

神人は吐き捨てた。

「そうですねぇ。煙草を喫んでいない人を捜すほうが難しいくらいですから、客が来なくなるなんてことないでしょ」

江戸では、約九割の者が喫煙している。

だが喫煙について、お上は幾度も禁令を出していた。まずは身体によくない。火の不始末で火事が出る。あるいは無頼の者が好むようなものはどうか、といった道義的な理由まで加わった。

それに、煙草は、もともと異国渡りのもの。それまで煙草がなくても不自由なかったのだから、必要がないと説いたり、どうせ煙になるのは銭の無駄といわれたりもしている。

それでも、喫煙者が減らなかったのは、葉たばこにも原因があった。

葉たばこは、その地場の土の具合で風味、味わいに違いが出来る。国分、水府、服部などの銘柄が生まれたのもそのせいだ。地場産業として各藩が眼をつけたのだ。

喫煙者が減らないので、葉たばこが多量に生産される。葉たばこが生産されるから、喫煙者は減らない。いたちごっこだ。

結局、幕府は喫煙の禁令をあきらめて、葉たばこの畑の制限に切り替えた。が、それも遵守されるはずもない。

「まあ、煙草は忘憂草という異名がありますけど、浮世を忘れる草ってことでしょ。煙草を喫む人が減らねえのは、それだけ世の中、暮らし辛いってことじゃねえですかね」

庄太が真面目な顔をしながら白玉を口中に放り込んだ。

三

四半刻（約三十分）ほど様子を窺っていたが、別段、変わったことがあるはずもない。主の文左衛門は奉公人の指図に忙しく、弥二郎も葉たばこをもくもくと刻んでいる。

「残念だが、今日はひとりしか店に出てねえみたいだな」

「そのようですね。そっくりな顔が並んでいるのを拝みたかったんですけど」

三杯の汁粉を食べきり、庄太は満足そうだ。

「煙草の値はどうだ」

「それも他の煙草屋と変わりないですよ」

一斤（約六百グラム）が三分の高級品から二朱ほどの物と色々あるが値としては適正だ。売れているのは、一玉五匁八文の刻みで、わずかに国分が混ぜられているので人気があると庄太はいった。

「真面目に商売していて、こつこつ蓄えた銭で店を広げたんですから、なにも突っ込むところはありません」

賃粉切りの兄弟を見世物のようにして売るのがあこぎだというなら、

「両国の大道芸人をみんな引っ張らないとなりませんよ」

庄太は口をへの字に曲げた。

「あと兄貴の弥太郎に縁談が持ち上がってますね。深川八幡前の菓子舗丹波屋の三女で名は、おせんです」

心底羨ましそうな顔を庄太がした。おそらく縁談ではなく、菓子屋の娘が相手というのに気が惹かれたのだろう。

「それより旦那。吉田屋へ苦情をいってる竹屋のほうをあたったほうがよさそうです」

庄太は袖から包みをひとつ取り出し、飯台の上へ置いた。半紙に包んだ刻み煙草だ。刻み煙草は計り売りされて、客は直接煙草入れにいれるか、半紙などに包んでもらうだけだった。店の名の入った袋や包装はしない。

吉田屋でも袋を誂えるのは兄弟刻みのときだけだ。

庄太が半紙包みの刻みを袂から出した。

「汁粉屋に来る前に竹屋で買ってきました。一玉四文でしかも国分入り。すごく安いんですが、妙な味がすると客から文句が出てます」

葉たばこじゃない混ぜ物をしているという噂が近所でもあるらしい。

「なら、そっちを締め上げたほうがよさそうだな。よし」

神人は刻み煙草を摑(つか)んで立ち上がった。

「え、どこ行くんですか」

「吉田屋だ」

神人は結局、四杯分の代金を置き、汁粉屋を出た。

神人の姿を見るなり、店先に集まっていた娘たちが退いた。そんなに嫌うこともねえだろうと神人は思ったが、御番所の役人など、誰にとっても煙たいものだ。

「おいでなさいませ。ただいま参ります」

主の文左衛門が帳場からすぐさま飛んできた。

神人は刻み煙草の包みを差し出した。

「おれは北町の諸色調べの澤本って同心だ。御用の筋、といえばそうだが、この刻みはおめえさんの店のものか」

受け取った文左衛門は、すぐに半紙包みを開いた。

「弥二郎、ちょっといいかな」

文左衛門が呼び掛けたが、切り台に真剣に向かっている弥二郎は気づかないようだ。

「おい、弥二郎。聞こえないのかい」

文左衛門が声を張り、ようやくはっとした顔をして手を止め、切り台から顔を上げた。

「申し訳ございません。刻みは気を張って行なうものですから」

文左衛門は神人へ向け、言い訳がましくいうと、刻み煙草を弥二郎に見せた。首を伸ばし、中を一瞬覗き込むと、

「うちのではありません」

神人へ大きな瞳を向け、きっぱりいった。

「ちょいと見ただけでわかるもんかえ」

神人が問うと、弥二郎は強く頷いた。

遠巻きに眺めていた数人の娘の間から、「さすがねえ」とか「すてきねぇ」とか、ため息混じりの声が洩れた。横にいる庄太が忌々しげに唇を尖らせる。

「これは、かんな刻みという機巧で作ったものです」

「かんなって、大工が使うあれか」

弥二郎は、まあそうですすと薄く笑った。葉たばこを幾枚も押し固め、かんなで削

るように作る刻み煙草だという。

「刃に油を差しながら刻むので、少し油臭くなります。上等な葉たばこでは使いません し、うちの機巧は、ゼンマイ刻みですから、一本の細さが違います。少々お待ちください」

「これだって十分細いぜ。髪の毛ほどだ」

弥二郎は応えず、十ほどの小僧に指図して、奥の棚にずらりと並んだ黒塗りの細長い箱をひとつ持って来させた。

弥二郎が蓋を取ると、中に刻み煙草が入っている。箱を覗いた神人は、ほうと声を出した。なるほど、竹屋の刻みが大人の髪で、吉田屋は童のそれというふうだ。

「これがうちで一番売れる国分混じりの刻みです。刻みの細さも香りも艶もまったくこちらと違うのは一目瞭然でしょう」

「ああ、そのようだな」

「ちょっと失礼します」

弥二郎は煙草盆を引き寄せて、煙管に刻みを詰めた。

「いい銀煙管だな。形がいい」

神人が煙管を褒めると、弥二郎が心底嬉しそうな顔をした。

「私が煙管師の親方の処で教わりながら誂(あつら)えたんです。いい煙管だと、煙草も美味(うま)くなりますから」

弥二郎が火をつける。わずかに煙を口に含んで、すぐに吐き出した。

眉(まゆ)を寄せて、不快な顔をする。

「葉たばこ以外の葉が混ざっています」

「そんなことってあるんですか」

庄太が眼をしばたたく。

「はい。嵩(かさ)を増やすために楓(かえで)などを混ぜると聞いたことがあります。酷(ひど)い話です」

弥二郎はわずかに強い声でいった。

「私は口中に含むだけで煙草を喫みません。常時喫んでしまうと、自分の好みに味が偏(かたよ)りがちになりますし、葉たばこのそれぞれの味がぼやけてしまうので。ただ、これがどこのお店の刻みかまではわかりかねますが」

「これはべつの店で購ったもんだ。試したようで悪かったな。これでそっちの店を引っ張れるぜ」

神人は一丁目の竹屋の名を挙げ、苦情がでていたことを告げると、文左衛門の顔が強張(こわば)った。

「ま、同業者はやっかいだ。互いにうまくやってくれ」

神人が口許を歪めると、文左衛門が、恐れ入りますと平伏した。

弥二郎も軽く頭を下げると、再び切り台に向かった。

「機巧で刻みを作ったほうが楽じゃねえのか」

弥二郎が首を横に振る。

「たしかに大量に作れますし、技の修業もいりませんが、お馴染(なじ)みさんは手刻みのほうが風味も味わいもあるとおっしゃいますので」

「そういうもんか」

「だと、私も思います」

ちょいと見せてくれと、神人は手を伸ばし切り台の刻み煙草を摘(つま)み上げた。

ふわりと煙草の香りが立ち昇り、乾いた葉を切っただけのものとは思えないほど柔らかな感触をしていた。

「すげえな。絹糸、それ以上だな」

「綿みたいにふわふわですよ。どれだけ細いんでしょうねぇ」

庄太も神人の手元を覗き込みながら、感心している。

でも、刻みの技だけで煙草の味ははかれませんと、弥二郎がいった。

「葉たばこにはいろいろな銘葉があるが一種類だというのはまことかい。葉の種類が違うわけじゃねえのか」

　はいと、弥二郎が首肯した。

「葉たばこには種類がありません。ただ、植えられた地によって味が変わるんです」

「ほう。まるで、あんたら兄弟みたいだな」

「な、なにをおっしゃいますやら」

　主の文左衛門があたふたしていった。

「いや、顔は似ていても、中身が違うってことをいいたかったんだよ。深い意味はねえさ。兄弟ふたり並んだ姿が見たかったんだがなぁ。兄貴はいねえのかい」

　弥二郎がわずかに眉を上げた。

「出掛けております。夕刻には戻ると」

「じゃあ出直してくるぜ。といっても御用じゃねえ。次はただの見物だ。若い娘たちに交じってな」

　神人は片方の口角（こうかく）をわずかに上げて身を返した。

神人は歩きながら、両腕を差し上げて伸びをした。

「さあて、今日は帰るか」

庄太が、ぶるぶる首を振る。

「だめです。これから今川町(いまがわちょう)の飼い鳥屋ですよ」

神人は顔をしかめた。

近頃、武家や商家の間で小鳥を飼うのが流行(はや)っていた。異国渡りの珍しい大型の鳥に百両の値を付けた飼い鳥屋がいるという報(しら)せがあったのだ。もちろん異国の鳥だから、あるていど高値なのは当然といえたが、あまりに法外だ。お上が高値での小鳥販売を禁止するという触れを出したばかりでこれだ、と神人は眉を寄せた。

「もう吉田屋はいいですよね。兄弟も商いも真面目でしたから」

「じゃ、竹屋のほうをちょいと脅かすか」

神人は軽く笑って、振り向いた。

吉田屋の弥二郎が端整な顔を引き締め、葉たばこを刻んでいた。

四

竹屋の主は身を震わせ、「恐れ入りました」と、あっさり平伏した。弥二郎がいったとおり、楓の葉を混ぜ込んでいたらしい。かんな刻みを入れたが、その代金が支払えず、ついと白状した。吉田屋へ詫(わ)びを入れるということで片がついた。

「いまさらですけど、商いも大変ですね」

庄太がため息を吐いた。

「やってるのは人だからな。いろいろあるさ」

定町廻り、隠密(おんみつ)廻りを務めてきた神人にとって、諸色調掛などと、少々高をくっていた。

しかしいまは違う。物の値が乱れれば、すぐ庶民に跳(は)ね返る。商いが滞(とどこお)れば、暮らし難くなる。日常を守れなくて、なにが奉行所だという思いに変わってきていた。

堀留町を出て小網町(こあみちょう)、北新堀町(きたしんぼりちょう)を道なりに真(ま)っ直(す)ぐ歩けば永代橋(えいたいばし)だ。

橋を渡りながら、神人は河口を眺める。停泊している廻船から艀(はしけ)に荷を積み移しているのが見えた。

幾艘(いくそう)の舟が泊まっているのか、帆柱(ほばしら)がいくつも立っている。その上を白い翼を広げた海鳥が数羽、ゆうゆうと旋回していた。

その先に見えるのは人足寄場が置かれている石川島だ。

「海が間近だから風がしょっぱいですね。それに風が冷たいなぁ。こういうとき
は、腹が減りますね」

庄太が眉を下げ、少し突き出た腹を両の掌で撫で回している。

神人は、むっと顔をしかめた。

「いまさっき汁粉を三杯食ったろう?」

まあそうですけど、と庄太がうなだれる。

「まったく、おめえは春夏秋冬休みなく腹っぺらしだなぁ」

苦々しくいう神人に、

「ひでえよ旦那まで。勘兵衛さんとこの仲間うちにいわれるのは、まだしかたねえ
としても、旦那はおれが食いしん坊なのは十分知ってるんですから」

あらためていうことじゃないと、庄太が顔を上げ、頬を膨らませた。

まあいいや、と神人は橋をぶらりぶらりと渡る。

「あとひと月もすれば二十日恵比寿だな。勘兵衛さんの処はどうだい?」

「いつもはしわい勘兵衛さんも、恵比寿講の日だけは奢りますから」

庄太はまんざらでもなさそうな顔をした。

「べったら漬けは食べ放題です。どんぶり飯三杯はいけます」

べったら漬けは、大根を麹で甘く浅漬けしたものだ。

神君徳川家康公から賜ったといわれる恵比寿神が祀られている日本橋の本町にある宝田恵比寿神社を中心にして、この日に市が立つ。

その名物がべったら漬けで、「べったら、べったら」という売り声とともに、甘い麹のついた大根を振り回して売るのが恒例だった。飛んできた白い麹が衣装にべったりつくので客が大騒ぎになるという賑やかな祭礼だ。

商家でも恵比寿を盛大に祀る。なんといっても、鯛を抱え、福々しい顔に笑みをたたえる恵比寿神は、商売繁盛の神様だ。

二十日恵比寿の日には床の間に恵比寿神の掛け軸を掛け、大店では米俵を積み、魚、野菜などをふんだんに供え商いの繁盛を願う。さらに取引先や上得意の客などを招いて、酒食を楽しむのだ。

神人は諸色調掛となってから毎年、勘兵衛の処で過ごしている。

「神無月に出雲へ戻らないのは、恵比寿さまだけですからね。頑張っていただかないといけませんから」

信心なんて勝手なものだと、神人は苦笑する。

「ところで父親の気分はどうですか」

庄太がいきなり神人の顔を覗き込んできた。

「別にこれまでと変わらねえさ」

神人はとっさにいったものの、やはりずいぶん勝手が違った。

ずっと伯父（おじ）の立場で過ごしていたが、一ツ家に別々の家族がいるようでどこかしっくり来なかった。

伯父上から父上と呼ばれるのは、こそばゆくもあったが、無責任を承知でいえば、多代に対しての重みがこれまでより一層増したような気がしている。これまでは死んだ妹のために多代を守り育てると思ってきたが、これからは多代自身を守ってやりたいという気持ちが強くなった。

これが親ってものかもしれないと思いつつ、女房も持ったことがないのになと、妙な感じがした。

庄太がうーんと唸（うな）って神人の顔を覗き込むようにしてきた。

「ねえ旦那、お勢さんのことどう思います？」

「なんだよ、さっきから」

神人は面食らった。どうといわれても、こうとは答えられない。

「物怖じしねえ、しっかり者だと思うぜ」

神人は顎を上げて、ちょっとばかり突き放すような物言いをした。

「それだけかぁ」

庄太は独り言のように呟いた。

だが、店を失くしたときに見せた哀しい横顔はいまだに眼に焼きついている。気丈に振舞う姿もどこか痛々しいものに映った。

不幸を背負った者を気の毒だと思うのは誰にだってあることだと思っている。

しかし、お勢に対してはどこか違う。

昨日のことだ。まだ寝間から出てはいけないといわれていた多代が、お勢が薬種屋へ出掛けている隙にこっそり抜け出し、犬のくまと遊んでいたが、そこへどこから紛れ込んできたのか、黒毛の野良犬が一匹、多代へ歯を剝き飛びかかった。くまは野良犬に向かっていったが、成犬とでは力の差がありすぎた。あっと言う間に組み伏せられ、くまは後ろ足を嚙まれた。

ちょうど薬種屋から戻ったお勢が、多代の悲鳴と、くまの鳴き声を塀越しに聞きつけ、駆けつけた。

おふくが竿竹で、野良犬に立ち向かっていたが、腰が引けていた。野良犬はますます気を高ぶらせ、多代の帯に嚙み付き、唸り声を上げている。多代が泣き叫んでいた。

「放しなさい」

お勢は声を張り上げた。おふくの手から竿竹を取るやいなや、野良犬を二度三度と打ち据えた。

屋敷に戻った神人は、ひどいありさまに眼を見開いた。くまの後ろ足にはさらしが巻かれ、お勢も腕に怪我(けが)を負っていた。

眼を真っ赤に腫(は)らした多代がおふくにしがみついている。

お勢はすぐさまかしこまり、

「お退屈で我慢できなかったのでしょう。お任せくださいといっておきながら、お許しくださいませ」

神人へ手をついた。

するとおふくに抱かれていた多代がお勢の隣に座り、

「あたしがお勢さんのいうことをきかなかったからです。まだ、寝ていなくてはいけなかったのに、どうしてもくまと遊びたくて。お戻りを確かめるために門の扉を開いて通りを覗いたのです。きちんと扉を閉めなかったので、野良犬が」

またぞろそのときの恐怖を思い出したのか、声を震わせた。

「多代さま。怖かったでしょう。よく頑張りましたね」

お勢が優しく声をかける。

「お勢さん、お助けいただき、かたじけのうございます」

結局、神人の出る幕などまるでなかった。多代とお勢はその場で抱き合ってわんわん泣き、そのあとまたふたりで寝間にこもるやいなや、声を上げて笑っていた。

お勢の素直な姿が、少しずつ見えてくるのが嬉しく思えた。

「ねえ、神人の旦那。おれ面白いと思ったんですよ」

神人は、ちらと庄太へ眼を向けた。

「お勢さん、どうして勘兵衛さんの処へすぐ来なかったかわかりましたよ。ちょっと前にね、ももんじ屋の板前だった音吉さんが訪ねて来たんですよ」

ちょうどお勢は使いに出ていて留守にしていたため、庄太が話を聞いたのだ。音吉は、いま浅草花川戸町の料理屋にいるのだという。

「つまりね、お勢さん、湊屋の奉公人たちの働き口探しに骨折ってたんですよ。自分ばかり先行きが決まって申し訳ないからって」

初めて聞く話に、神人は眼を見開いた。

「そんとき、お勢さんいったそうです。世の中なるようにしかならないけど、なにかしなくちゃいられないって」

ね、面白いでしょ、お勢さんと神人の旦那はどっか似てるなって思ったんですと、庄太がえへへと笑った。

「うるせえよ」

神人は強い口調でいってはみたが、お勢の顔が浮かび上がっていた。再び、河口を眺めた。永代橋を渡りきる間際に、見覚えのある背を見た。炬燵やぐら売りの源太郎だ。

「よう、源太郎」

振り向いた源太郎があっという顔をした。

「旦那もお元気そうで」

「おめえを見ると、もう冬が近いって思うぜ。背が軽いところを見ると、もう商いは終わりかえ」

背にやぐらは担いでいない。おかげさまでと、源太郎は頭を垂れた。

「相変わらず、一日一個しか担がねえのか」

「一個売れれば、酒にありつけて、なんとか飯も食えますから」

庄太は、へえぇと妙に感心したような声を洩らした。

「おめえの茶飲み友達も元気か」

神人が訊ねると、源太郎はにわかに表情を曇らせた。

「そいつがねぇ、ここ数日塒に戻っていないんで。帰らないときには、ちゃんとあっしに告げて行くんですけどね」

「なんだ。そいつは心配だな。親戚の処とか身寄りはねえのか」

「へえ。十五年前に夫婦別れして、子どももねえし。互いにひとり身同士で付き合ってたんでねぇ」

源太郎は小さな声で、そのうちけろっとした顔で戻るでしょうけどと、無理に笑顔を作り、

「じゃあ、あっしはこれで」

相川町のほうへと右に折れていった。

神人と庄太は逆の左に折れた。今川町は仙台堀沿いだ。

「あの人、いつもああなんですか」

庄太が不思議そうな顔を向けてきた。

「ああ、おめえ初めてか。炬燵の時期になると、ああしてやぐらを一日にひとつだ

け担いで売っているんだよ。売れたらその日の商いは仕舞いだ」

はあと、庄太の顎が下がった。

「ああ見えて、あの爺さん、れきとした商家の生まれらしい」

「へえぇ、それがどうしてやぐら売りになったんでしょうねぇ」

庄太は口許を歪めた。

さあなと、神人は素っ気なくいった。

源太郎とは諸色調掛に就いてすぐに出会った。酔っぱらいにからまれていたところを救ってやったのだ。

「人には色々あるもんだ。なるようにしかならねえからなぁ」

「またそれだぁ。旦那はいつもそれでことをおさめちまうから、ずるいや」

庄太は拗ねたように口先を尖らせた。

「ずるいってなんだよ」

神人は口の端を下げた。

「でも冬以外は何を商っているんですか」

春は苗売り、夏はうちわ売り、秋は、わからねえと応えた。そうして季節ごとべつの物を商う振り売りは珍しくない。

「苗も一鉢、うちわも一枚だったらおかしいですよね」

庄太はひとりで笑った。

源太郎の暗い顔が気にかかった。同じ長屋に住む婆さんが戻らないのは心配だろう。たしかお辰という名だった。

陸奥（むつ）仙台藩の蔵屋敷が見える。この蔵屋敷沿いに流れているところから堀の名は仙台堀と付けられた。

「そういや、婆さんの土左衛門（どざえもん）があがったのがここでしたよね」

庄太がぶるりと身を震わせた。

と、堀割に架かる上之橋（かみのはし）から水面（みなも）へ向けて手を合わせている若い男女がいた。

「あれ。あの娘のほう。丹波屋のおせんです」

庄太がぼそりといった。

「おせん。どこかで聞いた名だな」

「さっき教えたばかりでしょう。吉田屋の長男と縁談が持ち上がってる娘ですよ」

ああと神人は得心したが、さすがは庄太だと感心した。食い物屋の娘の顔はしっかり頭に入っているらしい。

「じゃあ、隣にいるのは兄貴の弥太郎ってことですよね。出掛けてるってのはこういうことか。ああ、うつむいていて顔がわからないなぁ。弟とそっくりなのかなぁ」

庄太がぶつぶついう。だが、上之橋の上で何に対してふたりが手を合わせているのか気にかかる。

神人は仙台堀の手前を折れずに、橋へと足を進めた。庄太があわてついて来る。

歩きながら、「弥太郎」と声をかけた。

だが、男は手を合わせたままだ。娘のほうが気づいて、男の袖を引く。

はっとして、男が顔を上げた。

「うわっ。ほんとにそっくりだ」

頓狂な声を上げた庄太へ男が不快な視線を放った。

「悪いな。吉田屋の弥太郎と丹波屋のおせん、でいいか」

役人に声を掛けられ戸惑いつつも男の方が、はいと頷いた。

「弥太郎でございます」

今度ははっきりいって腰を折った。

ふうんと神人は弥太郎の顔をじっと見つめた。たしかに気味が悪いほどそっくりだ。弥太郎はわずかに神人の視線をそらした。

「私に何用でございましょう」

「堀割に向けて手を合わせてたんでな。数日前、ここで上がった土左衛門の知り合いかい」

おせんが、弥太郎の背に隠れるような仕草をした。弥太郎は一度唇を噛み締め、すぐに口を開いた。

「私を取り上げてくれた産婆でございます」

神人は眼を瞠った。

「産婆、だと」

「はい。赤い袖なしを着ていたと読売にございましたので、もしやと思い、さきほど番屋へ伺ったところ」

兄弟ふたりで還暦に贈った袖なしだということがわかったと、弥太郎は顔を歪めた。

おせんがうつむき袂で目許を押さえた。

「酔って足を滑らせたとのお話でしたが、悔しくてなりません。私たちのことも本当の子のように思ってくれていましたから」

絞るようにいった。

「私は三日前に会ったばかりなんです。なのにその翌日、ここで見つかるなんて信じられません。うちを出た後、家に戻るといっていたんですから」

おせんが小さく嗚咽を洩らした。

「おせんさんも、お辰さんの手で取り上げてもらったんですよ」

「お辰？　いまお辰といったな」

弥太郎が神人の大声に眼を丸くして、はいと応えた。

「引き止めてすまなかったな」

神人は身を返し、

「庄太。飼い鳥屋はあとだ。相川町の源太郎の塒へ行く」

上之橋からもと来た道を歩き始めた。

五

相川町の裏長屋に赴き、神人はお辰のことを告げた。九尺二間の侘しい住まいには、売り物のやぐら炬燵が積まれ、隅には売れ残りのうちわがあった。ぽっかり空いた隙間は、夜具を敷くためだろう。源太郎はきちりとかしこまり、神人の話を神妙な顔で聞いていた。

話を終えると大きく息を吐き、うな垂れた源太郎は消え入るような声で、自分が弔(とむら)うといった。子どももいないし、お辰の別れた亭主にいまさら頼めるはずもないと首を振った。

ふと神人は、積まれた炬燵の前に置かれていた煙草盆へ眼をやった。

「ところで、吉田屋とお辰はどんな付き合いをしていたか知っているか」

神人が訊ねると、源太郎がさあ、と視線をそらす。

いましがた仙台堀で長男の弥太郎が手を合わせていたところに出くわしたのだと告げた。

「自分たち兄弟を取り上げた産婆だってな。還暦祝いも贈っている。密な繫がりが吉田屋とお辰にあるのか」

乳母ならともかく、産婆といつまでもつきあいがあるのも不思議だった。

「兄弟ふたりが懐(なつ)いていたという話です。十か月しか変わらない兄弟なんで、弟が生まれたときには兄貴の面倒をよく見ていたってことぐらいは聞きましたが」

源太郎はどこか居心地が悪そうにぼそぼそ話した。

「なるほどな。そうした恩があるってわけか。おう源太郎、煙草盆を貸してくれねえか。今日は朝から歩き回っていたんでな、一服つけてえんだ」

源太郎は煙草盆を引き寄せ、神人の前に置いた。隅に小さな袋が差してある。取り出すと、弥太郎の似顔が摺（す）られ、弥太郎刻みと記されていた。

「これは吉田屋兄弟の刻みじゃねえか。お辰からもらったのかい」

「へえ。吉田屋さんへ行くたびに、刻みをいただいてきているんで。あっしもおすそ分けで、へへへ」

源太郎はそれだけいって眼を伏せた。

「ちょいと、おれにも分けてくれるか」

へえと、源太郎はわずかに顔を強張らせながらも、頷いた。

煙管を手にした神人は、弥太郎刻みを詰め、火をつけた。

ゆるりと煙をくゆらせる。なるほど香り豊かで甘めのいい刻みだ。

「なあ、源太郎。お辰が戻らなくなったのはいつからだ」

源太郎はつと首を傾（かし）げ、口を開いた。

「たしか、四日前です。吉田屋の弥二郎さんに次の日に会うと出て行ったきり」

「店まで行ったのか」

「それはわかりませんや」

「そう、か。邪魔したな」

神人は立ち上がった。

「お辰のことは気の毒だったが、寿命と思えばせん無いことだ。あまり気を落とすなよ。じゃ、刻みをちょいともらっていくぜ」

源太郎は、へえと肩を落として俯(うつむ)いた。

長屋を後にすると、すかさず、

「なんだかかわいそうでしたね」

庄太が呟いた。

「まあ、年寄りがふたり仲良くやってきたからなぁ」

神人は再び永代橋を渡りながら、唸っていた。なにかが引っかかっている。その引っかかりがなんなのかがわからない。

庄太がかわいそうになぁとまた呟いた。

「神人の旦那。お辰さんって人、ほんとに吉田屋と昵懇(じっこん)だったんですねぇ」

「ああ、ややこしいほど昵懇だ」

神人は夕暮れの陽(ひ)を見ながら、

「もう一度、吉田屋へ行くぜ、庄太」

ええっと仰天した庄太が情けない顔になった。

「腹が減ってるんだろう。吉田屋が済んだら、おれんとこでたらふく飯を食わせてやるよ」

「それなら行きます」

力強い声を出して、庄太が歩き始めた。

店座敷にいたのは、昼間と同じく弥二郎だけだった。もう日が暮れているせいか娘たちの姿も絶えている。

客がひとり、刻みを選んでいた。

店先に立った神人に気づいた弥二郎が、刻みの手を止めた。

「おとつい仙台堀で見つかった土左衛門はおまえさんたちを取り上げた産婆のお辰だったそうだな」

弥二郎が頷いた。

「仙台堀で兄貴に会ったぜ。縁談相手のおせんと手を合わせていたよ」

それがなにか、と弥二郎は表情を変えずにいった。

「おれの頭が悪いのか、おまえたちがややこしいのかわからねえが、三日前、お辰が死んだであろう日に会っていたのは、どっちだ」

弥二郎がこれ以上は開かないだろうというほど眼を見開いた。

「よく聞け。お辰の茶飲み仲間の源太郎って振り売りは、お辰は三日前におまえに会いに行ったという。だが、おまえの兄貴は三日前にお辰に会ったといっている。どっちが嘘をついているのか、教えてほしいんだ。それとも、兄弟揃(そろ)ってお辰に会っていたのか」

「……私は、お辰さんに昼間会いました。夕方、兄が会ったのでしょう」

弥二郎が顔を強張らせた。

神人の脳裏に弥二郎の言葉が甦(よみがえ)ってきた。

「葉たばこには種類がありません。ただ、植えられた地によって味が変わるんです」

同じ葉でも、味が違う。今日、店座敷にいた弥二郎。上之橋で出会った弥太郎。顔はそっくりでも性質は違うだろう。考えることも別だ。姿かたちは似ていても別の人間だ。

弥二郎は荒い息を吐いている。

「悪いが、この刻み、試してくれねえかな」

神人は身を乗り出し、懐紙に挟んできた刻み煙草を取り出した。弥二郎は、指先を震わせながら、煙管に詰め火をつけた。

口に含んだ瞬間、眼をしばたたいた。

「この刻みは、私が今月末に兄弟刻みとして売るものです。なぜこれが」

弥二郎が訝しげに神人を見上げた。

「三日前、お辰に渡したんじゃねえのか。だが、その刻みは源太郎の塒にあった。だとすりゃ、そいつが嘘をいった。自分も三日前にお辰に会っていることになるからだ。でなきゃ、この刻みが手許にあるはずがねえんだ。だが、おめえさんたちにもなにかある」

「おっしゃっていることがわかりかねます」

弥二郎が神人を上目に見つめる。

庄太が後ろで、へっと間抜けな声を上げた。

神人が振り向くと、橋の上で会った弥太郎の姿があった。

神人は店座敷に座る弥二郎へ向かって、

「おめえが、兄貴の弥太郎だな。たったいま、てめえの口でいったんだよ。この刻みが弥太郎刻みだってな」

　ふっと笑みを浮かべた。

　お辰は源太郎に殺められた。

　源太郎が持っていた弥太郎刻みは、三日前の昼間に、じつは弥二郎の弥太郎が、近々兄弟刻みとして売る物だといって、お辰に渡したという。

「ああ、もうまさかのまさかですよぉ」

　庄太は縁側に座って、頭を抱えた。

「弥太郎さんと弥二郎さんが入れ替わっていたなんて。つまり、おれたちが店で話した弥二郎さんが、ほんとは弥太郎さんで」

　仙台堀で出会ったのは、弥太郎ではなく、弟の弥二郎だった。

　店でも橋の上でも、名を呼ばれてすぐに応えないのはそういうことだったのだ。自分の名ではないからだ。

　兄弟が入れ替わることを決めたのは、兄の弥太郎に縁談話が来たときだ。

　じつは弟の弥二郎とおせんはすでに恋仲だった。

「まさかそんなことになるとは思いも寄りませんでした。おせんは私に会うたびに泣いていましたし、おせんの父は吉田屋の跡継ぎということで大喜びしていましたから」

誰にもいえず、お辰を訪ねたのだという。双子だったということも、そのとき知らされた。

「お辰さんは口止め料をもらうことも気にしていましたけど、本当を聞かされても別段驚きはしませんでした」

弥二郎はかすかに笑みを浮かべた。

兄弟、薄々気づいていたのだという。弥二郎が悪い物を食べて腹を壊すと、弥太郎も腹が痛む。別々に外出をしても、買って来る土産（みやげ）がいつも同じ。

「幸い女子（おなご）の好みは違っていましたけどね」

弥二郎は笑った。

そのことを兄弟で話し合い、結局、ふたりは入れ替わることを考えた。弥太郎には煙管師になりたいという夢があった。弥二郎になれば吉田屋を出て行ける。そして、弥二郎は弥太郎になって、おせんと一緒になり吉田屋を継げばいい。

それを、源太郎は耳にしてしまったのだ。

さらに産婆の仕事もめっきりなくなっていたのに、お辰がいつも銭を持っているのを源太郎は不思議に思っていたのだという。

それが双子の口止め料だと知って、源太郎は色めきたった。しかも双子が入れ替わっていることを種に脅して、銭をせしめようとたくらんだ。

だが、それをお辰に知られてしまった。口論となった末に殺めてしまい、仙台堀に捨てた。

「源太郎は妾腹の弟に生まれた家を追い出されたんだよ」

可愛がってきた腹違いの弟に店屋敷のすべてを取られた。結句、店は潰れ、弟もどこへ行ったか行方知れずだ。

だからってと、庄太が首を振る。

「もちろんだ。吉田屋の兄弟に恨みなんざこれっぽっちもねえ。しいてあげるなら、兄弟の仲の良さをいつも褒めていたお辰にだろうな」

「んじゃ、吉田屋の兄弟仲を裂いてやろうとでも思ったんですかね」

庄太の問いに、神人はそれもあるかもなと頷いた。

「だが、お辰にいわれたそうだよ。妾腹の弟はいつだって、若旦那の兄貴に頭が上がらない。優しくされればされるほど、ひがんじまうし、惨めに感じる。可愛がっていたんじゃない。可哀想だと見下す心があったんだろうってな」

「ああ、偉ぶりやがってって思っちまったんでしょうねぇ。弟のほうは」

「だからこそ源太郎は、弟に裏切られたのが悔しくてたまらなかったんだろうよ」

お辰に指摘され、カッとなった源太郎は、つい強い力でお辰を突き飛ばした。お辰は土間に転げ落ち、頭を打ち付けた。

殺めるつもりはなかったのだと、源太郎は絞るような声でいっていたという。

「なんか哀しいですね。源太郎って人も」

「きっとな、お辰に惚れていたんだよ。爺と婆でひっそり暮らしたいってな。けどな、人から奪った銭金で楽しく暮らせるはずはねえや。どこかで間違ったんだ。いや」

間違っても人を殺めちゃならねえ、と神人は遣り切れない思いにかられ、庭へ下りた。くまが飛んできて足下にまとわりつく。

「それにしても吉田屋の双子には驚かされたな」

父親の文左衛門も母親のお梅もただただ唖然としていた。

「煙草屋だけに煙に巻かれたって感じですかね」

「違えねえや」

庄太は深く頷きながら、いまは元の名に戻った弥二郎と、おせんが持参した丹波屋の羊羹をうまそうに頬張った。

結局、弥二郎はおせんと祝言を挙げることになり、弥太郎は望みどおり、煙管師の元へ奉公に入った。名物兄弟はひとりになったが、それでも煙草の味で変わらず繁盛している。

奥の部屋から多代とお勢の笑い声が聞こえて来る。

まだまだ発疹は盛りだったが、多代はお勢のおかげで退屈せずに過ごしている。

「なんだか賑やかでいいですねぇ」

庄太が湯飲みを手にほうと息を吐く。

神人はくまを地面に転がしながら、撫で回している。

「もうこのまんまお勢さんに居てもらったらどうですか。多代さんのためにもよさそうです。きっと、なるようになるんじゃねえですか」

ふんと神人は鼻で笑った。

「おれのお株を奪いやがって」

神人は青く高い空を見上げ、それもいいかもしれねえなと、こっそり呟いた。

六花（りっか）の涼

浮穴みみ

一

ピーヒャララ、ピー……

ピーヒャララ……プ、プーッ!

晴れ渡った夏空の下、どこからか風に乗って、調子っぱずれの笛の音が流れてきた。

店先で打ち水をしていたお蝶は、思わずぷっ、と吹き出した。

祭囃子の稽古だろうか。それにしては突拍子もない音である。

「おかみさん、今の笛をお聞きになりました? ふふ、あんまりでございますねえ」

茶碗を拭いていた女中のおちまが、ふっくらとした頰に可愛らしいえくぼを見せた。

朝顔を散らした浅葱色の太縞が、上背があり肉付きのいい体に映えて涼しげである。華やかな印象のおちまには、季節の花柄がよく似合う。

一方のお蝶は、落ち着いた茄子紺色の四筋格子に黒繻子の帯。半襟は近頃流行の淡い藤色で控えめに華を添えている。髪には銀簪が一本きり。つややかに結い上げた小さめの髷が、お蝶の整った横顔を際立たせている。

「ああ、聞こえたよ。ピーはわかるけど、プーはないだろう。隠居の屁でもあるまいし」

「いやですよ、おかみさんたら」

「いったい、どこの下手くそだろうねぇ。こんな笛を吹かれたんじゃ、山車がずっこけて、踊り手だって転げ落ちちまう。勘弁してもらいたいねぇ」

「笛にも音痴があったんでございますね」

「まったく、吹き手の顔が見てみたいよ」

二人が散々にけなすところへ、兄貴分の熊吉を先頭に、鳶の若者たちが、四、五人どやどやと入ってきた。どの顔も日に焼けて額に汗が浮いている。

「お蝶さん、昼にはまだ早ぇが、ひと仕事終わったら小腹がすいちまったんだ。こいつらに軽く食わせてやってくだせぇ」

熊吉が言った。

「いいよ。さあみんなお入り……おや、安次郎、景気はどうだい」

「へへっ、上々さ」

熊吉の後ろから、まだ幼さの残る安次郎の顔がのぞいた。

安次郎は十六。これまでは、手に職をつけるでもなく、遊び人を気取ってふらふら悪さばかりして、親に心配をかけてきた。

それが、お蝶の手配で鳶の見習いとして熊吉の下について以来、熊吉を兄貴、兄貴と慕って、俄然張り切っている。じっとしているのが苦手な安次郎は、普請仕事や手伝いで飛び回っているのが性に合っているようである。

「あら」

お蝶は、安次郎が、その手にくたびれた笛を握っているのを見た。

「安、あんた、その笛……」

「目ざといなあ。ちょいと囃子方の古いのを貰ってきやした。景気づけに道々吹いてきたんですぜ」

「吹いてきたって、じゃあ、今の笛の音……」

「まあ、安次郎さんが隠居の屁……うぷっ！　あははは」

お蝶より先におちまが吹き出した。そこは若い娘の常で、一度笑い出すと、もう止まらない。

「おちまったら、そんなに笑っちゃいけないよ。くくっ」

つられてお蝶も笑い出す。

「おいら、何かしたかな」

安次郎は、わけがわからず、ぽかんとした。

熊吉も、鳶の仲間たちも、肩を揺すって笑っていた。

そうこうしているうちに、おちまが丼を盆に載せてきた。

丼飯の上には、たくあんときゅうりのあえ物。ちょんとのせたおろしわさび。その上から、味つけした出汁でいれた緑茶をたっぷりかける。

香ばしい茶の風味とうまそうな出汁の香りが食欲をそそる。付け合わせは煎り豆腐。煎り豆も出した。

茶漬は、安くて早く腹を満たせる、いわば、間に合わせの食事である。しかし、仮にも「茶漬屋」の看板を出しているのだ。夢見鳥では手を抜かない。あえ物や付け合わせの料理の味は、一流料亭にもひけをとらぬ、とお蝶は自信を持っている。

「さあ、みなさん、召し上がれ」

若者たちは、わっとばかりに飛びついた。

ふざけて大声を上げたり、小突きあったりしながら、忙しく飯をかきこむ若い者たちの様子を、お蝶は微笑ましくながめた。

茶漬屋を始めたのは、亭主の伊三郎がお蝶の茶漬を褒めたからである。

胡麻を散らしたり、山椒をきかせたり、ちょっとした工夫を伊三郎は喜んだ。

「おまえの三味も踊りも天下一品だけど、二人でひっそり茶漬屋なんかやるのもいいな」

そんな甘いことをつぶやいて、うまい、うまい、と舌鼓を打つ伊三郎の豪快な食いっぷりを、お蝶はうっとりと見つめたものだ。

「店の屋号は夢見鳥にしよう」

言い出したのは伊三郎である。

「なんだい？　なんの鳥だって？」

「夢見鳥。蝶の異名さ。お前の店なんだから」

そう言って伊三郎は茶漬をおかわりしたのだった。

こしらえたものを喜んで食べてくれる人がいるのは幸せだ。

御役目が終わったら、きっと帰る。――そう言い置いて、伊三郎が行ってしまって一年が過ぎた。

文は出せねぇ。だが、もしもこの先、戸口に花が置いてあったなら、そいつぁ、俺が無事の知らせだと思ってくれ――その言葉が、たったひとつのよすがであった。

　伊三郎のいない寂しさは相変わらずだが、こうして店に通ってくれる客たちに、お蝶は慰められていた。

　若者たちは、あっというまに丼茶漬を平らげて、来たときと同じように、どやどやと立ち上がった。

「ご馳走さん、行ってくるぜ」

　安次郎が、ぽいと煎り豆を口に放り込んだ。

「気をつけるんだよ。おまえときたら、粗忽が印半纏を着て歩いてるみたいだって、いつ何時、足場から落っこちるかとおっかさんがはらはらし通しさ」

「そんなへまはしねぇよ、おいら、こう見えても……わっ！」

　言うそばから、安次郎の振り上げた肘が空の丼を次々になぎ倒し、がらがらがしゃん、と派手な音をたてる。仲間たちが、安次郎を小突き回してげらげら笑う。

「面目ねぇ」

「見ちゃいられないよ」

　お蝶が熊吉にそっと目配せすると、

「任せて下せぇ」

熊吉の顔がふわりと緩(ゆる)んでうなずいた。

以前は刃物のように鋭く尖(とが)ってばかりだった熊吉である。それが安次郎から、兄貴兄貴、とつきまとわれるようになってから、少し優しくなったようだ。

「じゃ、お蝶さん、おわびに一節(ひとふし)」

歩き出した安次郎が、懲(こ)りずに笛を口に当てた。

ピーヒャララ、ピー、ピーッ！

ピーヒャララ……プ、プーッ！

安次郎の人となりそのままに、間(ま)の抜けた笛の音(ね)が遠ざかる。

「まったく、手のかかる囃子方だよ」

お天道様が高くなった。お江戸の目抜き通りも、人が出てきた。からりと晴れた空の下、人々の足取りも軽いようである。

そのとき、

「泥棒！　どろぼーっ！」

金切(かなき)り声が響き渡った。

見れば往来の人波が二つに裂けて、小汚い百姓男が転がるように駆けてくる。その胸には、細長い風呂敷包みがしっかりと抱えられていた。

男の一間ばかり後ろを、

「どろぼーっ！」

と追いかけるのは、年の頃は十一、二、朱鷺色の振袖をはためかせた少女であった。

少女は、白い脛があらわになるのも顧みず、頰を上気させ、往来を疾風のように駆けてくる。

男も女も、臙脂色の風呂敷包みを横抱きにした男と、恥じらいを捨てて走る少女の駆けっこを、呆気に取られて見送るばかり。あれよあれよという間に、百姓男は夢見鳥の店先までやってきた。

薄汚れた顔に無精ひげ、手負いの獣のように浮き足立った男は、立ちはだかるお蝶に飛びかからんばかり、かっと白目をむいてにらんだ。

と、お蝶は打ち水用の手桶をひょいとつかんだかと思うと、ざっ、とばかりに男へ水を浴びせかけた。

「ひぃーっ！」

ふいをつかれた男がたたらを踏んで立ち止まる。すかさずお蝶が、柄杓(ひしゃく)片手に男の腕をねじりあげ、その場にうつ伏せで組み伏せた。

「い、痛ぇ！」

「暴れるんじゃないよー」

お蝶が一喝(いっかつ)すると、男は急におとなしくなった。柄杓の柄(え)が、匕首(あいくち)のように男の喉首(のどくび)にぴたりと当てられている。

振袖の少女が、息を荒らげて追いついてきた。

足元に転がった風呂敷包を指して、お蝶が聞いた。

「これ、あんたのかい」

「はい……」

と言って少女は真っ赤になって身をすくめ、下を向いた。

「よかったね。盗(ぬす)っ人(と)は捕らえたし、お宝も無事……」

風呂敷包みの結び目の間から、白い花と緑の葉がのぞいていた。どうやら鉢植えのようである。

少女があれほど必死に追いすがっていたのだから、どんなお宝かと思えば、何の変哲もない鉢植えである。

鉢植え一つに大騒ぎとは、よほど大事な花なのか……。

「無事とはいかないか。あーあ、濡れちまって。ごめんよ、お嬢ちゃん」

「いいんです、そんなこと」

少女は小声で答えた。上がった息は、まだしずまらないようで、薄い胸が小刻みに上下する。

お蝶は、少女と向かい合ううちに、頭の隅がうずき始めた。

はて、どこかで見たような顔……どこだっただろう……？

と、そのとき、

「散れ散れぇ！　見せもんじゃねぇぞ」

騒ぎを聞きつけた熊吉と安次郎が、野次馬を追い払いながら駆け戻ってきた。熊吉が鋭い眼差しであたりをねめつけると、人波がさあっと引いていく。

「お蝶さん、こいつは」

「けちな盗っ人さ」

男は熊吉に腕をつかまれて、真っ青になってお蝶を見た。

「ね、姐さん、見逃して下せぇ、ちょいとした出来心でさあ。まさか、娘っ子が追いかけてくるなんて……」

男がめそめそと言い募るのを尻目に、お蝶は少女に向かい、小腰をかがめた。

「お嬢ちゃん、あんた、一人かい？　町役人から事情を聞かれるかもしれないから、あんたのおとっつぁんとおっかさんの名を聞かせてくれるかい？」

すると、少女は唇をかんだ。

「あの、あまり騒ぎになるのは困るんです。盗られた物も戻ったし、どうぞ、もうこれで……」

お蝶は、少し考えてから、熊吉にうなずいてみせた。

事情を飲み込んだ熊吉は、一つうなずき返すと、片手で盗っ人を引っ立てていく。あとから安次郎が、「さっさと歩きやがれ！」と盗っ人を小突きながら、金魚のふんのようにくっついていった。

「お嬢ちゃん、あんた、すごい汗だよ。まあ、とにかくお入り」

お蝶が少女をうながして、店の中へ入ろうとしたときだった。

「あっ、お嬢ちゃん！」

少女の体が、ぐらりと揺れて、その場に倒れそうになった。

咄嗟におちまが体を張って、その細い体をふわりと支える。

「奥へ寝かせておくれ」

「はい。……あ」

少女を横抱きにしたおちまが、はっと目を見開き、よろけて土間で足を止めた。

「どうしたんだい」

「……いいえ、なんでもございません」

おちまは少女を寝かせると、額の汗をぬぐってやった。

「いかがですか」

おちまが優しくたずねると、少女は胸を押さえて、途切れ途切れに言った。

「少し息が苦しくなっただけです。すぐに、良くなると思います」

「お医者を呼んだほうがよろしいでしょうか」

すると、少女は目を閉じたまま弱々しくかぶりを振った。

「よくあることなのでございます。すぐに治ります。どうか、どうか……お気遣いなく……白湯をいただけますか」

少女は懐から薬包を取り出し、白湯で少しずつ飲み下した。

持病でもあるのだろうか。少女が薬包を取り出す仕草は手慣れたものだった。

黒目がちの切れ長の目にくっきりとした眉、鼻筋が通った面差しは、子供にしては整いすぎた美形である。

着ているものも上等の絹。武家娘には見えないから、豊かな商家の娘といったところだろう。それにしても、年端も行かない商家の子女が、お供もなく、大きな包みを持って一人で街中をふらふらしていたとは、お蝶でなくとも首を傾げる。

お蝶は、少女をまじまじと見つめた。

やはり見覚えがある。しかし、どこの誰だったかがちっとも思い出せない。

こんなにきれいな娘なら、一度会えば覚えているはず、なんだって思い出せないんだろう？　耄碌するには早いじゃないか……。

お蝶が焦れていると、

「おおい、誰かいないかい」

店に客が来て、おちまが出て行った。客がたてこんできたようだ。

少女は苦しそうに目を閉じている。

お蝶は、冷たい手ぬぐいを少女の額に当ててやった。

「家に使いを出そうか？」

「いいえ。お気遣いなく」

「じゃあ楽になるまで、いつまでも休んでおいで。おばさんはすぐそこにいるから、何か用があったらお呼び。あとで様子を見に来るからね」

横になったまま、少女はお蝶を見上げてうなずいた。

少女を一人残して、お蝶は店に出た。

いつのまにか卓はいっぱいで、おちまが一人でてんてこ舞いしている。

「あ、おかみさん、あの子……」

「大丈夫だよ。しばらくしたら、誰かに送らせよう」

「はい、あの……」

「ちょいと、お姉さん、こっちはまだかい？」

「はあい、ただいま……」

おちまは、何か言いたそうな顔をしたが、また客に呼ばれていった。

それから四半刻（しはんとき）ほどして、やっと客足が落ち着いた。

「ちょっと、あの子を見てくるよ」

お蝶が奥へ行きかけたところへ、

「おかみさん」

おちまの声が追ってきた。

「なんだい」

「あの子のことでございますけど……」

おちまが声をひそめる。

「どうしたんだい。やっぱり、知り合いかい。見覚えはあるんだけど、どこの誰だったか、さっぱりなんだよ」

お蝶も小声で言った。すると、おちまがかぶりを振った。

「いいえ、知り合いじゃございません。あの、実はさっき、あの子を抱き上げたとき、わかったんですが……」

「何が」

「おかみさん、あの子、男の子です」

「えっ」

「子供でも、あれくらいになると、男の子は女の子と違って骨がしっかりして参ります。故郷で子守をしていたとき、甥や姪を抱きましたから、よくわかるんでございます。あの子は華奢に見えますけど、ずしっと重くて、肩や背中がしっかりしていて……」

「確かかい」

「ええ、たぶん……」

男の子だったのか！

それなら少女姿に見覚えがあるわけがない。お蝶は再び記憶の糸を手繰った。

「それにしても、男の子が女の子の格好をしているなんて」

少年が少女の格好で春を売る商売がないわけではない。しかし、盗っ人を追って一心に駆けていたあの子に、そんな崩れた雰囲気はなかった。

「あんまり、根掘り葉掘り聞くわけにもいきませんしね」

「そうだね。もう落ち着いただろうか」

お蝶が奥の襖をするりと開けた。

「あっ」

奥は、もぬけの殻だった。臙脂色の風呂敷包みごと、少女、いや、少年は姿を消していた。

湯呑みと濡れた手ぬぐいが、申し訳なさそうに、盆の上に行儀よく揃えられている。

「黙って逃げ出すなんて、よっぽど知られたくない事情があるんだろう」

「でも、心配でございます。あんなに具合が悪そうだったのに」

しかし、少年の名前も住まいもわからない。

「青い顔して、鉢植えを抱えて、いったいどこへ行ったやら」

お蝶は、すとんと縁側に腰掛けてため息をついた。

縁側には、お蝶が育てている朝顔の鉢が並んでいた。しかし、それとは別の白い花が道端に落ちていた。

「このお花、あの鉢植えから落ちたんでございましょうか。それにしても見事なお花でございますね」

朝顔とは思えないほどの大輪を、お蝶とおちまはため息をついて見つめた。

二

「するってぇと、お蝶さんは、その女の子……いや、男の子に、見覚えがあるんだな?」

客の引けどきを見計らったように訪れた戯作者、一介乃沙鷗が、奥の茶の間であぐらをかいてお蝶の話を聞いている。

秀でた額に切れ長の目。鑿で削いだような顔立ちで、眉間に深い皺を寄せ、町人言葉で崩れたやくざを気取っているが、表の身分は直参、旗本である。

「そんな気がするんだけど、どうにも思い出せないんだ」

「頼りねぇな。芳町の陰間かなんかじゃねえのか」

「そんなふうには見えなかったけど」

「その鉢植えは、よほど大事なものだったんだな？　花は白、葉はどうだった？

例えば、お蝶さんの朝顔と比べて、どんな形だったか覚えちゃいないか？」

　茶漬を平らげ、かみなり干しと煎り豆を茶請けに熱い茶をすすりながら、沙鷗が畳み掛けた。

「……そうでございますねえ……おかみさんの朝顔よりも葉がとがってギザギザしていたような……」

　おちまが愛らしい丸い目をくるりと天へ向けて考え込むと、お蝶があとを引き取った。

「そうそう。朝顔にしちゃ花が大きいうえに、葉も三叉じゃなかったような」

「ふうむ」

　沙鷗は煙管をぷかりと吹かすと眉を寄せ、紙に載せた白い花をまじまじと見つめる。

「こいつぁ、たいしたお宝だ」

「えっ、これが？」

「ああ。お蝶さん、まずは盗っ人に会いに行こうぜ。一つ教えを乞おうじゃねえか」

　少女から鉢植えを奪った盗っ人は、熊吉の長屋に足止めされていた。

広くもない長屋の一間に押し込められて、安次郎が見張りについていた。

鉢植えを盗られた少女の様子から、町役人に届け出るのは早計と見た熊吉の処置である。

「ご苦労さん」

　お蝶がねぎらうと、安次郎は得意そうに胸を張った。

「やあ、お蝶さん、待ってたぜ。兄貴はどうしても外せねぇ仕事があって、おいらが代わりに見張っていたんだ」

「そうかい。ありがとう。何か喋（しゃべ）ったかい」

「ああ。こいつぁ、入谷（いりや）の百姓の倅（せがれ）で、捨蔵（すてぞう）。十六だってよ。おいらと一緒だな。いい年をしてけちな盗みなんぞしていねぇで、畑仕事に精を出しゃいいものを……なあ？」

安次郎が、自分のことを棚に上げてぺらぺらとまくしたてるのを、お蝶と沙鷗は苦笑いをしながら聞いた。

「あたしもちょっと話を聞かせてもらいたいんだけど、いいかい」

すると安次郎は、待ってました、とばかりにお蝶に場所をゆずった。

「どうぞどうぞ。それじゃ、その間、おいら、ちっと出てきてもいいかなあ。腹が減った」

「またかい。ああ、いいよ」

「頼みましたぜ。じゃ」

見張りばかりで退屈していたのだろう。安次郎はあとも見ずに、弾むように走っていった。

残された捨蔵は、お蝶と沙鷗をおどおどと盗み見た。

お蝶は静かに表戸を閉め、上がりかまちに腰を下ろした。

「姐さん。お願ぇします！」

機先を制して、捨蔵が土下座した。

「どうか、親父やおふくろには言わねぇで下せぇ。ほんの出来心なんで。盗んだ物だって、たかが鉢植えでしょうが」

お蝶が、きっとにらみつける。

「天下の大道で、あんな騒ぎを起こしておいて、本当なら今ごろお縄になっているところだよ！　親父やおふくろには言うな、だって？　寝ぼけるのも大概にしな！その首がつながっているだけでもありがたいと思うんだね」

「へっ、へえ」

捨蔵は青くなってますます這いつくばった。

「事情を聞かせてもらおうか。大事にしたくなきゃ、正直に答えるんだよ」

「へっ、へえ、けど、正直にったってぇ、たかが鉢植え一つ……」

「たかが、とは聞き捨てならねぇな」

沙鷗が捨蔵を睨みつけた。

「あの花が、見る者が見ればたいした値打ち物だってことくらい、俺にだってわかるんだよ。でなきゃ、誰が鉢植え持って追いかけっこなんぞするかい。白状しやがれ」

「は、はいっ。申し訳ございません」

それから捨蔵が、ぽつりぽつりと語ったことには、

「柳原土手で古着屋を冷やかしていたんでぇ。妹が嫁に行くものだから、何か掘

り出し物はねぇかと思ってね。けど、金は足りねえし、どうしようかと考えて、茶店で思案をしていましたら、そばにあの娘っ子がいて、風呂敷を包みなおしていたんでさぁ。一人きりで、周りの目を気にしているみたいに、手ぬぐいで顔を隠しちゃいたけど、年端も行かない娘っ子だってのはわからぁ。そんとき、中がちらっと見えたんで。すぐにわかったよ。白の大輪、ありゃ、極上の変化朝顔だ」

「この花か?」

沙鷗が取り出した白い花を、捨蔵はちらりと見てうなずいた。

「ああ。花が落ちたか。もったいねえ」

「ちょっと見ただけで、よくわかったな」

「こちとら商売だからね。あっしが野菜や植木を納めている御隠居に朝顔好きがいて、そいつの顔が浮かんだね。こりゃ高く売れると思ったら、つい、ふらふらっと……」

持ち主がよそみをしている間に、捨蔵は鉢植えを奪い逃げた。相手は子供、簡単に振り切れると思ったのに、少女にしつこく追いかけられて、とうとう捨蔵は、お蝶に水をかけられた、というわけだ。

「そんな珍種を、あんな子供が持っているのを、おかしいとは思わなかったのかい」

「そりゃあ……けど、身なりのいい娘っ子だったから、親の使いに持たされたのかと思ったまでよ。素人(しろうと)だって、白だ青だと掛け合わせていじくりまわしているうちに、大層な花が咲くこともありまさぁ」

「じゃあ、あんたはただの行きずりで、あの子がどこの誰だか知らないっていうんだね？」

「知らねえ。見たこともねぇ娘っ子だ」

「あの子はね、元気そうに見えて、持病があったようだよ。あんなに走って、運が悪けりゃ、命を落としたかもしれない」

「えっ」

　捨蔵は青くなった。

「あんたのちょっとした出来心が、人様の命を縮めたかもしれないんだよ。それじゃさすがに、あんたも寝覚めが悪いだろう？　たかが盗みと思いなさんな。妹のためにと金に目が眩(くら)んで、殺生(せっしょう)しちゃ、せっかくの祝言(しゅうげん)が台無しじゃないか」

「あっしは、そ、そんなつもりじゃ……」

「つもりがなくても、人様の物に手を出すってことは、そういうことなんだよ」

「……へい……申しわけないことで……おいら、どうしたら……」

「今日のところは家に帰りな。もし、あの子が訴え出るようなことになったら、素直に呼び出しに応じるんだよ」

「へ、へい……」

「もし呼び出しがなくとも、今度だけは運があったと思って、とにかく、もう金輪際おかしな気を起こさないことだよ」

「へい」

　捨蔵はすっかりおとなしくなった。

　間もなく戻ってきた安次郎をつけて、お蝶は捨蔵を家に帰してやった。

三

　お蝶と沙鷗が店に戻ると、お蝶の親友、女髪結いのお初が待ち受けていた。

　仕事の途中なのだろう。ぱりっとした紺の縞木綿に燃えるような緋縮緬の前垂れ姿が粋である。

「お蝶ちゃん。盗っ人捕まえたんだって？　おちまちゃんから聞いたよ」

お初が細い目を三日月にして、おっとりと微笑んだ。

「……ああ。捕まえて生かしたまま放してやった。功徳だよ」

お蝶がどこか上の空で言い捨てた。

「ええっ！　そんな悪党を許すなんて、お蝶ちゃんらしくないねえ」

「……これにはいろいろとわけがね……うーん……」

「どうしたの、お蝶ちゃん、そんな怖い顔して。お腹が痛いの？」

「どこも痛かないよ……ああ、思い出せない……」

お蝶はしぶい顔で奥へ上がると、そのまま、ううん、と天井をにらむ。

突然飛び込んできた女装の少年。

考えれば考えるほど、お蝶はあの子とどこかで会ったことがあるような気がするのだ。

「いったい、どこの子だっただろう……」

沙鷗があぐらをかきながら、のんびりと言った。

「お蝶さん、もういいじゃねぇか。盗られたものは取りかえしたし、盗っ人には説教してやった。女の格好をした男の子ってのは、ちょいと解せねぇが、そこらで行き倒れていないってこたぁ、無事に我が家へたどりついたんだろうよ。一件落着だろう？　いったい何をそんなに気にしているんだ」

「確かに沙鷗さんの言うとおりだけど、何だか気になってねぇ。もしも、あの子が困っているなら助けてやりたいじゃないか。このままじゃ寝覚めが悪いよ。あの子ったら、年寄りみたいに青い顔して薬まで飲んで……あっ」

叫ぶや否(いな)や、お蝶はくるりとおちまへ向き直った。

「おちまちゃん、あの子の薬の包み、あんたが始末したんじゃなかったかい」

「はい。確か……ああ、ここにございました」

言っておちまは袂(たもと)をさぐり、丸めた薬包を取り出した。

「沙鷗さん、これ。何かわかるかい？」

沙鷗は、お蝶が差し出す薬包を開くと、わずかに残っていた粉末を薬指に移して、ぺろりと舐(な)めた。

「苦い」

「薬が苦いのは当たり前だろ。味なんか聞いちゃいないよ」

「とにかく、薬屋の名前だけはわかるぜ」

「本当かい」

「そら、ここだ。俺じゃなくても猫でもわかる」

薬包の隅に、浅草万年堂、と屋号の判が押してある。

「あの子のことが何かわかるかもしれない。あたし、ちょっと行ってくるよ。おちまちゃん……」

「ご心配なく、いってらっしゃいまし」

皆まで言わずとも、おちまはにっこりとお蝶を送り出す。

「じゃあ、頼んだよ」

小走りになるお蝶の後ろ姿を、お初がぽかんとして見送る。

「あーあ、行っちゃった。忙しいこと」

「さてと、一服したら、俺も出てくるか」

「どこへ？」

「ちょいと薬屋へ」

「沙鷗さんも薬屋へ？」

「ああ」

意味ありげに片眉を上げ、沙鷗はぷかりと煙を一つ吐いた。

四

　万年堂は、浅草寺近く、裏道に面した小さな薬屋であった。

　表戸を閉め切った広くもない店の中は薄暗く、かび臭さと薬種の匂いがよどんでいる。

　出てきた主人は五十がらみ。背は低く、なで肩で、糸のように細い目とつぶれた鼻。道端で風雨にさらされた地蔵のような、のっぺりとしたその顔には表情がなく、声も静かである。

「御茶漬屋のお蝶さん……ああ、お噂はかねがね。さあて、そのお蝶さんがこの汚いところに何の御用でしょうか」

「実は、人を捜しております。こちらの薬をいただいている子供なんでございます。この薬包の薬を飲んでいたのです」

　そう言って、お蝶は少年が残していった薬の包みを見せた。

「さあて、確かにこれはうちの薬を包んでいたものでございますが、その子供が何か？」

「事情があって、その子供の居所と名を知りたいのでございます」

お蝶が客ではない、とわかると、主人の静かな声はますます抑揚をなくした。

「さあて……どなたに処方したかまでは……あいすみません」

「病人は十ぐらいの男の子なんです。胸が苦しくなるような病だったはずでございます。心当たりはございませんか」

「さあて、お子様がご病気のときは親御さんがみえられますからなあ……あいすみません」

あまりの手ごたえのなさに、お蝶はしびれをきらした。

「実は、その男の子は、事情があって女の子の格好をしているのです。いかがでございましょう。心当たりは……」

すると、主人の無表情な口元がわずかにゆがんだ。

「ははは……男が女に、とは滑稽な。そういったご趣味は手前どもではわかりかねます。むしろ、あなたさまのようなお方のほうがお詳しいんじゃございませんか、ははは……あいすみません」

遠回しに芸者上がりの素性を揶揄され、こうものらりくらりとかわされては、それ以上食い下がることもできない。お蝶は引き下がった。

とぼとぼと歩いていると、

「おかみさん、お待ち下さいませ」

店の奥で薬研をひいていた男の子がお蝶を追ってきた。年の頃は十ぐらい。丸顔でずんぐりしていて、くるくるとよく動く団栗眼。鼻の横に大きなほくろがあるのはご愛嬌である。

「わたしは、万年堂で下働きをしております、忠吉と申します。あの、おかみさんは女の格好をした男の子をお捜しなんですか」

「そうなんだよ。でも、ちょっと見には女の子にしか見えないんだ。大層きれいな子だよ」

「どうして、その子のことをお捜しなんでございますか」

「ちょいと偶然に知り合った子なんだよ。具合が悪そうにしていてね。そのまま別れて、名前も家も聞かずじまい。薬を飲んでいたのを見たものだから、心配でこうして捜しているわけさ」

忠吉は、わずかにためらってから口を開いた。

「お蝶さんって、あの、こらしめ屋のお蝶さん？」

忠吉のあどけない表情を見て、お蝶は微笑んだ。

「こらしめ屋の看板を出しているわけじゃないけどね」

「知ってます！　こないだも、悪い人殺しをとっ捕まえたって！　わたしは、お蝶さんを尊敬します！」

忠吉は頬を紅潮させて言った。

「尊敬なんて、大仰な……」

「旦那様から、お客様のことはあまり話さないように言われているんです。でも、こらしめ屋のお蝶さんがお捜しだというなら、よっぽどの事情があるのでしょう？　盗っ人の探索ですか？」

「ああ、いや、だから、その子の体が心配なんだよ。それだけだよ」

忠吉は大きくうなずいた。

「よろしいでしょう。わたし存じております」

「ほんとうかい」

「はい。一度、薬を届けに参ったことがございます。わたしは、男の子だとすぐにわかりました。だって、めんこで遊んでいらっしゃいましたからね」

「どこにいるのか、教えてもらえるかい」

忠吉は、指で鼻の横のほくろを掻くと、得意そうに胸をそらした。

「すぐ近くです。高田屋さんの寮に暮らしていらっしゃいます。坊ちゃんの兎一郎さんでございます」

「高田屋の兎一郎！　そうか、あの子だったのか」

お蝶の記憶の糸がやっとつながった。

「忠吉さん、ありがとうよ」

「わたしでよければ、いつでも御役に立ちましょう」

忠吉は直立不動で、いつまでもお蝶を見送っていた。

五

お蝶はその足で、すぐに高田屋の寮へ向かった。

賑やかな表通りから少し歩くと、閑静な寮が並ぶ一角がある。どの家も造りと庭に趣向を凝らしている。

道々、人に尋ねながら、お蝶は目印の松の木を見つけた。その寮の庭木は、界隈でも一際手入れが行き届いていた。

訪いをしようとしたところへ、出合いがしらに、ついと出てきた女中の顔を見て、お蝶は驚いた。

「お松さん！」

「あら、やだ、お蝶さん！」

箒を手に出てきたのは、三十がらみの女、お蝶の深川時代に、近くの料理屋で下働きをしていたお松であった。

「ここで奉公をしているのかい？」

「ええ、お蔦さんの口利きで……」

お蔦というのは、元深川芸者であった。お蝶とも芸を競った間柄の美しい女である。

お蔦は何年か前、高田屋の旦那に落籍されて後添えに納まった。兎一郎は前妻の子なので、お蔦は義理の母親になる。

「お蝶さんこそ、どうしたの」

「いや、実は……今、ちょっと話せるかい」

「ああ、いいよ」

「驚いたね。お松さん、まさかあんたが吉野楼をやめたとは」

お松は恥ずかしそうに微笑んで言った。

「男でしくじっちまって……吉野楼にいられなくなっちまったんだ」

「それで、お蔦さんに世話してもらったのかい」

「そう。丁度女中を探していると言って、高田屋さんの寮で雇ってもらえたんだよ」

「おかげさんで話が早い。聞きたいことがあるんだ。兎一郎ちゃんのことさ」

「坊ちゃんがどうかしましたか」

お松は、ぎょっとしたように目を見開いた。

「あの子、女の格好をさせられているのかい？」

「あんたがどうして知っているんだい」

お蝶は朝の出来事を手短に語った。

「そうだったのかい。実は、なるべく外に出さないようにと言われていたんだけど、今朝は、ちょっと目を離した隙にいなくなっちまって、肝を冷やしたんだ」

「どこかで見たことのある子だとずっと気にかかってね。やっと思い出したというわけさ。一体全体、どういうわけなんだい」

「あれは、まじないなんだよ」

「まじない？」

お松はうなずいた。

「病本復のまじないだよ。ついこの間、坊ちゃんは疱瘡をやったんだ。なかなか本復しなくて、一時は危ないと言われてね、旦那様が拝み屋を呼んだんだよ。その拝み屋が『女の赤い着物を着せて家から遠ざけよ』と言ったんだよ。疱瘡に赤い着物ってのは、お決まりだから、とにかく旦那様は藁をもつかむ気持ちで従ったのさ。そしたら、なんと坊ちゃんが本復したんだよ」

「でも、病が癒えたのに、なんでまだ女の格好なんだい」

「拝み屋が『普通の生活に戻ってはならぬ』と言うんだ。病魔はまだ去っていないんだって。戻れば、病がぶり返すばかりか、家に災いをもたらして末代まで呪われるというから、恐ろしいじゃないか。確かに坊っちゃんは、ときどき胸が苦しいと仰るんだよ。拝み屋の言うことを聞かなかったばっかりに命を落とした人の話もおかみさんが聞いてきたよ。それで、旦那様も信用したんだ」

「それじゃ、兎一郎ちゃん一人で、この寮で暮らしているのかい?」

「そうだよ。それにしても、あんた、よくここがわかったね」

「兎一郎ちゃんのお薬が万年堂のだとわかってね。そこから、やっとたどりついたのさ」

「薬？　ああ、あれはお蔦さんが持ってくる薬だよ」

「会わせてもらえるかい？　兎一郎ちゃんに」

「それは困るんだよ」

お松はしぶった。

「元気かどうか、顔を見るだけでいいんだ」

「でも……」

お蝶は背のびして、垣根から中をのぞいた。兎一郎が鉢植えの手入れをしていた。

朱鷺色の振袖は肘までまくりあげ、裾をからげてすねを出した姿はとんだ美しいお転婆娘である。

「兎一郎ちゃん」

お蝶が声をかけると、兎一郎が、つと顔を上げた。

ほころんだ蕾のように微笑んでいた顔が、お蝶を見るなり凍りついた。

少年を安心させようと、お蝶は笑顔を見せた。

「具合はどうだい」

兎一郎は跪いて地面に手をついた。

「申し訳ございません。お助けいただいておきながら、黙って出てきてしまって……」

お蝶はあわてて、そばへ駆けよって兎一郎のその手を上げさせた。

「ああ、いいんだよ、いいんだよ。別に叱ろうと思ってきたわけじゃないんだから。もう苦しくはないのかい」

「……あ、はい。すっかり楽になりました」

「そりゃよかった。心配したんだよ。でも、あんたが元気なら、安心したよ」

お蝶があでやかに笑うと、兎一郎はほっと頰を緩めた。

「そんなことより、おばちゃんを覚えているかい」

「御茶漬屋のおかみさんで、お蝶さん……」

「ああ、やっぱり覚えていないよね。あんた、小さかったもの」

「どこかでお会いしたのでしょうか」

「そうだよ」

お蝶はもったいぶって言葉を切った。兎一郎は思い出そうと、お蝶の顔を穴の開くほど見つめた。

「ふふふ、あたしも最初は、あんたが誰だかわからなくってねぇ。でも、どこかで見たことがあると思ったんだ。その可愛い顔は忘れられないもの」

　兎一郎は顔を赤くした。

「おばちゃんはお蔦さんの古い知り合いだよ」

「おっかさんの？」

「ああ。お蔦さんが高田屋さんに後妻に入ったとき、お祝いを言いに寄って、そのとき、あんたをちらっと見たことがあるんだよ。何年前になるだろうねえ……あんたはまだ、こんなに小さくて、恥ずかしがって、ろくに目を合わせてもくれなかったけど。だから、覚えていなくて当たり前さ」

「そうだったんですか。ご無沙汰(ぶさた)いたしております。先ほどは本当に失礼をいたしました。わたしは、こんな格好で……」

「無理もないよ。恥ずかしかったんだろう」

　黙って下を向くのは、そうだと言うのと同じであった。

「お蔦さんはお元気？」

「はい……滅多(めった)にお会いしませんが」

　兎一郎の顔がわずかに陰(かげ)る。

「おとっつぁんやおっかさんは、見舞いに来るんだろう？」

「お二人ともお忙しいので……直次郎もいるし」

「直次郎？」

「去年、弟が生まれたんです。直次郎っていう」

お蔦は赤ん坊を産んでいたのだ。

閑静な寮で立派な調度に囲まれていても、女中との二人暮らしは寂しかろう、とお蝶は胸が痛んだ。

「見事な庭だねえ」

お蝶はせまいながら数寄を凝らした庭を眺めた。

「おじじ様の御隠居所だったんです。おじじ様は庭師顔負けの腕をお持ちで、新種にも凝っておいででした」

「じゃあ、朝顔も？」

「朝顔や躑躅や、植木屋が舌を巻くような見事な花を咲かせなさりました。わたしも小さい頃からよくここに遊びにきて、おじじ様と庭いじりをいたしました。おじじ様が亡くなって、なんとかわたしが世話をしております」

「兎一郎さんは花がお好きなんだね」

「はい。この寮にはおじじ様が遺した花がたくさん残っています。だから、わたしは寂しくないのです」

草花を眺める兎一郎の目は、まるで親が子を見るように温かい。

お蝶は兎一郎の横顔に、花屋だった伊三郎の面影を重ねた。

まるで我が子を慈しむように、花を愛でていた伊三郎。

あの人ももしかしたら、寂しかったんじゃなかろうか……。

伊三郎は多分、身分を偽っていた。人には言えぬ御役目を帯びて、花屋に身をやつしていたに違いない。わざと目立たないように暮らしていたのもそのためだったのだろう。世間を憚る暮らしを続けていれば、気持ちがささくれ立つ。思いがけずお蝶と深間にはまったが、すべてを話してくれたわけではない。花の世話をする一時だけ、伊三郎は素に戻れたのかもしれない。

お蝶は縁側にふと目を止めた。

兎一郎が盗っ人から取り返した件の鉢植えが鎮座している。

「これは、今朝の鉢植えだね？」

「あ、はい。お恥ずかしいことでございます」

そう言って兎一郎は、急にあたふたと鉢に覆いをかけてしまった。

「変化朝顔なんだってね。どこへ持って行こうとしていたんだい」

お蝶の問いには答えずに、兎一郎はうつむいた。

「あの、このことは、おとっつぁんやおっかさんには内緒にして下さいますか」

「もちろん。黙って出かけたから叱られるのが怖いのかい」

兎一郎はうなずいて、それきり口をつぐんでしまった。

「お蝶さん、困りますよ、本当に」

お松に急かされ、お蝶は後ろ髪を引かれる思いで、高田屋の寮を後にした。

六

店に戻ると、お初と沙鷗が難しい顔でお蝶を迎えた。

「お蝶さん、ちょいと雲行きが怪しくなってきたぜ」

沙鷗が煙管をもてあそびながらつぶやいた。

「なんだい、二人とも。こっちはめでたく尋ね人にたどり着いたってのに……と言っても、事がすっきり片付いたわけじゃないが」

お蝶が言うと、お初が身を乗り出した。

「それで、あの子、誰だったんだい？」

「高田屋のお蔦さんを覚えている？」

「ああ。何年か前、大店の後妻に入ったたって、深川でもえらい評判だったあのお蔦さん？」

「あの子は兎一郎さんといって、その大店、高田屋の先妻さんの忘れ形見だよ。あたしたちも会ったことがある。ほら、ご祝儀を持っていったとき……」

「ああ、思い出した！」

お初が、ぱちんと手を叩いた。

「あの可愛い男の子かい？　お蔦さん、継子だってのに、自分の子みたいに可愛がっていたよねぇ。でも、あの兎一郎ちゃんが、なんだって女の格好で？」

お蝶がかくかくしかじかと話す間も、沙鷗の顔色は冴えない。

お蝶の話が途切れたところで、沙鷗が眉間の皺を深くして口を開いた。

「実はなあ、俺も気になって、知り合いの薬屋を訪ねたんだ。兎一郎が飲んでいるこの苦い薬ってやつをちょいと見てもらいに行ったんだが、嫌な話を聞いちまった」

「なんだい、嫌な話って」

「どうやらこの粉末は、心の臓を弱らせるらしい」

「なんだって、心の臓を……弱らせるだって？」

「うむ。すぐにどうこうというわけじゃないが、育ち盛りの子供に飲ませるような代物(しろもの)じゃないらしいぜ。元気な子でも、疲れやすくなったり動悸(どうき)がしたりするらしい」

「まさか。あの薬はお蔦さんが渡していると聞いたよ。それじゃ……」

一瞬、三人は無言でお互いの目の奥をのぞきこんだ。

「……後妻さんが、自分の子ができて、継子が邪魔になったか……」

沙鷗がぽつりとつぶやいた。

「でも、お蝶ちゃん、兎一郎さんに女の着物を着せたり、寮に住まわせたりするように差し向けたのはお蔦さんじゃなく、高田屋さんが頼んだ拝み屋なんだろう？お蔦さんは関係ないんじゃないのかい」

お初がおずおずと口をはさむ。

「拝み屋か。ちょいと調べたほうがよさそうだな」

するとお蝶がつぶやいた。

「もう手は打ったよ」

「なんだと。抜かりはねぇな」

「その拝み屋ってのがどうも気になってね。一応、素性を調べさせているところさ。でも、まさか兎一郎ちゃんの飲んでいる薬がそんなものだとは……」

「熊吉に頼んだのか？」

「熊吉は生憎留守で、安次郎に言伝したから、さて、ちゃんと伝わるかどうか……。あら、噂をすればなんとかって、音痴の囃子方のお出ましだ」

安次郎が勢いよく駆け込んできた。

「お蝶さん、わかりやしたぜ！」

「ずいぶん早いじゃないか。お使いご苦労さん。で、熊吉はなんて？」

「だからよぉ、兄貴は忙しいって言ってるだろう。代わりにおいらがきっちり調べてきやしたぜ。恩に着てほしいや」

「おまえが？」

お蝶とお初の声が重なった。

「大丈夫か」

沙鷗も憮然と腕を組む。

お蝶が怖いものでも見るようにおそるおそる聞いた。

「そうかい、おまえが……で、どうだった？」

「その前に、おいら、腹が減っちまって……」

「腹ごしらえは後だよ。調べたことを教えとくれ」

「へーい。ええと、高田屋に出入りしている拝み屋は、天因坊と名乗る野郎です。ある日お告げを受けて以来、人の運命がわかるようになったとか」

「本当かい」

すると安次郎がにやりと笑った。

「そこが眉唾でさぁ。こいつぁ、どうやら元は深川で箱屋をやっていたらしいんでさぁ」

「箱屋？」

「箱屋の善治っての。そいつの人相風体ですが……」

「相撲取りみたいな大男、違うかい？」

お蝶が言うと、安次郎が目を丸くした。

「ご名答！　お蝶さんこそ八卦見みてぇだ。なんでわかったんですか」

「おまえの顔にそう書いてあった」

お蝶の出鱈目を真に受けて、安次郎がますます目を丸くする。

「へぇえ、すげぇなあ。お蝶さんて、顔を見ただけで何が言いたいかわかっちまうのか。さすがはこらしめ屋のお蝶さんだ。おみそれしやした」

「ご苦労さん。おちまちゃん、何かうまいものを食わせてやっておくれ」

「はい。安次郎さん、卵焼きはお好きですか」

「うわあ、ご馳走じゃねぇか。茶漬屋って、茶漬ばっかりじゃねえんだな。お蝶さんもすげぇし、卵焼きもすげぇや……」

　すげぇすげぇと手放しで感心する安次郎をおちまに預け、お蝶はお初に目配せをした。

「箱屋の善治ってのは、あの悪党だ」

「うん。昔、お蔦さんのイロだった男だね。ちゃっかり、こんなところにもぐりこんでいたなんて」

　箱屋は、雇われて芸者の着つけの世話をしたり、三味線箱を担（かつ）いで供をしたりする男衆（おとこし）である。芸者に手を出してはならない、というのが表向きのしきたりだが、善治はそんなことお構いなしに、次から次へと半ば無理強（じ）いしては芸者に手をつけ、とうとうお払い箱になった。お蔦と一緒にいたのはほんの短い間だったが、確かお蔦は善治の子を一度流しているから、浅からぬ関係である。善治はその後、姿をくらましたのだ。

「祈禱師に化けた箱屋の善治が、昔なじみのお蔦とつるんで、兎一郎を家から追い出した、と考えるのが筋だな。狙いは高田屋の身代か。ふん。珍しくもねぇ」

「ほんとにそうなら、兎一郎ちゃんが可哀想じゃないか。でも、おかしいねえ。お蔦さんは兎一郎ちゃんをあんなに可愛がっていたし、兎一郎ちゃんだってなついていただろ？」

すると、沙鷗が冷めた口調で口をはさんだ。

「人の気持ちってのは変わるんだぜ。お蔦ってのが、てめぇの子を産んだんなら尚更だ。女ってのは薄情だからな」

「薄情で悪うござんした。ここにもその薄情が二人いるんでございますけどね」

お蝶がつんと横を向く。

「ねえ、お蝶ちゃん、とにかく、兎一郎ちゃんのことだよ。なんとかしてあげようよ」

「そうだね……安！」

「あいよ」

「ご苦労だけど、飯が済んだらひとっ走り行っておくれでないかい。高田屋さんの寮のお松さんて女中に伝えてほしいんだよ」

「へい。なんなりと」

「お蔦さんの薬を兎一郎ちゃんに飲ませちゃならない、そう伝えておくれ」

「それだけかい？　他には？」

「それじゃあ、薬屋の万年堂のことも調べておくれ。悪い噂はないか、くれぐれも気づかれないようにだよ。ああ、そうだ。そこの主人は、取り付く島もないけど、忠吉っていう小僧が頼りになるから、話を聞くといい。鼻の横に大きなほくろのあるはきはきした子だよ」

「へい。がってんだ。飴玉(あめだま)でも握らせておきましょう」

「おまえ、案外気が利くね」

　安次郎は満面の笑みを浮かべた。

「お蝶さんにそう言ってもらえると嬉(うれ)しいねえ。へへ。今度から、熊吉兄貴じゃなくて、何でもおいらに言いつけてくれよ。おいら、こんなうまい卵焼きが食えるんなら何でもするぜ」

「わかった。頼むよ」

「行ってくらぁ」

　弾むように往来を駆けていく安次郎の後ろ姿を見送りながら、お初が言った。

「ついこの間まで強請りたかりが商売だったあの遊び人の安がねえ……とんだ小悪党だと思っていたけど、役に立つもんだ」

「あの腰の軽さは遊び人にしておくには惜しいとつねづね思っていたんだよ。ああ見えて、頭もそれほど悪かぁないさ。熊吉に預けて正解だ。いっそ、岡っ引きにでもなりゃあいい」

「まったくだねえ」

「さて、あたしたちは明日にでもお蔦さんに会って白黒はっきりつけなきゃ」

「お蔦さんに？　でも、まともに話を聞いてくれるかねぇ。知らぬ存ぜぬを通されて逃げ出されちゃ、どうにもならないよ」

「縛り付けてでも話を聞くよ」

お蝶は不敵に笑った。

日がとっぷりと暮れた後、安次郎が元気に戻ってきた。

夢見鳥は、酒と肴で話に花を咲かせる常連客で賑わっていた。

「お蝶さん、ただいま帰ぇりました！　すまねぇけど、おいら……」

「腹が減っているんだろう？　あたしはちょいと忙しいから、奥で待っていておくれ。すぐに何か見繕ってやるから」

お蝶に奥へ押し込まれると、そこには十年一日のごとく、沙鷗が煙管を吹かしている。

「戯作の旦那、あんたまだいたの？　戯作者ってやつは暇なんだねえ」

「おきゃあがれ！　こちとら暇そうに見えて、おつむの中は大忙しなんだよ」

「へええ、おつむが大忙しとは器用なもんだ。おいらてっきり、お蝶姐さんに惚れてるだけかと思ったよ」

「うるせぇ。餓鬼は黙ってろ。それで、ちゃんと使いはしたのか」

「おう、任してくれよ。お松さんて女中に、『兎一郎にお蔦の薬は飲ませるな』と伝えてきたぜ。地味な大年増だけど、ちょいと色っぽい女だったぜ」

「余計なことはいいんだ。それから？」

「万年堂の周りをかぎまわったけど、胡散臭ぇ薬屋だな。子おろしの薬を頼んだだとか、あそこの薬で誰それが密かに姑を始末しただとか、そんな話ばっかりだった。やばい薬は、主人手ずから誂えるそうだから、忠吉は薬のことはよくわからないと言っていたぜ」

「恐ろしいな」

「ああ、そういえば、お蝶さんは『お蔦の薬』って言ったよな？」

「そうだ。確か、拝み屋の善治とつるんで、お蔦が兎一郎に薬を届けていると、そう聞いているぜ。とんでもねぇ継母だ」

「ところが、忠吉って小僧が言うには、兎一郎の薬は、注文も取りにくるのもお蔦じゃなくて、お松って女中だそうだよ。おいら、『お蔦の薬』って伝えちまったんだけど、『お松の薬』じゃねえのか？」

「なんだと」

沙鷗の瞳が空を泳ぐ。

「……ええと、ということは、おいら、薬の注文をしている当の本人に、『その薬は飲んじゃならねぇ』って、御注進に行ったたってことか？　大きなお世話ってか、間抜けじゃねぇか？　……うーん、よくわからなくなっちまった……やっ、旦那、お帰りで？」

沙鷗が、すっくと立ち上がり、安次郎に向かって言った。

「そいつぁ、まずいじゃねぇか！」

「そいつって、どいつですか？」

「察しろよ！」

「察しろって……旦那？」

ぽかんと口を開けた安次郎には構わず、沙鷗は店先で客の相手をしていたお蝶に駆け寄った。

「あら、血相変えてどうしたの？　沙鷗さん」

「お蝶！　とんだ考え違いだったぜ」

「なんだって言うんだい？」

「安次郎が、悪党にわざわざ御注進にうかがっちまったのさ」

「だから、どういう……」

「話は後だ！　悪党が雲隠れするかもしれねぇし、何より、兎一郎が危ねぇ！」

呆気に取られる客たちを背に、お蝶は裾を乱して沙鷗のあとを追いかけた。

「なんだって」

七

木戸が閉まるにはまだ早いが、高田屋の寮のあたりは真っ暗闇で人気（ひとけ）がない。

寮の裏口では、低い生垣（いけがき）の内に、大きな男の影とほっそりとした女の影が向かい合って低い声でやりあっている。

男は拝み屋の善治、女はお松である。

「……だから、どうすりゃいいのさ！　ついさっき、お蝶のとこの若いのが薬のことを言いにきやがった。お蔦のせいにしてあるけど、もしこのことが明るみに出たら、あたしたちつかまっちまうよ」

「つかまることなんかあるか！　お蔦はびびっているから何も喋りゃしねぇよ」

「だけど、お蝶があきらめやしないよ。あの女、しつこいから。ねえ、あんた、どうしよう」

「そもそもおまえが仏心（ほとけごころ）を出して、餓鬼を生かしておくからこんなことになるんだ。さっさと病に見せかけて殺しちまえば、こんな面倒はなかったんだぜ」

「殺すなんて、そんな……」

「おめぇが意気地（いくじ）がねぇから、俺までとんだとばっちりだ。畜生（ちくしょう）、蝶吉のやつ！　余計なおせっかいが命を縮めるってことを思い知らせてやらぁ。あのあま、殺してやるっ」

「誰を殺すんだって？」

よく通る声が闇を裂き、二人は肝をつぶした。

「だ、誰だ！　てめぇ」

「あっ、お蝶……お蝶さんじゃないか。ど、どうしたんだい」

お松の愛想笑いが暗い中でも引きつって見える。

お蝶は提灯を掲げて、二人をきっと睨みつけた。

「祈禱師ごっこくらいなら見なかった振りをしてやったのに、あんたたち、ちょいとやりすぎたようだね。出鱈目な御神託で主筋の旦那様を欺き、坊ちゃんにあやしげな薬を飲ませて命を危うくさせた罪、ただじゃすまないよ」

お蝶の啖呵に、善治がずいと前へ出た。

透き通った大玉の数珠を握り、袈裟を着て、いっぱしの拝み屋を気取っているが、提灯の火に照らされた造作の大きな顔は赤鬼のような形相である。

「おい、蝶吉、ただじゃすまねぇとはこっちの台詞だ！」

善治の太い両腕が、お蝶の体に襲いかかった。

その刹那、

「ひっ！」

闇に白刃が閃き、善治の喉の奥からかすれた声が絞り出される。

沙鷗の腰のものが善治の鼻先をかすめたのだ。

「拝み屋さんよ、そろそろ年貢の納め時だ。しつっこいお蝶さんに目をつけられちまったのが、運の尽きだな」

「ぐっ!」

言うが早いか、沙鷗の刀の柄が善治の鳩尾にめりこんだ。当身を食らって、さしもの大男も呆気なくのびる。

お蝶がお松の腕を取って、ぐいと引き寄せた。

「お松さん、あんたが善治とぐるだったなんて……あの男にたぶらかされたんだろう? そうなんだろう? 兎一郎ちゃんは、無事なのかい」

「命だけはね。とんだ死に損ないさ」

ぱん、と勢いよくお蝶の張り手が飛んだ。

「人でなし! せっかく病が癒えた子に向かってそんなこと言っちゃ、罰が当たるよ」

するとお松は、がっくりと項垂れて、低く叫んだ。

「罰ならとっくに当たってるさ!」

それきりお松は口をつぐんだ。

そこへ、熊吉が安次郎と若い者たちを伴って駆けつけてきた。

「なんでぇ、もう捕り物は仕舞いかよ！　おいらも悪党を一発ぐらい殴りたかった」

ぶつぶつ言う安次郎たちに後始末を任せて、お蝶は寮の中へ入った。

「兎一郎ちゃん、兎一郎ちゃん……」

布団は空っぽで、広くもない寮の中、どこを捜しても兎一郎の姿は見えない。

「沙鷗さんっ！　兎一郎ちゃんがいない」

「なんだって」

「どこへ行っちまったんだろう……お松さん、兎一郎ちゃんはどうしたんだい？」

「さあね。知ったこっちゃないよ」

そう言ったきり、お松は口をつぐんだ。

沙鷗が縁側から庭先をぐるりと見渡して言った。

「お蝶さん、あの鉢植えはあるか？」

「確かここに……いいや、なくなってる！」

「朝顔を持って、昨日行けなかったところへ行こうってんだな」

「こんな夜にいったいどこへ」

「昨日、兎一郎が鉢を盗まれた茶店は、高田屋と目と鼻の先だったじゃねえか。まずは高田屋だ」

高田屋は表戸を閉ててひっそりと静まり返っている。

兎一郎らしい姿は影も形もなかった。

二人は勝手口にまわった。

「おや、沙鷗さん、ご覧よ」

勝手口に寄り添うように、臙脂の風呂敷包みが立てかけてある。

「これは鉢植え……やっぱり、兎一郎はここに来たんだな。子供の足だ。まだその辺にいるに違いねぇ」

そこらじゅう駆け回り、ようやくお蝶は堀の端にしゃがんでいる兎一郎を見つけた。

「兎一郎ちゃん」

「あ、お蝶さん」

「よかった」

言うなり、お蝶は兎一郎に並んでその場にうずくまり、小さな肩をぎゅっと抱きしめた。

「捜したよ」

「申し訳ございません……」

うつむいた兎一郎の瞳から、ぽとりと地面に涙が落ちる。

「こっそり抜け出したりして、あんたは人を心配させる名人だね」

「お松さんが外へ出た隙に抜け出したんです。どうしても、行かなきゃならなかったんです」

「鉢植えを家に届けたかったんだろう？」

兎一郎がうなずいた。

「おっかさんに花をお見せしたかったんです。昨日は遅くなって、そのうえあんなことがあってお届けできなかったから、今日はどうしても、夜のうちにお届けしたかったのです」

「そうだったのかい。お蔦さんに……でも、大事な朝顔をあんなところに置き去りにして、また盗っ人にやられちまうじゃないか。どうしてその手でおっかさんに渡さなかったんだい？　自分のお家じゃないか」

「おっかさんは、わたしのことが嫌いだから……」

「ええっ？　誰がそんなことを言ったんだい。おっかさんがかい」

兎一郎は首を横に振る。

「いいえ。でも、わかるんです。以前はあんなに優しかったおっかさんが、近頃はちっとも会いにきてくれなくなりました。それに……」

「どうしたんだい」

「疱瘡が良くなっても、わたしは元気になれません。病魔のせいで女の子の格好でいなきゃならない。わたしのことは噂になって、このままじゃ家の恥になります。わたしなんか、いないほうがいいんです」

「そんなことは……」

「でも、あの花だけは、きれいに咲いたところを、どうしてもおっかさんに見てもらいたかったんです。だって、わたしが三年かけて、丹精して育てた花なんですから」

「三年も？　そうだったのかい」

兎一郎はうなずいた。

「わたしは、産みの母の顔を知りません。生まれてからずっと、おとっつぁんやおじじ様や乳母に囲まれて育ちました。ある日、おとっつぁんがわたしを呼んで、『今日からこの人がおまえのおっかさんになるんだよ』とおっかさんに会わせてくれました。わたしがどんなに嬉しかったか……世間は、継母だからいじめるだろうとか、ひどいことも言いますが、おっかさんはわたしをとても可愛がってくれました。病気になれば寝ないで看病してくれて、悪いことをすれば叱ってくれて、わたしが飽きるまで一緒に遊んでくれた」

お蝶は、うんうんとうなずきながら聞いた。

「三年前の夏のことでした。おじじ様が亡くなって、わたしはおじじ様の朝顔を世話して咲かせていたんです。おっかさんは、わたしの鉢植えを褒めてくれました。『兎一郎ちゃんは優しいから、お花もそれがわかって、きれいに咲いてくれるんだろうね』と……」

「お蔦さんの言うとおりだ」

「おっかさんは、青や紫の小さな花を見ながら、白い花はないのねぇ、と言いました。おっかさんは白い花が好きだったんです。真っ白い朝顔が夏の朝に咲いていたら、涼しげでいいだろうね、と。そのとき、わたしは決めました。大輪の白い変化朝顔を作って、おっかさんに見せてあげよう、と」

「そうだったのかい。見事にできたじゃないか。よくやったね。立派だよ」

「おっかさんの喜ぶ顔が楽しみで。でも……」

　兎一郎はうつむいた。

「兎一郎ちゃん、おばちゃんと一緒におっかさんのところへ行こう」

　兎一郎は黙ってかぶりを振った。

「いいことを教えてあげよう。さっきおばちゃんは、兎一郎ちゃんの病魔を退治してきたんだよ。もう女の子の格好をしなくてもいいんだ。おかしな噂なんか、みんなすぐに忘れちまう。家にも帰れるよ。きっと元気になれるから、家に帰ろう」

「本当ですか？」

「ああ、本当だよ」

「本当に元気になれるの？　家に帰れるの？　拝み屋さんは、わたしに悪い病魔がついているって……」

「それを退治したんだ。もう心配することはない。だから明日の明け六つ、迎えに行くから、一緒におっかさんのところへ行こう。おっかさんと一緒に朝顔が咲くのを見るんだよ」

「でも、おっかさんはわたしのことを……」

「お蔦さんはおまえのことが大好きだよ。そりゃ、赤ん坊が生まれれば女は忙しくて、上の子に構っちゃいられないことがあるのさ。でも、それはどんな家でも同じことさ。おまえが継子だからじゃないよ」

「そうなんですか」

「馬鹿だね。お蔦さんはおまえのおっかさんじゃないか」

兎一郎の頬がほんのりと赤くなる。

お蝶は、影のように待っていた熊吉に声をかけた。

「今日のところは、この子を連れて帰って寝かせてやってくれないか」

「へい」

「兎一郎ちゃん。朝になったら迎えに行くから、ちゃんと支度してておくんだよ。もう赤い着物は着なくてもいいんだ」

兎一郎がうなずいた。

「あたしはお蔦さんに会ってくるよ。兎一郎ちゃんが帰ってくると知らせておかなくっちゃね」

「お蝶さん」

兎一郎がお蝶を呼び止めた。

「おっかさんに伝えてください」

「なんだい？」

「六花（りっか）」

「六花、それは？」

「あの朝顔の銘です。わたしがつけました。どうぞよろしくお願いいたします」

お蝶が高田屋に取って返すと、勝手口の鉢植えはまだそのままになっていた。

「六花か……どういう意味だろう」

お蝶の自問に沙鷗が謎をかけるように答えた。

「察するところ、お蔦さんは北国（ほっこく）育ちか」

「なんだい、それ」

「本人に聞いてくればいい。そら」

沙鷗がお蝶の背中を、とんと押す。

「沙鷗さん、すまないねぇ。こんなところまで」

「なあに、乗りかかった船だ。待っていてやるから、落とし前をつけてきな」

沙鷗は裏口の戸に寄りかかった。

「お頼み申します。夜分遅く申し訳ございません……」

お蝶が訪いをすると、下男が顔をのぞかせ取次ぎをして、しばらくしてからお蔦が姿を見せた。

「あらまあ、お蝶さん。ご無沙汰じゃないの」

小さめの丸髷もつややかに、お蔦はお蝶を見て顔をほころばせた。色白の顔が闇に咲く白い花のようである。

「一体全体、何ごとなんだい？　まあここじゃなんだからお入り。おや、用心棒付きかい」

お蔦は、沙鷗をみとめて、一緒に中へと誘（いざな）ったが、沙鷗は首を横に振った。

静かな部屋へ通されて、お蝶は、

「実は、兎一郎ちゃんのことで」

と切り出した。

「旦那様は寄り合いで遅くなるから、遠慮しなくていいよ。兎一郎のことで話って、藪（やぶ）から棒にいったい、なんなんだい」

「善治とお松がお縄になったよ」

お蔦が、はっと息をのんだ。

「いんちきがばれたのさ。聞かせておくれ。あんたも一枚嚙んでいたのか、そうじゃないのか。本当のところを教えておくれ。お松が兎一郎ちゃんに毒を盛っていたことは、あんたも承知だったのかい？」

「何だって？　毒を？　兎一郎は？　兎一郎は無事なの？」

お蔦は取り乱してお蝶にすがりついてきた。

「お蔦さん、あんた、本当に知らなかったんだね？」

「毒を盛るなんて、そんな恐ろしいこと……あ、あたしは、ただ善治に、昔のことを旦那様に洗いざらいぶちまけてやると脅されて……」

「善治を旦那様に勧めたのはあんたなんだね」

お蔦は震えながらうなずいた。

「あんた、あんなに兎一郎ちゃんを可愛がっていたじゃないか。それを、急に遠ざけて邪険にするなんて……」

「今でもあの子は可愛い。可愛いけど……」

お蝶は黙ってお蔦が言葉を継ぐのを待った。

「兎一郎が疱瘡に罹ったんだ」

「重かったそうだね」

「どうにかして治してやりたいと思ったよ。でも、あの子はちっとも良くならなかった。神仏にすがったさ。そんなとき、道でばったり善治と行きあったのさ。あいつは、一丁前（いっちょうまえ）に袈裟みたいなものを着込んでね。聞けば、よく効く拝み屋をやっていると言うんだ。あたしは、あの頃、気持ちが弱くなっていたんだろうね。藁をもつかむ思いでいたものだから、昔の縁で拝んでやろう、と言うあいつの口車（くちぐるま）にうかうかと乗せられたんだ」

「拝み屋を頼んだんだね」

お蔦がうなずいた。

「善治は、初めは小金が目当てだったんだろうけど、高田屋の身代を見て、欲を出したんだろう。二度ほど拝んで、いい具合に兎一郎が快方に向かったそんなとき、茶屋に呼び出されて脅されたんだ。俺の女だった頃のことを旦那様にぶちまけられたくなかったら言うことを聞け、と。旦那様は私が芸者だったことは承知のうえだけど、こんなときに善治にごちゃごちゃ言い立てられて、余計な波風を立てたくなかったんだ。それで、あたし……」

「あいつらの言いなりに、兎一郎ちゃんを女の子の格好で寮に押し込めて、病弱だという噂を流して、その間に直次郎を跡継ぎにするつもりだったんだね？」

「旦那様から一筆もらったら、すぐに兎一郎は戻すつもりでいたさ。旦那様はお年で、いつどうなるかわからない。だから、今のうちに直次郎さえ跡継ぎと決めてもらえれば……でも、なかなか言い出せなかったんだ」

「兎一郎ちゃんを蹴落(けお)としてまで、自分の子を跡継ぎにしたかったのかい」

「善治とお松に言われたのさ。所詮(しょせん)、他人の子は他人。どんなに可愛がって育てたからって、大きくなったら薄情なものだ、って。もし、兎一郎が高田屋の主人になったら、継母のあたしは、直次郎ともども追い出されるだろうってね。そんなこと、今まで考えてもみなかったけど、ぞっとしたよ。あたしも産みの親を早くに亡くして、継母に育てられたよ。そして、父親が亡くなったとたん、売られたんだ。義理の親子なんてもろいもんだってことを、あたしが一番よく知っている。そう思ったら、急に不安になったんだ」

　お蔦は辛そうに唇をかんだ。

「善治とお松が言ったんだ。もし直次郎が主人になれば、まさか実の親を追い出すことはないだろう。だから、兎一郎を遠ざけろ、今がそのときだって、そう言われて……でも、まさか、お松が毒を盛っていたなんて知らなかった」

お蝶も義理の親に育てられた身である。お蔦の寄る辺ない気持ちは痛いほどわかる。わかるけれど、だからといって、お蔦の仕打ちを許す気には到底なれなかった。

「お蔦さん、あんた、自分が義理のおっかさんに初めて会ったときのことを覚えているかい？」

「なんだい、そんな昔のこと」

お蔦は切れ長の目を見開いた。

「昔聞いた話じゃ、おっかさんが亡くなって、おとっつぁんが後添えをもらったのが、あんたが七つのとき。そうだったよね？」

「ああ、そうだよ」

「いやな女だと思ったのかい？　初めておっかさんと会ったとき」

「それは……」

お蔦の瞳が昔を思い出すように遠くを見つめた。

「……おとっつぁんが見初めたくらいだから、若くてきれいだったよ。優しくてね。嬉しかったよ。家に女の人がいるのはいいな、って子供心に思ったね」

「おっかさんのこと、好きだったかい？」

「ああ……でも、最初だけさ。赤ん坊が次々に生まれて、あたしは邪魔者になったのさ」

「あんた、同じことをするのかい？」

「えっ？」

「直次郎ちゃんを産んだら自分の子に目が眩んで、あんたのおっかさんと同じことを兎一郎ちゃんにもするのかい？ 義理のおっかさんに邪険にされる辛さを、あんたは誰よりも知っているはずじゃないか。だったら、なぜ同じことを兎一郎ちゃんにするんだい？ あの子は言ったよ。おっかさんが好きだと。でも、おっかさんは自分のことを好きじゃなくなったかもしれない、とそう言って泣いていた」

「兎一郎が？」

お蝶は鉢植えをお蔦の前に、とんと据（す）えた。

「これを。兎一郎ちゃんが、あんたにって」

「これは……」

「兎一郎ちゃんの作った変化朝顔だよ」

「まあ」

「あんた、白い花が好きだと言ったそうじゃないか。暑い夏の朝、真っ白な朝顔の花が咲いていたら涼しげでいいだろうね、と言ったのを兎一郎ちゃんは覚えていたんだ。やっと蕾をつけたから、朝一番に咲くところをあんたに見せようと、こうして置いていったのさ」

「兎一郎があたしのために……」

「あの子は本当のおふくろの顔なんか覚えちゃいない。義理だろうがなんだろうが、あの子のおっかさんはあんたなんだ。大きくなって、あんたを追い出すことなんて、これっぽっちも考えちゃいないさ。不義理なのはあんたのほうだ」

朝顔の重そうな蕾を見つめるお蔦の顔が強（こわ）ばった。

「そうだ、忘れるところだった。六花」

「六花？」

「この朝顔の銘だそうだよ。兎一郎ちゃんがつけたんだって」

お蔦の顔がほころんだ。

「そう……そうなんだ……あたしが教えたんだよ。六花は雪のことだ、って。よく覚えていたこと。あの子、なんて優しい子なんだろう……」

「ああ。兎一郎ちゃんは優しいいい子だ。なんたって、お蔦さん、あんたの子だもの」

お蔦が、ぐっ、と声を詰まらせた。そして、そのまま肩を震わせ、泣き伏した。

八

昼下がり、夢見鳥の奥の座敷でお初が膝を乗り出した。

「それで？　それから、どうなったんだい？」

すると、沙鷗が、身振り手振りを交えて声色まで使い、芝居っ気たっぷりに語り出した。

「あたりは白々明けの薄明かりと思いねぇ。朝霧の中、縁側に並んで座ったお蔦と兎一郎。暗かった空から、すーっ、と一条の光が射し込んできた。それを合図に、兎一郎の朝顔、銘は六花、その白い蕾がゆっくりとほころんでいく。それはそれは美しい光景に、思わずつぶやくお蔦。『兎一郎、きれいだねぇ』。そして兎一郎も『うん。おっかさん。きれいだ』。義理とはいえ、手塩にかけて育てた息子と肩を並べて花のほころぶのを見るうちに、お蔦のねじけた心も少しずつほころんで、いつのまにかその白磁の頰を涙が伝う。『すまなかったねぇ、兎一郎、寂しい思いをさせて。許しておくれ』。兎一郎はかぶりを振って『いいんだよ、おっかさん。わたしのおっかさんは、この世でおっかさん一人だけ。きっと大事にいたします。だから、どうぞ、どうぞ泣かないで下さいませぇー……』」

「泣かせるねぇ！」

　お初がうっとりとして手ぬぐいで目頭をぬぐう。

「……と、あの日はこんな具合だったのか？　お蝶さん」

　沙鷗がくるりと振り向いて、お蝶に伺いを立てると、

「まあ、そんなところだろうね」

　針仕事の手を止めることなく、お蝶が答えた。

「戯作者は見てきたような嘘（うそ）をつき……か。実のところ、お蔦さんは旦那様に何もかも打ち明けて、一悶着（ひともんちゃく）あったようだよ」

「離縁されるのかい？」

　お初が祈るように胸の前で手を合わせる。

「さて、それは……兎一郎ちゃんが、『おっかさんを追い出すならわたしも出て行く』、なんて言って、健気（けなげ）に頑張っているそうだよ」

「とことん、泣かせるねぇ」

「さて、どうなることか。『朝顔の　花や一寸　先は闇』」

名調子で沙鷗が言った。

「発句かい？」

「俺のじゃねぇよ。小林一茶って宗匠の作だったかな」

「言い得て妙だねぇ」

お初が、ねえねえ、と身を乗り出す。

「兎一郎ちゃんの朝顔、六花って銘だったよね。結局、どういう意味だったんだい？」

「六花は、六つの花弁を持つ花の意、転じて雪のことを指すのだ。お蔦さんは雪国の生まれだから、白い花を見ると故郷の雪を思い出す、雪のことを六花というのだと兎一郎に言ったことがあった。兎一郎はそれを覚えていて、夏に雪のような白い花を咲かせて涼を得られるように、六花と銘をしたわけさ。粋な親孝行じゃねぇか」

お初が「へぇえ。学があるんだねぇ」と感心して、思い出したように続けた。

「そういえば聞いた話なんだけど。お松さんのこと」

「知ったこっちゃないね」

お蝶が冷たく言い捨てる。

お松は兎一郎を殺しかけた女である。

「いいからお聞きよ。お松さんは、一昨年、一人息子を疱瘡で亡くしたそうだよ。医者だ薬だと金がかかるのに、十分なことをしてやれなかった、って、お松さん、ずいぶん悔いていたらしい。ところが、兎一郎ちゃんが医者にもかかり、薬もあって、そのうえいんちきな拝み屋にまで金を使ってさ、とうとう本復しただろう？　妬むのはお門違いと思っても、他所の子は生きているのに、自分の子は死んで、もう戻らないのだと思えば、悲しくて、目の前の兎一郎ちゃんを見るたび、亡くした我が子が思い出されて、憎くて仕方がなかったと……」

「畜生！」

お蝶が膝の上の仕立物を投げ出した。

「どうしたの？　お蝶ちゃん」

「あたし、お松さんを人でなし呼ばわりしちまった。そんなことをしていちゃ罰が当たると怒鳴ったのさ。そしたら、あの人は言ったよ。もうとっくに罰は当たってるってね……そういうことだったのか。何にも知らずに、あたしったら……」

「でも、お蝶ちゃん、お松さんは、あんなひどいことをしても結句、兎一郎ちゃんの命までは奪えなかった。慈悲はあったのさ。そう思えば少しは救われるんじゃない？」

「そうかもしれないけど……」

お蝶の言葉はため息に消えた。

お蝶とお初は縁側で朝顔の鉢植えを眺めた。

ずらりと並んだ色とりどりの花の鉢の一番端に白い花の鉢がある。少し小ぶりだが、雪を見るような涼しげな花である。兎一郎が今度のお礼にと持ってきた鉢だった。

「きれいだね。この兎一郎ちゃんの朝顔。これだって、小さいけど変化朝顔なんだろう？　来年も咲くかな。増やして一儲（ひともう）けしようか」

すると、沙鷗がにやにやして言った。

「さあて、それはどうかな。変化朝顔は種がとれないことが多いから、今年きりの見納めかもしれねぇ」

「えっ、今年きりだって？　そんなさみしいことを」

「『朝顔の　先から銭（ぜに）の　うき世かな』」

「なんだい、いやだねえ」

「『欲面（づら）の　朝顔たんと　咲きにけり』なんてのもあるぜ」

「一茶ってお人は、朝顔に何か恨みでもあるのかねぇ」

「花も人も一期一会だ。来年のことなんか言っちゃいられねぇ。鬼が笑う」

「そうだね。先のことはわからない」

「ねえねえ、お蝶ちゃん、さっきから何を仕立てているのさ。それ、男物じゃないか」

「亭主の着物に決まっているじゃないか」

「おやまあ。御馳走様。でもさあ、お蝶ちゃんのご亭はどこでどうしていることやら」

「大きなお世話だ。あの人は帰ってくるよ。あんたこそ、旦那はどうしたんだい」

「あんな梅干じじいとはとっくに切れたよ。あたしは一人できっちり生きていくのさ」

お蝶とお初のやりとりを横目に、沙鷗がどことなく苦い顔をする。

店では、おちまが人の気配を感じて表に出たところである。

「おいでなされませ……あら」

そこには一輪の百合の花。

「きれいな花……おかみさぁん！」

つい今しがた、人波に紛れて背の高い男がそっと百合の花を置いたことを、お蝶はまだ知らない。

人待ちの冬

澤田瞳子

比叡の山嶺が西陽を受けて赤く輝いている。

先程まで舞っていた小雪もやみ、冬枯れの始まった鷹ヶ峰御薬園から一望する京の町並みは、夕闇にぼんやりかすみ始めていた。時折耳を突く甲高い声は、鵯の鳴き声であろう。ちょうど今が盛りの椿の花の蜜でも、吸いに来たのに違いない。

「真葛さまぁ、どちらでございます。そろそろ日も暮れまするぞ」

両手に息を吹きかけながら女貞子の実を摘み取っていた元岡真葛は、荒子頭の吉左のだみ声に、屈めていた腰を大きく伸ばした。

京都の北西、鷹ヶ峰——市中を見下ろすその高台に、千坪余りの広さを有する薬草園のあちこちには、高く茂った杉や竹が目隠しのように植えられている。びっしりと薬草が植えられた畝を区切るとともに、山の風から作物を守るためである。

足元の籠は、女貞子の実ですでにいっぱいになっている。河内木綿の前掛けを外し、膝までからげていた袷の裾を下ろすと、真葛は籠を背に杉木立の向こうへ駆け出した。

「吉左、わたくしはここです」

藁囲いを済ませた畝の傍できょろきょろ辺りを見回していた吉左は、真葛の姿にほっと頬を緩めた。白い鬢が、夕陽のために銀色の光を放っている。

「やれやれ、荒子たちがみな早々に引き上げたというに、まだ御薬園においでとは。これではわしらが怠けてるようで、匡さまに申し訳がたちませぬわい」

そう言うものの彼自身、今まで草木の手入れをしていたのだろう。背中の籠には真葛同様、薬草が山盛りになっていた。

荒子とは薬園の手入れから生薬の精製までこなす小者をいい、吉左は十一人いる荒子の中で最古参。先々代の御薬園預・藤林道寿守之の代から鷹ヶ峰御薬園に仕え、歳が改まれば六十になる。三歳の冬から藤林家に養われてきた真葛には、祖父とも恃む老僕であった。

「つい夢中になり、時刻に気付きませんでした。ですが見てください、吉左。夏のあの暑さのせいでしょうか。女貞子の実りのよさといったら、ここ数年になかったほどです」

背の籠を揺すり上げる真葛に、筒袖に裁っつけ袴姿の吉左はほくほくとうなずいた。

「それは精を出して育てた甲斐がありました。わしは当帰の根を掘ってまいりました。先程雪が舞いましたが、この分では明日も上天気。後で陰干しの支度をいたしましょう」

女貞子は鼠黐とも呼ばれる常緑樹。黒く熟した実は内臓諸器官を丈夫にするとともに、強壮に役立つ薬となる。また当帰はセリ科の多年草。血の巡りを良くする働きがあり、主に婦人病に用いられた。

「そうですね。義兄上も、きっとお喜びくださるでしょう」

日焼けした顔に笑みを浮かべ、二十一歳の真葛は小さくうなずいた。

京都七口の一つである長坂口の北、丹波街道沿いに広大な敷地を持つ京都・鷹ケ峰御薬園は、江戸の小石川御薬園、長崎の十善寺郷御薬園などと並ぶ幕府直轄の薬草園である。

栽培される薬草は約二百種。中には長崎からもたらされたカミツレや人参など、国内に自生しない貴重な植物も多く含まれていた。

御薬園の仕事には休みなどないため、毎日、荒子たちとともに働く真葛の手足は、およそ白粉とは無縁に日焼けしている。だが化粧っ気こそ皆無だが、小刀で彫ったような目鼻立ちが芯の強さをうかがわせる、凜然たる風情の娘であった。

「年頃の女子が、朝から晩まで庭仕事では、嫁の貰い手がなくなってしまうわい。そろそろ御薬園のことから手を引かせ、娘らしい技も身につけさせねばのう」

二十九歳の藤林家当主・匡は、妻の初音に常々そう愚痴っている。しかし幼い頃から着物や人形には見向きもせず薬園を駆け回ってきた彼女は、匡が最後には言葉を濁すほど、卓越した調薬と薬草栽培の腕の持ち主でもあった。

七年前に逝去した真葛や匡の養父、藤林家先代の信太夫もまた、生前、折ごとにそんな彼女に苦笑していたものである。

「真葛の父、元岡玄巳はわし以上に和漢薬に造詣が深い医師であった。生死不明となって十余年が経つが、真葛は奴の一粒種。かように薬種に親しみ、荒子どもが舌を巻くほどの才を示すのも、血筋と思えば納得が参る。なればわしは真葛を託された責任上、その資質を伸ばしてやらねばならぬ。嫁に行き、子を産み育てるだけが女子の幸せではないでなあ」

藤林家は代々、幕府より御薬園預を仰せ付けられた一族。初代綱久は徳川家康に取り立てられ、関ヶ原の戦や大坂攻めにも参陣した侍。後年、医学を志して曲直瀬玄朔に学び、寛永十七年（一六四〇）、医師・土岐茅庵とともに幕府より鷹ヶ峰における薬園支配を命じられた。

だが土岐家は、わずか三代で廃絶。以来藤林家は土岐家管理下にあった薬園の管理も兼任し、六代にわたって同職を世襲してきたのである。

江戸幕府による薬園経営は、家康・秀忠による文教政策の一環。日本固有の薬種苗のみならず大陸産の植物も栽培し、国内医学の発達を主目的としていた。

鷹ヶ峰御薬園開設の二年前には、江戸・大塚と麻布にも薬園が開かれたが、大塚のそれは天和元年（一六八一）に廃止。麻布薬園も貞享元年（一六八四）に小石川の地に移され、「小石川御薬園」と改名した。

幕府はこの他、長崎や駒場、駿府などでも薬草園を経営したが、鷹ヶ峰御薬園はそれらの中で最古参。当時の京都は江戸をも凌駕する医学の興隆地だっただけに、鷹ヶ峰御薬園には多くの医師・本草学者たちが出入りし、藤林家の歴代が蓄積してきた学識は、国内のどこにも引けを取らぬ広範なものであった。

千四百坪の敷地のほぼ中央に役宅が建てられ、玄関を挟んで東棟が薬倉と薬種製納所、西棟が藤林一家の住居として用いられている。荒子長屋はもちろん、薬師如来を安置する念持堂までそなえたこの薬草園は、洛中の賑わいから遠く隔ってはいるものの、都の医師たちが一目置く地だったのである。

役宅に戻った真葛は、表の井戸でざっと手足を清めた。籠を吉左に預け、勝手口へと回る背に向かって、吉左が「おお、そうやそうや」とつぶやいた。

「うっかりしてましたが真葛さま、棚倉の御前さまの元から、雑掌はんがお越しどす」

「――お祖父さまの元から、ですか」

足を止めて振り返る彼女に、吉左はへえと小腰をかがめた。

棚倉の御前、すなわち半家・棚倉家当主である従四位下左兵衛佐・棚倉静晟は、真葛の母・倫子の父。真葛の祖父に当たる男である。

もっとも真葛はこれまで、静晟と顔を合わせたことがない。雑掌とは公家屋敷の雑用に当たる下働きだが、静晟は彼らに命じて年に一度、米一俵と味噌一樽の食い扶持を一方的に届けてくる、ただそれだけの血縁。実の祖父とはいえ、出来れば生涯無縁に過ごしたいと願っているが、それは彼とて同じはずだった。

「吉左、わたくしは棚倉家のお人になど、会いたくありませんが――」

なにしろ捨て扶持を送ってくるのみで、信太夫の葬儀にも弔使一人寄越さなかった祖父である。いまさら何の用か、警戒する思いもあった。

しかし吉左は当帰の根を笊に移しながら、そんな真葛をなだめるように首を振った。

「身構えはるのは当然どす。けど、お使いといってもたかが雑掌はん。もし御前さまが無理難題を吹っかけるおつもりどしたら、もっと世慣れた家令はんを寄越さはりますやろ。気軽にお会いになられたらええのと違いますか。しかもその雑掌はん、お一人やあらしまへん。八つくらいの男の子も一緒どす」

「子連れですか。この寒空の下、わざわざ鷹ヶ峰までどういうわけでしょう」

「さあ、わしにはわかりまへん。とりあえず東の調薬室に、お通りいただいてます」

まったくわけがわからない。もやもやとした当惑を抱えつつ、真葛は庭先に回り込んだ。

見上げれば、比叡の山嶺は燃えるような輝きを失い、薬草園には湿気を帯びた冷えが宵闇とともに這い始めている。今夜はきっと、霜が降りるだろう。

薬草園に面して広縁を持つ調薬室は軒が深く、昼間でも常に薄暗い三十畳あまりの板間。養父の信太夫によれば、鷹ヶ峰に預けられたばかりの頃、幼い真葛はこの部屋を怖がり、なかなか足を踏み入れようとしなかったという。

この屋敷で実の子同様に育てられたが、もともと真葛は藤林家と一滴の血の繋がりもない。信太夫の友人であった御門跡医師・元岡玄巳が、北嵯峨の曇華院門跡に出仕していた棚倉倫子との間に儲けたのが彼女である。

玄巳は南山城の農家の出。生来の秀才ぶりから古医方の医師・香川南洋に見出されてその門に学び、師の推挙で曇華院に御医師として召抱えられた男であった。

一方、棚倉家は公家家格で言えば摂家・清華家はもちろん、三大臣家・五十八羽林家・二十五名家にも及ばぬ家柄だが、その血統は藤原北家にまで遡る。また静晟の姉が宮中で典侍職にあるため、家格こそ低いが宮中ではそれなりの立場を有する公家であった。

このため静晟は二人の仲に激怒し、倫子を義絶した。玄巳も門跡の勤めを離れざるをえなくなり、同門たちの助けを借りて下京松原東洞院で医院を開業。出奔同然に棚倉家を飛び出した倫子を迎え、細々とした夫婦水入らずの暮しを始めたのであった。

真葛が生まれたのはその翌年、年号が天明と改まった年の夏である。

「息子や娘は憎くとも、孫は思案の他と申す。棚倉の御前は多くの娘御や御子息をお持ちなれど、孫はいまだ真葛どの一人とか。これを機に、ご勘気が解ければいいがのう」

玄巳の朋友たちはそう囁き交わしたが、娘夫婦の現状を承知しておろうに、棚倉家からは何の便りもなかった。

父と和解せぬままに倫子が没したのは、真葛が三歳の初冬。旧友の藤林信太夫に誘われた玄巳が、美濃へ薬草採取に赴いた半月ほどの間に、流行風邪をこじらせた末の死であった。

「わしが玄已を連れ出しさえせねば、かような仕儀にはならなんだであろう。倫子どのには、いくら詫びても詫び足りぬ」

急病の知らせを受け、取るものもとりあえず帰洛した玄已と信太夫を待ち受けていたのは、数刻の差で息を引き取った倫子の亡骸と、その枕元で泣きしきる幼い真葛であった。

「いや、信太夫。公家育ちの倫子を市中へ連れ出し、不慣れな町医者女房の務めを強いたのはこのわしじゃ。幼い娘を置いて行く心残りはあれど、倫子はこれで楽になれたのかもしれぬ」

慙愧する信太夫を、玄已は低く押し殺した声で留めた。

農家の生まれでありながら、学問によって獲得した御門跡医師の職。それを擲った果てに結ばれた倫子の死は、彼に大きな寂莫感を与えていた。

ここ数年の全国的な水害と旱魃のため、東北では大飢饉が発生し、米価は急騰。秋には信濃で浅間山が噴火し、流民は洛中にも溢れていた。さりながら病人の数はうなぎ登りなのに、医者にかかる者はむしろ激減。町医者の妻として、倫子は毎日、我が身を削るほどのやりくりに追われていたのである。

玄已が信太夫の誘いに応じて美濃へ向かったのは、医師としての学究心もさることながら、採取した薬草を薬種問屋に買い取らせ、幾ばくかの金を得んとの目算ゆえであった。

「医術が、薬が何じゃ。わしは医者でありながら、己の妻一人救えなんだではないか」

医師の妻が風邪ごときで他の医師にかかれば、夫の評判が落ちる。倫子はそう考え、ひたすら己の帰りを待っていたに違いない。もし自分が医者でなかったなら、彼女は何の憂いもなく、町医に診立てを請えたはずだ。

泣きじゃくる真葛を腕に抱えたまま、妻の亡骸の側から動かぬ玄已に代わり、倫子の葬儀は信太夫が中心となってひっそりと営まれた。

しかしそこに思いがけず、静晟の代理として棚倉家の家令が現れたとき、玄已の自責と怒りの念が暴発した。

「死者の供養など、どんな阿呆でもできるわい。むしろ生きている者に手を差し伸べるのが、人の道ではないか。倫子は、父親のおぬしと夫たるわしが、二人がかりで殺したも同然じゃ。よいか、棚倉の御前にさよう伝えよ」

居合わせた人々が懸命に引き分けてその場は収まったものの、これを境に玄已は医院を閉め、書物に埋没して鬱々と日を過ごすようになった。近在の同門に真葛を預けて大坂に赴き、新しい書物を山のように抱えて戻ってくる事もあれば、地図をにらんで夜を迎える事もあった。

そして妻の忌明けの翌日、旅装に身を固めた彼は真葛を伴って鷹ヶ峰に赴き、信太夫に暫時、娘を預かってくれと頼んだのである。

「それはかまわぬが、おぬし、かような旅支度でいったいいずこへ参るつもりじゃ」

雲の垂れこめた冬空の下、荒子たちとともに薬草の雪囲いをしていた信太夫は、友人の旅装をまじまじと眺めた。

藤林家当主は代々、禁裏御典医を兼ねる。だが綾小路家や小森家など古い医家ほどの格式はないため、主な患家は低位の公家や町衆たち。内裏への出仕こそ許されているが、帝への近侍など望むべくもない。

そのせいか藤林家には歴代、気さくな人物が多く、医術についても学派を問わず交わる傾向があった。信太夫が玄巳と親しくなったのも、彼が香川南洋や産科の医師・賀川玄悦の門へ出入りしていたのがきっかけであった。

視線を落とせば、霜でぬかるんだ畦の泥が、玄巳の脚絆に飛んでいる。厳重な足ごしらえからも、数日で戻る旅とは考えがたかった。

「うむ、長崎へ参ろうと思うておる」

「なんじゃと。娘御を置いてそのような長旅、おぬし正気か」

　京から長崎までは、西国街道を経て一月弱の行程。しかも娘を預けて行く以上、それが物見遊山の旅でないのは明らかであった。

「おお、正気じゃ。わしはな、信太夫、倫子を死なせて以来、己の学んできた医が信じがたくてならぬのじゃ。確かにわしはこれまで、幾人もの病を治してまいった。されどもっとも身近な妻の命すら救えぬ自分に、医師を名乗る資格があるのだろうか。のう、我々はただ治療を施した気でいるだけで、まことは人の命など、何一つ救えておらぬのではないか」

　少し離れた桑畑では、真葛が遊び相手を命じられた小女のお槙とともに、桑の実を摘んでいる。薄い冬日を受け、ぼんやりと霞をまとったように見える娘の姿に、玄已は暗い眼を投げた。

「されどわしには真葛がおる。娘の身を思えば、医学を捨て、一人で野放図に生きることは出来ぬ。さりとてこのまま、のうのうと、町医者として暮らす真似もしがたいのじゃ」

京都は国内屈指の医学興隆の地として、長崎からもたらされる洋学や漢方医学が交じり合った、独特の学風を形成している。

特に宝暦(ほうれき)四年(一七五四)、六角獄舎前で古医方の医師・山脇東洋(やまわきとうよう)たちが行った国内初の人体解剖は、漢方医学の誤りを糺(ただ)し、洋書の正しさを証明した画期的事跡。だからこそなお、西洋医学への更なる近接を望み、京都から長崎へ遊学する医師は後を絶たなかった。

「わしは洋学は南洋先生のもとで、わずかにかじったきり。初心に戻って長崎でそれを真剣に学び、医者がまことに人の死に対して無力かどうか、考えてこようと思うておる」

わずかの間にずいぶん頬がこけた玄巳は、鋭い目つきでこう語った。

長くとも一年で戻る。これはわしがこれから生きて行く上で必要なのじゃ、と頭を下げられると、信太夫には返す言葉がなかった。

しかし師走(しわす)の寒風を背に西へ去った玄巳は、盆が過ぎ、再び新しい年が巡っても帰洛しなかった。当初こそ、信太夫も便り一つ寄越さぬ彼について、

「さように申しておったものの、長崎の地で学問に邁進(まいしん)し、京のことなど忘れ果てておるのであろう」

と苦笑していた。だが無沙汰のまま丸一年が過ぎると、さすがにその胸にも重い不安が兆してきた。

長崎の御薬園で薬目利を勧める知己に書状を送り、玄已の消息を問い合わせたが、戻ってきたのは、長崎に数多ある医学塾のいずれにも玄已は入門していないとの返事であった。

「あやつはあれで存外、生真面目な奴。実の娘を放り出し、逐電致すような真似はすまい。長崎までの道中で、何事かあったのじゃ」

そう言って荒子の中から吉左とまだ二十歳過ぎの小兵衛を選び、西国街道を訪ね歩かせたが、玄已の消息は杳として知れなかった。

なにしろ天明の飢饉の余燼はいまだ燻り、街道には浮浪民が溢れていた。田を捨てて遠国まで流れて来たものの、結局食い詰めた者たちが追いはぎと化し、旅人を襲う事件も頻発している。玄已もそんな輩の手にかかったのではとの想像が、彼らの胸を暗くふさいだ。

何の手がかりもないまま一年、また一年と日が過ぎた。鷹ヶ峰の誰もが、玄已の安否に諦めをつける中、真葛は子のいない信太夫夫妻の愛情を受け、すくすくと成長していった。

さりながら信太夫は真葛を慈しみながらも、情愛に溺れる愚は決して冒さなかった。

「そなたの父御は学問のため長崎に発たれたまま、いまだ戻られぬ。我々は養い親として、そなたを立派に育て上げる責務を負うておるが、まことの父母は玄巳と倫子どのじゃ」

真葛が五歳の春、信太夫は書をしたため、今までの経緯を棚倉家に伝えたが、それに対する静晟からの回答はなかった。その代わり以後、年に一度、真葛の食い扶持が鷹ヶ峰に届けられ、信太夫と妻のお民は複雑な顔でそれを受け取った。

幼い頃から薬草園を駆け回って育った真葛は、六、七歳になる頃には荒子たちを手伝い、彼らから薬草や生薬に関する実学を吸収し始めた。

「せっかくこの御薬園におるのじゃ。医者にならずとも、最低限の知識は身につけておいてもよかろう」

そう言って信太夫は真葛に、本草学はもちろん、自らの得意分野である本道（内科）・外科を教授した。専門外の産科、児科や鍼灸は、それぞれ知友である賀川満郷、岡朔定、御薗常斌の元へ通わせ、教えを受けさせた。

「真葛どのは何事にもじっくり腰を据えて取り組もうとなさる。教える側として、こちらも身がひきしまりますわい。なにしろ朝は誰より早く教場へ来られ、退去なさるのは一番最後でございますからなあ」

三人の天皇・上皇に仕え、従四位玄蕃頭の職にある御薗常斌は、宮中で信太夫と会った折、そう言って皺だらけの頰をゆるめた。

京の医師・医官で、その教えを受けぬ者はいないとされる常斌の言は、真葛の本質を的確についていた。なにせ薬草の栽培は天候に左右されるため、根気が不可欠。そんな作業に物心つく前から携わってきた真葛は、何事にもこつこつと取り組む手堅い娘に育っていたのであった。

「あの娘御なら、どんな医師の妻にもなれよう。藤林どのにはお子がない。将来は夫婦養子として、藤林家を継がせるご所存であろう」

しかし真葛が十三歳の夏、信太夫は周囲の思惑をあっさり裏切り、遠縁の本道医・月岡匡をその妻子ぐるみで養子に迎え、惟親の名を与えて藤林家六代を継がせた。

「万一、玄巳がひょっこりと戻り、わしの娘をろくでもない男に妻わせおってと怒られてはかなわぬからのう。長らく音信不通であっても、あやつはそれぐらいの無茶を言いかねぬ。それに真葛は薬園の娘じゃが、公儀薬園預などという堅苦しい役職を背負って生きるのは、気性に合うまい」

匡は二十一歳。妻の初音は十九歳。二人ともに真葛の境遇に理解を示し、実の血縁以上に彼女を可愛がった。

真葛もまた、そんな彼らによく馴染んだ。生まれて半年足らずの二人の息子・辰之助も加わり、御役宅は一度ににぎやかになった。

「やれやれ、子のおらなんだわしに、ひと時に孫までできたわい」

信太夫はそう笑い、御役を退いて隠居の身となったが、それから一年余り後、突然の心の臓の病で五十二歳の生涯を終えた。

更にその二月後、お民が夫の後を追うかのように、ほんの数日寝込んだだけで没すると、真葛は十四歳にして、実の親以上に親しんだ養父母を失った。

夫妻の死後、真葛は御薬園を出て一人で暮らすことを考えた。幸い、自分には本草の知識がある。どこかの医家に奉公すれば、己一人の口ぐらい養えようとの自信があった。

だがその決意を聞かされるや、匡は目を丸くして異を唱えた。

「そなたにはこの御役宅こそ生家であろうに、何を申す。それにそなたの如くこの御薬園を知り尽くした者は、そうそうおらぬ。わしらを嫌うて言い出したのでなければ、今後ともこれまで通り、鷹ヶ峰で暮らしてはくれぬか」

これ以上、藤林家の懸人として過ごすのは心苦しいが、反面、彼らの思いやりが嬉しくもある。若夫婦の説得に加え、片言を口にし始めた辰之助にまとわりつかれた結果、真葛は引き続き、鷹ヶ峰に残ることとなった。

棚倉家からは相変わらず、年末ごとに食い扶持が届く。初音はその都度、かつてお民がしていたように礼状をしたため、静晟に真葛の近況を報告しているが、それに対する返書は一度としてない。

突然の使いに、真葛が不快よりも当惑を隠せないのは至極当然だったのである。

調薬室の壁には、飴色に光る巨大な百味簞笥が巡らされ、小さな抽斗一つ一つに、薬草の名を記した紙片が貼られている。その前に端座していた男が真葛に気付き、あわてて両手をついた。

「突然おうかがい致し、申し訳ありませぬ。それがし、棚倉の御前さまにお仕え致す、山根平馬と申します」

年は二十代半ば、眉間の開いた面差しが何ともおっとりした青年だが、真葛を見る眼差しには妙に緊張したものが含まれていた。

吉左は彼が子連れと話したものの、初音が気を利かせたのか、少年の姿は見当たらなかった。

「元岡真葛でございます。お祖父さまのお使いとうかがいました。いったい、何の御用でしょうか」

袖についた泥を気にしながら尋ねるや、平馬はいきなり後ずさり、がばっと平伏した。

「申し訳ございませぬ。御前さまのお使いと名乗りましたのは、偽りでございます」

「なに、偽りですと。ではそなたさまは、わたくしに何用があるのですか」

驚いて真葛が聞き返したとき、傍らの障子ががらりと開き、膝切り姿の少年が部屋に駆け込んできた。更にその背を追い、初音が狼狽した顔をのぞかせた。

「これ、御用が済むまでは、あたくしとこちらでおとなしくしている約束でしょう。太吉とやら、こちらにおいでなさい」

だが太吉は初音の言葉を無視して平馬の隣に座ると、真葛に向かって小さな頭を下げた。

「平馬の兄ちゃんを怒らんといて。うちを飛び出したんは、わし一人の考えなんや」

「家を飛び出して来たですと——」

どうやら平馬が平伏しているのを、叱責されていると勘違いしたらしい。あまりに意外な少年の言葉に、真葛は思わず鸚鵡返しに呟いた。

「山根どのとやら、これはどういう次第です。棚倉家のお使いといわれましたが、何か隠し事のある様子ですね」

丸顔に餅肌が実に愛嬌のある初音は、下京の商家の出。日頃は誰にも笑顔を絶やさぬ彼女が、珍しく警戒の表情をあらわに詰め寄った。

「重ね重ねの御無礼、お詫びの言葉もありませぬ。この太吉は、それがしの幼馴染の弟。先程申しました通り、それがしは棚倉さまにお仕えする平侍ですが、実は本日、真葛さまにお願いがあり、参上した次第でございます」

「わたくしに頼みですと」

真葛は信じられぬ思いで聞き返した。

「はい、かような非礼を重ねましたゆえ、到底信じていただけぬかもしれませぬ。ですがどうか話だけでも聞いていただけぬでしょうか」

平馬の表情は真剣であった。それと同じものが、傍らの太吉の顔にも浮かんでいる。何か複雑な事情があるらしいと看取し、真葛は腹を決めた。

「わかりました、おうかがいいたしましょう」

「真葛さん――」

しきりに袖を引く初音の手を、彼女はやんわりと押さえた。

「大丈夫、どうぞご心配なさらないで下さい。ただ申し訳ありませんが、これは義兄さまにもご内密に」

「でも――」

もしこの男が真葛に害意を抱いていたらどうするのだ、と言いたげな初音に、真葛は薄く微笑んだ。

確かに自分は棚倉家の異端児だが、それで危害を加えられる道理はない。しかもここは幕府直轄の御薬園。初音に堂々と己の身分を告げた平馬が、狼藉を働くとも考え難かった。

渋々部屋を出る初音を低頭して見送り、平馬は居住まいを正して真葛に向き直った。

「早速でございますが、真葛さまは上京の薬種屋、成田屋をご存知でしょうか」

「もちろん、存じています。とはいえご当代に代替わりなさってから、御薬園との付き合いは疎遠になりましたが」

御薬園で収穫された薬種は、生薬に加工後、幕府や禁裏に上納するのが原則。だが御典医を兼ねる藤林家当主には、職務上必要な範囲に限り、それらを自由に用いることが許されていた。

とはいえ薬園で収穫できぬ動物性生薬や鉱物などは、他の医家同様、薬種屋から購入せざるをえない。このため藤林家は常時二、三軒の薬種屋を役宅に出入りさせていた。

二条柳馬場の成田屋は、代々孝右衛門を襲名し、三代前から鷹ヶ峰出入りを許されていた薬種屋。しかし今年の春に先代が病没し、手代から取り立てられた娘婿が跡を継いで以降、藤林家はこの店を避けるようになっていた。

それというのも、

「最近、成田屋の納める薬種の質が落ちておる。代替わりを機に、値を下げさせていただきましたと申していたが、本日届いた牛黄なぞ、水に入れるとすぐ溶け崩れてしもうたわい」

との匡の言葉通り、わずか半年で、生薬の質が明らかに低下したからである。

牛黄は、牛の胆嚢に生じる結石で、鎮静や滋養強壮に有効な生薬。ただその値は生薬の中でも飛び抜けて高いため、市場には偽物や粗悪品も多く出回っている。それをいかにして見分け、上物を商うかが、薬種屋の腕の見せ所であった。

一般に水に溶けにくく、口に含むと次第に甘みを増すものが上質の牛黄の特徴。しかし主が代わってからというもの、成田屋が届けてくるのは、いずれも生臭みのある粗悪品ばかりであった。

「小僧の頃から薬種を扱っておる主が、かような品を見逃すはずがない。悪質な品を安く仕入れ、中身は以前と変わりませぬ、むしろお値段を見直しましたと調子のいいことを言って、商いをする腹であろう。物堅さで知られた先代とは異なり、今の孝右衛門はなかなかの道楽者じゃとか。その遊びの付けが、店の商いに影を落としておるのであろうよ。娘可愛さから取った婿であろうが、先代も人を見る眼がなかったものじゃ。それはさておき、以後、成田屋の出入りは考えねばならぬな」

苦々しげに吐き捨てた匡の顔を、真葛ははっきりと覚えている。

「この太吉の姉はお雪と申し、十二の年からもう八年余り、成田屋に奉公しております。父御は伏見の御香宮の下働きをしておられ、それがしとは家ぐるみの幼馴染。それがこの半年、まったく音信不通の上、それがしや太吉が店を訪うても、のらりくらりと追い返されるばかりなのでございます」

神功皇后を主祭神とする伏見の御香宮神社は、かつては御諸神社と呼ばれていた古社。近辺の住人はもちろん、豊臣秀吉・徳川家康ら歴代権力者からも、伏見城の鎮護神として厚い信仰を受けた名社である。

それまでは盆暮れの藪入り（やぶいり）はもちろん、外出の折にこっそりと平馬と会っていたお雪からの連絡が絶えたのは今年の初夏。当初こそ平馬も、先代の没後、店内が何かと忙しいのだろうと考えていたが、彼女は盆の藪入りにも実家に戻らなかった。さすがに心配になった平馬が成田屋に赴くと、手代らしき男が、

「実はお雪はんはここしばらく、悪い夏風邪で寝込んではりますのや。おうちにお教えせんかったのはすまんこっちゃ。けど外聞きが悪いよって、あまり他のお人には言わんといとくれやす」

と打ち明けてきた。

だがその後も、お雪からの便りは絶えたまま。平馬が重ねて成田屋を訪れても、同じ男が同じ言い訳を繰り返すばかりだった。

「そない言わはっても、病人に無理にお会わせするわけにも行きまへんやろ。それでもし万一のことがあったら、あんたはんがお雪の親父（おやじ）はんに死んで詫びてくれはるんどすか」

老獪（ろうかい）な目つきですごまれると、おだやかな気性の平馬には返す言葉がなかった。

そうこうしている間に、夏の暑さが悪かったのか、姉弟の父親の正造が病に臥した。しかし彼の病を知らせても、音信は一向になかった。

不安に駆られた太吉が家を飛び出したのは、昨日の朝。伏見からの知らせを受けた平馬が、あるいはと成田屋へ駆けつけると、襟首をつかまれて店先から放り出された太吉が、それでもなお手代の脛にしがみついているところだった。

「町方が飛んで来かねぬ騒動でしたが、大事になるのは望まなかったのでしょう。手代どもはそれがしの姿を見留めるや、太吉を無理やり蹴放し、店へ戻っていきました」

泥だらけの太吉を棚倉家の長屋に連れ帰った平馬は、丸一日考えた末、藤林家の真葛を訪ねようと決めたのだった。

「真葛さまのお名前は以前より、家令の田倉隆秀さまよりお聞きしていました。しかも実はこの三年ほど、こちらに米と味噌をお届けしたのもそれがし。遠目にお姿を拝見したこともございました」

田倉隆秀は棚倉家の老家令。倫子の葬儀の席で玄已が暴行を加えた相手と、信太夫から聞いている。

「実の弟の訪いに、さような振舞いは不審ですね。お雪どのを人に会わせたくない理由が、成田屋にあるのではないですか」

　真葛の言葉に、平馬は我が意を得たりとばかりに幾度もうなずいた。

「それがしも同様に思いまする。されどそれがしには、薬種屋の内情など知りようもございませぬ。そこで御薬園の真葛さまであれば、成田屋の内実をご存知ではと考えた次第。いったい成田屋が何のためにお雪を隠しているのか、思い当たる節はありませぬか」

　平馬にとって、お雪はただの幼馴染以上の女性に違いない。自分が失踪したとして、誰がこれほどに身を案じてくれるだろう。顔も知らぬ彼女が、真葛はふとうらやましくなった。

「確かに成田屋は、藤林家とは長い付き合い。最近は出入りを禁じていますが、わたくしと当代の孝右衛門とは知らぬ仲ではなし、それとなくお雪どののことを尋ねは出来ましょうが――」

「何卒、何卒よろしくお願いいたします」

　畳に額を押し付ける平馬の物言いは、すでに女主に対するそれとなっていた。

「お姉ちゃん、わしからもお願いするわ」

　再びぴょこんと頭を下げた太吉は、すぐに顔を上げ、よく光る眼で真葛を見つめた。真っ直ぐな瞳といい強く引き結ばれた口元といい、年よりも賢しらな面差しであった。

「成田屋の奴ら、わしゃ平馬の兄ちゃんを強請りたかりみたいに追い払いおるねん。そらご奉公はつらいもんやし、姉ちゃんは若奥さまのお気に入りやさかい、かえって思う通りにならへんのはわかったる。そやけど藪入りもさせてもらえへん上、わしらが訪ねていっても追い返す、そんなお店はおかしいのんと違うか。なあ、わしが言うてんのは道理やろ」

匡は秋口から成田屋の出入りを差し止め、代わりに二条衣棚の薬種屋・亀甲屋を御薬園の主たる出入り商人に任じた。

いくら医師の腕がよくても、患者はそれだけでは救えない。人の命を保つのはその者本来の生命力、それが様々な外的要因によって削がれるため、人間は病にかかるのだ。

医師が為すべき第一は、弱った人体に必要な要素の見極め。その次が、治療としての投薬である。医者はあくまで治療の方向を決める存在に過ぎず、実際に働きかけるのは薬。つまり薬種屋は医者同様、人の生命に深く関与する職であった。しかしながら洛中には、今の成田屋のような商いを厭わぬ医師も多かった。

「大声では言えまへんが、生薬の値が安くなったことだけを喜び、以後、生薬はすべて成田屋に任せるというお医者もおいでとか。そら確かに質が悪うても牛黄は牛黄、人参は人参。けどそないな生薬から作られた薬なぞ、ろくに効くかも分からしまへんのになあ」

亀甲屋の若旦那・定次郎の愚痴は、劣悪でも安価な生薬を求める医師への批判であった。

投薬を受ける側は、生薬の質など判断できない。倫理観に乏(とぼ)しい医者の中には、わざわざ低品質で廉価(れんか)な生薬を求める者もおり、成田屋の今の商いは、こうした者たちの欺瞞(ぎまん)を煽(あお)る行為ともいえた。

しかもその成田屋が一人の女性を隠し、目の前の二人の心を痛めさせている。熱いものが、胸の奥からこみ上げてきた。

「平馬どの、そなたの話、よく分かりました。どれほどの力になれるかは分かりませぬが、明日、成田屋に赴き、店の様子をうかがって参りましょう」

医師は本当に人を救えるのかと自問し、西へ旅立った父。彼であれば、劣悪な生薬が届いたその場で成田屋の手代を締め上げ、商いの性根(しょうね)を詰問したかもしれない。そしてお雪の話を聞けば、己一人でも店に乗り込んだことだろう。そんな父に及ばぬまでも、御薬園で育った娘として、彼らの力にならねばとの思いが、真葛の口を突いて出たのである。

「お姉ちゃん、おおきに――」

平馬よりも早く、太吉が叫ぶように礼を述べ、小さな頭をぺこりと下げた。慌てて平馬がそれに続く。

百味箪笥が蠟燭の灯りを受け、鈍い光を放っている。顔も見忘れた父が、自分の背中を押してくれたような気がした。

吉左の言葉通り、翌日は上天気となった。薄い雲が空高くたなびき、風こそ冷たいが日差しはひどく暖かだった。

早朝のうちに昨日収穫した薬草の陰干しの手はずを整えた真葛は、寒さ防ぎの被布をまとい、鷹ヶ峰街道を南に下った。

冬枯れた野面の向こうに、御土居の盛り上がりが緩やかに続いている。千本通を北風に背を押されつつ南に進み、所司代下屋敷と二条城の甍を望みながら道を東に折れると、いつしか界隈は繁華な町筋に一変していた。

二条通は平安時代、「二条大路」と称された大路。中世に荒廃したが、豊臣秀吉による都市開発で整備され、慶長八年(一六〇三)の二条城造営後は、大手筋的な性格を帯びて発展した。通り沿いには多くの職人が同業者町を形成したが、中でも二条通の新町・烏丸間を中心とする二条薬種街は、二条烏丸東の伊勢屋、烏丸西の木瓜屋という薬種問屋二軒を筆頭に、約八十軒の薬屋が二条薬種仲間(組合)を形成し、江戸本町・大坂道修町と並ぶ和漢薬の集散地であった。

「これは藤林さまの——」

杏葉牡丹を染め抜いた暖簾をかき分けて成田屋の三和土に踏み込むと、三十過ぎの男が帳場で眼を見張った。当主の孝右衛門であった。

「ご無沙汰致しています。近くまで参りましたので、お寄りさせていただきました」

匡による出入り差し止めなど知らぬ顔で、真葛は淑やかに一礼した。

帳場の後ろには、藤林家のそれよりも古びた百味簞笥が置かれている。しかし小僧が勧める円坐に腰を下ろしながら、真葛はそこから漂う匂いに思わず眉をしかめた。

薬草の保管には、採取後の乾燥が不可欠。これが不十分だと保存中に黴が生じたり成分が変質するため、薬草採りにはある程度の技術が必要である。下手な採薬者の手にかかり、せっかくの薬草が使い物にならなくなることは珍しくなかったが、いま成田屋の百味箪笥から漂ってくるのは、湿気を帯び、埃を吸った薬種の匂い。よほど手際の悪い薬草採りから、生薬を仕入れているに違いなかった。

「今日はわたくしの入用な分だけですので、黄連と藍実を五分ずつお願い致します」

黄連は山陰や北陸で採れ、主に健胃や整腸に用いられる多年草。藍実はその名の通り藍の実、解毒や解熱剤の効がある。共に御薬園では栽培していない薬草であった。

「かしこまりました、すぐに調えさせていただきます」

主の言葉に、板間に控えていた目つきの鋭いやせた男がのっそりと立ち上がった。因州和紙の包み紙を片手に、百味箪笥に手をかけた。

手代とおぼしき男の動きを眼で追っていた真葛は、店と奥の間を区切る中暖簾が静かにかき上げられたのに気付かなかった。

「お前さま、ちょっと出かけて参ります」

遠慮がちな声に振り返れば、二十五、六歳の小柄な女が、暖簾の陰から半身をのぞかせていた。青白い顔色といい、暖簾をかかげる指の細さといい、どこか病んでいるのではと疑いたくなる陰気さである。孝右衛門をお前さまと呼んだところからして、彼の妻である先代の娘、お香津であろう。

「ちょっと失礼いたします」

真葛に会釈した孝右衛門は、小さく舌打ちしてお香津に近づいた。中暖簾が下ろされ、夫婦の姿がその向こうに隠れた。

「いったいどこに行かはりますのや」

「一昨日も言いましたけど、今日はお父っつぁまの祥月命日。黒谷の永運院さまにお参りに行ってきます」

「その話やったら、こっちから行かんかて、院主さまに来てもろうたらええと言うたやないか」

遠慮がちなお香津の声に対し、孝右衛門の口調は投げやりであった。

生薬が包まれるのを待ちながら、真葛はそのやり取りに懸命に耳を澄ませた。

「それがさっき、急なお弔いが出来て院主さまの都合が悪うならはったと、お小僧はんが知らせてきはりましたのや。そやさかいお雪を連れ、うちだけでもお参りに行ってきます」

お雪の名に真葛は背筋を硬くしたが、なぜか孝右衛門はひどく強引に、お香津の言葉をさえぎった。

「まったくお前はいつもお雪お雪言うて、他の女子衆では気に入らへんのかいな。お雪には店でしてもらう仕事が仰山あります。清助を付けてあげますさかい、早う行ってきなはれ」

「お雪はもともと、うちの小間使いどす。いくらお前さまでも、勝手を言わんといておくれやす」

「なんやて。お前、わしの言葉が聞けへんのかいな」

甲走った声に続き、何かを打つ音が響いた。わずかな沈黙の後、板敷きの廊下を小走りに去る足音が続く。さすがに気まずくなったのか、生薬を量り終えた手代が軽く咳払いした。

真葛は知らぬ顔で包みを受け取り、頬に小さな痙攣を残した孝右衛門に代金を払った。

「またどうぞお越しやす――」

投げやりな彼の愛想を背に、暖簾をくぐる。急いで周囲を見回せば、勝手口がそちらにあるのだろう。成田屋と隣の晒屋の間の路地から、お香津が小走りに出てくるところであった。行き交う人々の奇異の目にも構わず、裾を乱しながら早足で二条通を東に向かう。結局誰にも供を命じなかったらしく、一人であった。

一瞬の躊躇の後、真葛はこっそりお香津の後をつけた。幸い、お香津は前を見つめたまま、後ろを振り返ろうともしない。

寺町通を折れて北に進み、御所の築地塀を左に見ながら丸太町の橋を渡る。どうやら黒谷に向かうらしい。

東へ進むにつれ、辺りからは次第に人家が減っていった。竹垣を巡らした内側に、根を菰包みした大木を幾本も立ち並べているのは、どこかの庭屋の作業場だろう。その向こうに鬱蒼とした聖護院の森を見つけ、さてどうしたものかと真葛は自問した。

先程のやりとりから推し量るに、成田屋の店内にはかなり険悪な空気が満ちている様子である。とはいえここで声をかけても、見ず知らずの自分に事情を打ち明けてくれるはずがない。

このときお香津が突然、道の真ん中で立ち止まった。歩く速度を落としながらうかがう目の前で、彼女は竹垣に歩み寄り、その内側で松の苗の根に菰を巻いていた中年男に声をかけた。

「これは、成田屋のお嬢様——」

植木職人であろう。膝切りに脚絆姿の男は、あわてて首の手拭いを外して腰を屈めた。

「何か御用でもございましたか。使いを下されば、こちらからうかがいましたのに」

「いいえ、今日はお父っつぁまの祥月命日で永運院さままで行くついでなんどす。それより、万蔵はん――」

万蔵と呼んだ彼と垣根越しに向かい合ったお香津は、二人の側を通りすぎようとした真葛にちらりと眼を走らせた。

しかし成田屋の店先にいた真葛の顔は見覚えていないらしく、彼女はすぐに視線を外し、万蔵に向かって言葉を続けた。

「前にお預けした元日草どすけど、ずいぶん大きくなりましたやろか」

「へえ、ご心配には及びまへん。ご先代さまが大事にされてた鉢どすさかい、わしらも精魂込めてお世話させていただきました。そろそろ蕾をつけそうやさかい、あと半月ほどしたら、お店にお戻ししようと思うてたところどす」

元日草は俗に福寿草と呼ばれ、北国に自生する多年草。ちょうど元日あたりに黄金色の花を咲かせる点が喜ばれ、商家などではこれを鉢植えとして育てることが多かった。

ただ京大坂の夏は、本来寒冷地に生える福寿草には暑すぎ、素人の栽培は困難。それゆえ商家はどこでも、夏の間は出入りの植木屋に鉢を預け、冬、花をつけてから また手許に戻すようにしていた。

「そうどすか、おおきに。お父っつぁまも喜んではりますやろ。そやけど年の瀬は植北はんも忙しおすやろし、先に鉢を返してもらいます。あとで店の者を寄越しますさかい、渡してやっておくれやす」

「わかりました。お待ちしております」

真葛は背後のやりとりに耳をそばだてながら、聖護院の門前を曲がった。物陰から振り返れば、お香津が万蔵に鷹揚にうなずき、来た道を洛中へと戻っていく。

（孝右衛門に祥月命日と言っていたのは、偽りなのだろうか――）

まるで植木屋を訪れるのが目的だったかのようなお香津に、真葛は首をひねった。とはいえ、もしそうであれば、何も嘘をつかなくても、ここまで使いを走らせればよい話だ。

そういえば万蔵は「先代が大事にしていた鉢」と言っていた。彼女は不仲な夫には黙って、父親の形見を手元に引き取ろうとしているのか。

姿を現さないお雪、苛立たしげな孝右衛門、そして先程のお香津――。成田屋のすべてが何やらきな臭いものを帯びている。

日が翳ったのか、まだ昼前というのに急に冷えが増してきた。見上げれば比叡の山は暗い雲に覆われ、今にもそこから雪雲が降りて来そうである。

真葛はしばらく無言で東の空を見つめていたが、やがて肩をすぼめて踵を返した。

下駄に踏みしだかれた枯れ葉が、かさりと音を立てて崩れる。

次に向かった先は、二条衣棚の薬種屋・亀甲屋。ちょうど荷が届いたところなのだろう。他の店に比べ小狭な土間の片隅には薬種を入れた俵が積まれ、丁稚たちが総出でそれを奥に運び込んでいるところだった。

「これは忙しいところに来てしまいました。定次郎、ちょっとよろしいですか――」

真葛の声に、台帳を手に俵を数えていた亀甲屋の総領息子、定次郎が驚き顔を向けた。

「これは真葛さま。突然のお越しとは、先日お納めした品物に、なにか間違いでもございましたか」

亀甲屋は加賀藩御典医であった主・宗平が、三十年ほど前、何を思ったのか突如賜暇を願い出、仲間株を得て開いた店。二条界隈では新参ながらも、元医師の目で商う薬種は、極めて質がよいとの評判であった。

もっともここ数年、宗平は息子の定次郎に店を任せ、自身はもっぱら生薬の買い付けに諸国を渡り歩いている。このため真葛は長らく、宗平と顔を合わせていなかった。

現在店の采配をふっている定次郎は二十三歳。薬種に関しては父以上に確かな目を持つ、実直な人物と噂されていた。

「いいえ、そうではありません。ちょっとお尋ねしたいのですが、成田屋のお内儀とはいかなるお方なのでございます」

二条薬種街で生まれ育った男だけに、定次郎は町内の噂によく通じている。不思議そうに首をひねりながら、彼は真葛に座布団を勧めて口を開いた。

「さて、いかなるお方と言わはりましても――お香津はんはご先代の一粒種。先代はお内儀を早くに亡くさはり、お香津はんを風にも当てんと、それは大事に育てはったそうどす。手前とは似た年頃でございますが、一緒に遊んだ覚えなんかほとんどあらしまへん」

宗平が武家の出のためか、定次郎の言葉遣いには京なまりの中にも、どこか武張ったものが含まれていた。

「ご当代は、もとは成田屋の手代と聞きましたが」

「はい、元の名は喜助はんと申し、確か嵯峨の出のはずでございます。真葛さまもご存知の通り、なかなか苦味走ったよい男。ちと遊びがすぎる点が、昔から番頭たちににらまれていたようですが、お香津はんにはそんなところも魅力に映らはったのでしょうなあ。愛娘にせがまれ、番頭たちの反対を押し切って婿に据えたのが、今思えばご先代の最大の過ちと申せましょう」

家督を譲られた直後こそ、喜助こと当代孝右衛門は真面目に商いに励んでいた。しかし、先代が没するやその態度は急変……。商う薬種の質を落とし、相場にまで手を出すありさまに、主な奉公人は次々と暇を取っていった。

「遊び仲間たちを、手代として雇い入れてはるとの噂も耳にしたことがあります。残った番頭たちの忠告に耳を貸さへんばかりか、反対に難癖をつけて暇を出す有様では、まともな商売はできしまへんやろなあ」

「さような夫を、お内儀はどう考えておいでなのでしょう」

「生まれ育った成田屋を、かように食い荒らされてはるのどす。いくら自ら望んだ婿どのというても、さすがに己の過ちを悔いてはるんと違いまっしゃろか。上賀茂に女子を囲ってはるとの噂もありますさかい、けっして夫婦仲も円満とは言えしまへんのやろ」

彼自身いまだ独り身にもかかわらず、定次郎は妙に年寄りめいた推測を口にした。

二条界隈の薬種屋は薬価統一のため、伊勢屋と木瓜屋からしか仕入れを許されていない。もっともこれは建前で、実際にはどの店も、これら二軒の問屋と並行して独自の仕入れ先を確保しているが、それはあくまで内々の話だ。

だが成田屋は近頃この定めを公然と無視し、新規に開拓した仕入れ先とばかり取引をしているという。それがみな粗悪な薬種であることは確認するまでもない。

「ああも質の悪い薬種を売り、それをまたわざわざ買わはるお医師がおいでなんどすから、まともに商いをしている身としてはほとほと嫌気が差します。まったく世の中には、どうしようもない一面があるものどすな」

（お雪が姿を見せなくなったのは、孝右衛門の今の商いと関係があるに違いない）

腹立たしげな定次郎を見つめながら、真葛はこう確信した。

藤林家では毎年十二月、百味箪笥の薬種を全て焼き、新しい品に入れ替える習わしがあった。薬草はいずれもよく乾燥させて保管するが、中には日月を経る間に変質し、薬効を失う品もあるからである。

しかし成田屋で嗅いだ匂いから察するに、今あの店に置かれている薬種は皆、乾燥が不十分。しかもかなり古いものだと思われる。

薬の販売は、公儀によって厳しく管理されている。伊勢屋・木瓜屋のどちらからも仕入れを行わず、劣悪な薬種ばかりを商っている事実が明るみに出れば、成田屋の商いが差し止められるのは確実。そうならずに済んでいるのは、禁裏御医師たちの中にも成田屋を贔屓にしている者がおり、周囲の店が見て見ぬふりをしているからだ。だが町奉行所に現状を知られれば、たちまち店は取り潰しとなるだろう。

先程の成田屋夫婦の会話から推量するに、お雪はお香津の腹心らしい。夫の乱行に心を痛める女主に成り代わり、なんらかの形で店の悪事を世に知らしめようとしたのだろうか。その動きを当代たちに気取られ、店の奥に軟禁でもされているとすれば、姿を見せない事実には説明がつくが、その推測は、「お雪にはしてもらうことがあります」という孝右衛門の言葉と合致しない。あれではまるで、お雪もまた孝右衛門の仲間であるかのようだ。

定次郎に礼を述べて亀甲屋を辞した真葛は、すっかり葉を落とした柳の木が立ち並ぶ堀川沿いの道を歩きながら思案を巡らせた。

川風は刺すように冷たいが、いったいどこに咲いているのか、かすかに蠟梅の香りが含まれている。あと数日で臘月。そのためか歳末までまだ一月あまりあるというのに、行き交う人々は早くも皆、気ぜわしげであった。

父は年の瀬も押し迫ったある日、真葛を御薬園に置いて西に発ったという。信太夫からそう聞かされて育ったためか、真葛は物心ついて以来、暮れが近づくとなにか胸騒ぎめいたものを覚えるようになっていた。

玄已が姿を消してから、すでに十八年が過ぎようとしている。今年もまた父は戻ってこないのだろう。

そんなことを考えているうち、いつしか真葛は大報恩寺近くまで来ていた。そのまま北に歩けば、四半刻（三十分）ほどで御薬園に戻り着く。すでに日は頭上をすぎ、西へと傾き始めている。今日はこれで引き上げようかと考えた真葛はしかし、

「正月まではまだ一月あまりもある」とつぶやき、はたと立ちすくんだ。

先程聖護院近くで耳にしたお香津と万蔵のやり取りが耳の底によみがえった。考えるも恐ろしい想像が、なぜか明るい黄金色を帯びて胸の中で大きく膨らんだ。

（よもや、まさかそんなことは――）

いつもの癖で唇をかみ締めた真葛は、わずかの間ためらった後、身をひるがえして千本通を駆け出した。

荷の片付いた亀甲屋の店先は、普段の落ち着きを取り戻していた。

息を切らして走り込んできた真葛に、帳場に座っていた亀甲屋定次郎はおろおろと腰を浮かせた。

「ど、どうなさいました、真葛さま。だれか、水をお持ちしなはれ」

「さ、定次郎、一つ、教えてください」

上がり框によろよろと腰を下ろした真葛は、荒い息をつきながら途切れ途切れに口を開いた。寒風の中を走ってきたために、両の頬は真っ赤に染まっている。

「成田屋のお香津どの、あのお内儀は薬草についてお詳しいのですか」

門前の小僧は習わぬ経を読むという。御薬園で成長した自分が、自然と薬草の知識を蓄えたように、薬種屋の娘なら薬草生薬についてそれなりの見聞を有しているのではあるまいか。

問われた定次郎は一瞬、なんだそんなことかと言いたげな、拍子抜けした顔を見せた。

丁稚が汲んできた水をこくこくと飲み干す真葛に、あっさりとうなずいた。

「それは当然どす。いずれこの娘に婿をと考えてはった以上、ご先代は店の商いの手法はもちろん、薬種の知識もかなりしっかり叩き込まはったはず。けどそれがなにか――」

その言葉を聞くや、真葛は手にしていた湯呑みを、音を立てて上がり框に置いた。土間に跳ね立ち、板間の端にちょこんと正座している丁稚を振り返った。

「これから言う生薬をすぐに出してください。まず升麻を五分、それから呉茱萸と大棗を二分ずつ、生干芍薬を三分――」

「吾市、早う仰る通りにしなはれ」

真葛の様子からただならぬ事態と察した定次郎が、呆気に取られている丁稚を叱咤した。

「へ、へえっ」

吾市と呼ばれた少年と、それよりもう少し年嵩の丁稚が百味箪笥に飛びついた。

道具を店の板間に広げさせ、幾種類かの生薬をあわただしく調合して、薬研で磨る。

完成した薬を手早く薬包紙に包み、真葛は帳場を振り返った。

「誰か人を御所東の棚倉家まで走らせ、山根平馬と申す平仕えの侍を呼んでくださいませ」

「かしこまりました。山根平馬さまでございますな」

「家令がつべこべ申すでしょうが、元岡真葛の申し付けと言えば黙るはずです。それからまことにお手数ですが定次郎、これからわたくしとともに成田屋に行ってください。本来なら平馬が来るまで待つべきでしょうが、事は一刻を争うかもしれませぬ」

「わかりました。お供させていただきます」

年下の真葛の剣幕に押され、何が何やらわからぬまま、定次郎は幾度も大きくうなずいた。

だが二条通を一散に駆けて成田屋に飛び込んだ二人は、奥から響いてくるこの世のものとは思われぬ呻きに、土間に愕然と立ちすくんだ。

店先に人影はなく、冬の日差しだけが土間を斜めに照らし付けている。中暖簾を隔てた店の奥から、嘔吐物の臭いが濃く漂い出していた。

「しまった、遅うございました」

店の奥に駆け込む真葛に続き、定次郎もあわてて雪駄を脱いだ。

人気の絶えた店内を、呻き声だけを頼りに奥へ踏み込む。行き着いた部屋で彼らが眼にしたのは、昼餉の膳を蹴散らし、胸をかきむしって倒れている十人ほどの男たちであった。その壁際には二人の女がひしと抱き合いながらも、呻吟する彼らに冷ややかな眼差しを向けていた。

想像以上に凄惨な光景に、真葛は思わず敷居際でたたらを踏み、息を呑んだ。苦し紛れにかきむしったのか、畳にはあちこちに深い爪痕が残されていた。折り重なりあった男たちのほぼ中央で、成田屋孝右衛門が自らの嘔吐物に片頬を浸し、すでに息絶えている。彼らが吐き戻した汚物が一面に飛び散り、室内には息をするのもためらわれる臭いが立ち込めていた。

女の一人が、突然闖入してきた真葛と定次郎を、感情のない眼で見上げた。血の気の失せた唇を真一文字に結んだお香津であった。

「お、お香津はん、これはどういうことどす」

真葛を守るかのように、定次郎が先に立って部屋に踏み込んだ。

するとお香津と身を寄せ合っていたもう一人の女が、お香津を後ろ手にかばって立ち上がった。粗末な木綿の着物に前掛け姿。店の女子衆らしき彼女の真っ直ぐな瞳には見覚えがある。

「お雪どの、ですね」

真葛から名を呼ばれ、弟と面差しの似通った白い顔に動揺が走った。

「わたくしはあなたの弟御と山根平馬から頼まれ、あなたを探していました。このありさまはどうしたわけか、わたくしにはよく分かっています。ですが事の仔細はどうあれ、人が苦しんでいるのを見過ごすわけには参りません。この者たちの手当てをさせてもらいます。よろしいですね」

真葛の硬い口調に、お雪は今にも泣き出しそうに顔を歪めた。

壊れた人形のように幾度もうなずくその足元で、お香津が白い頰につと涙を伝わらせた。

固く結ばれていたその唇が弱々しく動き、お前さま、という声のない呼びかけをもらした。

真葛の懸命の手当てのかいもなく、既に事切れていた成田屋孝右衛門を含めた七人が、その日の夕刻までに息を引き取った。

いずれも激しい嘔吐や痙攣を繰り返した末、心の臓が弱っての衰弱死。昼餉の汁に混ぜられていた毒が原因であった。

知らせを受けて棚倉家から駆けつけてきた平馬は、お雪の姿に一瞬顔を輝かせた。だがその場の地獄図から事態を悟ったのだろう。すぐに眉を翳らせ、ぎりっと歯を食いしばった。

真葛の指図に従って成田屋の表戸を閉め、息絶えた男たちを土間に運び出す。そんな平馬の姿を、お雪は自失した面持ちで眺め続けていた。

かろうじて息の残っている三人はとりあえず隣の六畳に移したが、いずれも眼の周りにどす黒い隈を浮かかせ、手足には浮腫が出ていた。

「できる限りの処置は致しました。明日まで持てば助かるでしょう」

亀甲屋で調薬させた薬を煎じ、口をこじ開けて無理やりに飲ませはした。しかし毒はすでに、全身に回っている。あとは彼ら自身の体力と運次第であった。

「平馬さま、ごめんなさい」

横たえられた男たちの荒い息だけが耳につく六畳間で、彼ら同様、板間から移されたお雪が、ひどくしゃがれた声でとぎれとぎれに言った。

その傍らではお香津が、お前さま、お前さまと呟きながら泣き続けている。

「ごめんなさい、平馬さま。どうか許しとくれやす」

「なにを謝っている、お雪。いったいどうしたというのだ」

頬を強張らせつつもかろうじて穏やかさを取り繕う平馬に、お雪はしゃくりあげながら謝り続けた。

「だ、旦那さまたちの昼餉に毒を入れたんはうちどす。どうかお役人に突き出しとくれやす」

「なにを言いますのや、お雪」

それまでただ泣き続けているだけだったお香津が不意に涙をぬぐい、強い口調で彼女をさえぎった。

「毒を入れたんはあんたでも、それを命じたんはこのうちどす。どこのどなたか存じまへんけど、お役人にはうちを突き出しておくれやす」

「汁に混ぜたのは、やはりあなたの元日草なのですね」

先程までが嘘のような険しい形相になったお香津に、真葛は静かに問いただした。

「わたくしは今朝方お香津どのをつけ、聖護院近くの庭屋まで参りました。あのときあなたが庭師に申していた先代の形見の元日草、あなたはあれを昼餉に入れさせたのでしょう」

「元日草――真葛さまが仰るのは、正月に咲くあの福寿草でございますか」

平馬が驚いた声を上げた。

「さようです。定次郎は存じておりましょうが、あの花は猛毒を持っております。一般には知られておらぬとはいえ、我々はなんとも恐ろしげなものを春の寿ぎとして愛でているのです」

福寿草は可憐な花姿に似合わず、全草に毒がある。福寿草が自生する北国では、その蕾をフキノトウと間違えて食べ、死人が出ることも珍しくない。汁の実に刻んで入れたなら、五、六株もあれば事足りたであろう。希釈して強心剤に使うこともあるが、素人にはとうてい手におえぬ危険な毒草なのである。

まだ蕾すら付けていない福寿草を、なぜお香津は手元に引き取ろうとしたのか。その謎から導き出し得る真実に、もっと早く気付いていれば、この惨事は防げたかもしれない。そう考えると、真葛は自分の鈍さに舌打ちしたい思いであった。

「これから申す話はすべてわたくしの推測ですが、お香津どの、あなたは己の夫が店を継ぐや否や、商人としての道を踏み外されたことを、ひどく憂いておられたのではないですか。されど孝右衛門どのは周りの忠告に耳を貸さぬばかりか、外に女子を囲い、古くからの奉公人を追い放すありさま。先代の手堅い商いを見て来られたあなたさまには、さぞ耐え難い日々だったに違いありますまい」

　お香津とお雪主従は無言であった。それがかえって、真葛の推論の正しさを裏付けていた。

「薬種屋は人の命に関わる商い。性根の腐った医者と意を通じ、粗悪な品ばかり売るようになっては、もはや薬種屋の看板を掲げる資格はありませぬ。お香津どのはご自分が選ばれた婿がなした悪行を無に帰すおつもりで、孝右衛門どのたちに毒を盛られたのでしょう」

　さりながら彼ら全員に一度に毒を飲ませるのは、お香津一人では困難。普段から彼らの食事の世話をしている者の協力が必要である。そのために選ばれたのがお雪だったのだ。

「お雪どのはご先代以来の奉公人。お香津どのの企み（たくら）に加わられたことから察するに、やはりご当代に不満を抱いていたのでしょう。夏以来、平馬たちと音信を絶ったのは、孝右衛門どのたちに仲間として信用されるための策だったのではありますまいか」

　藪入りもせず不埒（ふらち）な商いをかいがいしく手伝い、お雪は孝右衛門たちの信頼を得たのだろう。平馬が訪ねてきても手代に追い払ってもらうことで、家族や恋人よりも主を選んだと、彼らに印象付けたのだ。

お雪が顔をおおって、再び小さくすすり泣き始めた。

「この平馬はそなたの身を案じ、わたくしに相談を持ちかけて参ったのです。それが平馬の思い過ごしであったのは幸い。されどかような悪事に手を染める前にあなたがたを止められなかったのが、わたくしは残念でなりません」

そう、あと半日早く自分が彼女たちの思惑に気付いていたなら、事態は全く異なっていたはずだ。仮にそれが無理だったとしても、せめて半刻早く成田屋に駆けつけていれば、もっと多くの命を救えたかもしれない。

いくら悪人とはいえ、夫であり主である男をも手にかけ、これから人殺しとして罪を負っていかねばならない女たちが哀れであった。平馬と定次郎が側にいなければ、ほかに手立てはなかったのか、と二人に詰め寄っていただろう。

「真葛さま、町方を呼んで参りまする――」

部屋に満ちた重苦しい沈黙を硬い口調で破り、平馬が立ち上がった。

その後ろ背を、お雪のか細い歔欷（きょき）が追う。しかし彼はそのまま振り返らず、中暖簾を掲げて店先へ出て行った。怒りと悲しみの入り混じった混乱を、必死に押し留めているかのような背を、真葛は言葉もなく見送った。

気の早い西日が、障子越しに六畳間に差し込み、残された者たちを地獄の業火のように赤く染め上げた。

お香津とお雪は駆けつけてきた京都東町奉行所の同心たちに捕縛され、六角牢屋敷の女牢に収監された。

成田屋殺しの噂はすぐさま洛中に広まったが、間もなく孝右衛門のあくどい商いを知る同業者を中心に、不憫との声があちこちで上がった。

あの日、お香津は罪のない丁稚や女子衆たちを巻き添えにすまいと、昼前から暇を与え、彼らを実家に戻らせていた。逃げるつもりは端からなく、毒を盛った全員が息絶えたのを見届けた後、自分たちも残りの汁を飲んで死ぬつもりだったという。

騒ぎの翌々日、真葛は鷹ヶ峰御薬園を訪ねてきた亀甲屋定次郎から、二条薬種仲間の店々が連名で、奉行所に嘆願書を提出すると聞かされた。

「とはいえ店の主に手代、合わせて八人を死なせたのでございます。いくら世間がお香津はんたちに同情的とはいえ、まず遠島は免れますまい」

「わたくしの元にも、奉行所からご詮議の呼び立てが来ております。ここしばらくの成田屋の商いの非道ぶりについて、御薬園を代表してとくと語って参りましょう」

一方で当然予想できていた話ではあるが、その数日後、真葛は匡の自室に呼ばれ、彼からこってりと油を絞られた。普段が温厚なだけに、彼はいったん怒るといささか説教がねちっこい。

「いくら棚倉家の者の頼みとはいえ、さような揉め事にそなたが首を突っ込むべきではあるまい。万が一のことがあったら、わしは信太夫さまはもちろん、そなたの父上に対してお詫びのしようがないわい」

抗弁のしようもなくうなだれる真葛をちらりと見やり、されど、と匡は言葉を継いだ。

「お香津の悪事を見抜き、的確な調剤をしてのけたのは見事じゃ。わずか二人とはいえ命を取り留めたのはそなたの処置の確かさがあればこそと、六角牢医の多田勝宜どのが感心しておいでじゃ」

一命を取り留めた彼らは回復後、お香津たち同様、六角牢屋敷に収監されている。成田屋の悪商いに加担していたとして、それ相応の罪を問われることになるだろう。

意外な匡の言葉に、真葛は思わず「はあ」と間のぬけた相槌(あいづち)を打った。

なぜか気まずげな顔で、匡は横を向いて軽く咳払いをした。

「それでつかぬことを聞くが真葛、そなた、その折いったいどんな調剤を致した。あ、いや、決してそなたの診立てに誤りがあったと思うておるわけではない。されどその、福寿草の毒をいったいなにをもって制したのだ」

「はあ、何分あわてていましたのでよく覚えておりませんが、確か升麻に呉茱萸、それに大棗と――」

「ま、待て。升麻と呉茱萸、大棗じゃな。なるほど、呉茱萸を用いたのか。それは思いもせなんだ」

「はい、それに生干芍薬を加えました。配分は――」

急いで真葛の言葉を書き留めた匡は、なるほどなるほどと幾度も繰り返した。

「この調薬であれば福寿草といわず、附子(ぶす)、穂躑躅(ほつつじ)、翁草(おきなぐさ)といった毒草すべてに効能があろう。いやはや、とっさにこのような配分を思いつくとは、さすが真葛じゃ」

いつの間にか匡の面上からは、先までの険しい気配が消えていた。どうやら今回の件は、この解毒剤一つで帳消しにしてもらえるらしい。やれやれ、ようやくご放

免かと肩の力を抜いた真葛はしかし、

「そうそう、これは山根とやらには内密じゃが」

と努めて何気なく言葉を続けた匡に、再び居住まいを正した。

「多田どのの診立てによれば、お雪は身重だそうな。父御が誰なのかは尋ねても答えぬが、平馬にこの旨を告げていいのかと聞いたところ、それだけは許してくださいませと泣きながら懇願したとか」

匡は真葛とは目を合わさず、手元の書き付けに目を落としたままでいる。うつむいたその頬が硬く強張っているのを見て、真葛の全身からさっと血の気が引いた。

「腹の子は間もなく四月になるという。父親はおそらく店におった男どものいずれか。孝右衛門の信頼を得んと、商いの助けをしている間に不埒を働かれてであろうな」

平馬の後ろ背に向かって泣きしきるお雪の姿が、真葛の脳裏に痛ましくよみがえった。

「――男たちの昼餉に毒を盛ったのは、お雪自身の意思でもあったのですね」

訪れてきた平馬に会わなかったのも、男たちの信用獲得だけが目的ではなかった。お雪は本当に、彼と訣別するつもりだったのだ。いや、訣別せねばならぬと思いつめたというのが正しいのか。

やはり自分は、何も出来なかったのだ。

真葛はうつむき、唇を強くかみ締めた。苦い血の味が、微(かす)かに口の中に広がった。

「お雪は子を産みたいと申しておるそうな。身二つになるのは、お裁きが下った後であろうな」

生まれてくる子に罪はない。おそらくは配流(はいる)先から奉行所を経て、お雪の父に預けられることになろう。そうなれば今は隠していたところで、この件はやがて平馬の耳に届く。

成田屋の店奥からお雪を振り返らぬまま奉行所へ走った平馬。彼はどんな思いで、お雪の子供の話を聞くのだろう。

「お雪がどのようなお裁きを受けるかはわからぬが、なるべく早く己の子を抱けるようになればよいのう」

帳面から顔を上げ、遠くを見る眼差しで、匡は真葛に聞かせるともなく呟いた。

張り替えたばかりの障子の向こうで、今日も鵯(ひよどり)が盛んに鳴き交わしている。

――ひょっとしたら、平馬はお雪の子を引き取るかもしれない。

それがいったい何年先のことになるのかはわからない。だがいつかお仕置きを終えて戻ってきたお雪を、平馬は幼子(おさなご)の手を引いて迎えるのではないだろうか。

もしそうなれば人を待つ長い長い冬も、雪解けを待って耐え忍ぶことができるのではなかろうか。

やがて来る春を請け合うかのように、鶫がまた高い鳴き声を上げた。

うき世小町

中島 要

一

江戸の夏は、暑い。

ゆえに短気な江戸っ子たちは、「このくそ暑い中、汗水流して働けるかってんだ。べらぼうめぇ」という気になる。

加えて、夏は冬と違ってものがなくても何とかなる。

布団や火鉢はいらないし、着物だって単衣でいい。そこで、当面使わない家財道具を質入れして、涼しくなるまで遊んでいようと不精を決め込む輩は多い。

もっとも、質屋で借りられる金はたかが知れている。派手に遊べばすぐなくなるので、湯屋の二階がせいぜいだ。

暇はあれども、金はない。

されど、働く気になれない。

そういう呑気な連中が町で噂を拾って来ては、一膳飯屋「たつみ」へ行く。店の亭主は世間に知られた十手御用の辰三だから、悪党がらみのネタならば、少々酒手をはずんでもらえる。

ところが、その親分が去年の暮れから姿を消して未だに行方はわからない。代わって子分の六尺文治が留守をあずかっているものの、あいにく貫禄が違い過ぎる。

そのため、小遣い稼ぎたちの足も遠のいていたのだが。

「お加代ちゃんっ、お加代ちゃんはいるかい！　こいつぁ大事だぜ」

六月一日の八ツ半（午後三時）過ぎ、昼飯どきの賑わいがすっかり引いた店内にひとりの男が駆けこんで来た。

見れば、近所の仏湯でごろごろしている亥之助である。

ひさしぶりの訪れに、「おとっつぁんの手掛かりかしら」とお加代は胸を騒がせた。

「そんなに慌ててどうしたの。まさか、おとっつぁんのことで何かわかったんじゃ」

「い、いや、あいにく辰三親分の話じゃねぇ。こいつはお加代ちゃんの一大事だ」

「えっ」

「まあ、聞きねぇ。美人画で知られた版元の大伝馬町の三崎屋が、今月二十日に『江戸錦絵小町比べ』をするってんだ。そいつで一等を取った娘を、今売り出しの人気絵師、歌川豊純が大首絵にして、派手に売り出すつもりらしい。それだけとってもたいした果報、器量自慢の若い娘が誰でも飛びつく話だが、さらに十両褒美を出すってんだから半端じゃねぇ。こいつぁ一番、お加代ちゃんも出ねぇ訳にはいくめぇぜ」

手柄顔で語られる相手の話を聞くうちに、お加代はだんだん自分の眉がつり上がっていくのがわかった。

「せっかくだけど、その話なら知っているよ」

こちらの思いを察したものか、母のお仙が口を挟む。亥之助はがっかりしたように口を尖らせた。

「なんでぇ。おいらついさっき湯屋の二階で話を聞いて、すっ飛んで来てやったのによ。ま、そういうことなら安心だ。うっかり話を知らねぇで、よその娘に小町を取られちゃ堀江町の恥だからな」

早合点な決め付けに、ひとり残っていた客が突然声を張り上げる。

「何をごちゃごちゃ言っていやがる。お加代坊がそんなもんに出るもんか」

「おっと、年寄りは引っ込んでいな。三崎屋の美人画になるってこたぁ、江戸で名代の美人ってことだ。御尊顔を一目見ようと、店は大入り間違いなし。加えて金持ち連中がお加代ちゃんを嫁に欲しいと人橋かけて頼んでくらぁな。その上、十両のおまけつきだ。最初（はな）から勝ち目なんかねぇおたふくどもはいざ知らず、今年十七花なら盛り、今様（いまよう）小町のお加代ちゃんだ。みすみす見逃す手はねえよ」

「おあいにくさま。あたしは遠慮いたします」

立て板に水の口上をけんもほろろに拒絶する。

それが意外だったのか、男はたちまち目を剝（む）いた。

「ちょっ、ちょっと待ちねぇ。いいかい、こいつは二度とねぇ一生に一度の好機なんだぜ。女将（おかみ）さん譲りのその器量なら、一等はもらったようなもんだ。なのに、出る気はねぇなんてもったいねぇにも程があらぁ。女将さんだってそう思うだろ」

「そりゃ、亥之さんの買いかぶりってもんさ。うちの娘はそんなたいそうなものじゃありませんよ」

いささか大仰（おおぎょう）な言いたてにお仙が苦笑して見せる。

だが、亥之助は真面目（まじめ）な顔で首を振った。

「とんでもねぇ。広いお江戸に美人は多いが、誰が一番かと言えば、お加代ちゃんに決まってらぁ。その御本尊が出ねぇとあっちゃ、小町比べがなりたたねぇ」

「ずいぶん持ち上げてもらったけれど、本人が嫌だってんだもの」

「そいつがどうも合点がいかねぇ。なぁ、お加代ちゃん、一体何が不足なんだ。花見小町に祭りの小町……小町比べは数々あるが、今度のやつは褒美の金もけた違いに多いじゃねぇか。そもそも小町比べには、望んだって出られねぇ哀れな娘も多いんだ。これほど言われて出ねぇだなんて、罰が当たるというもんだぜ」

押しつけがましい言い草にお加代の怒りが噴き出した。

「罰が当たる？　一体どこが罰当たりよ。父親の行方がわからないのに、玉の輿や金目当てでそんなものに出る方がよっぽど罰当たりというもんじゃないの」

きっとなって睨みつけると、亥之助がぐっと言葉に詰まる。

「そ、そりゃまぁ……けど、それとこれとは別の話で」

「今さら、何を言ってんの。だいたいおとっつぁんがいなくなってからってもの、ちっとも寄り付かなかったくせに。やっと来たと思ったら、『江戸錦絵小町比べ』に出ろですって。人を馬鹿にするのもたいがいにしろってのよ」

「そんなふうに言わなくってもいいじゃねぇか。おいら、お加代ちゃんや女将さんを思えばこそ、教えに来てやったんだぜ。文治の野郎は頼りねぇし、辰三親分がいなくなって何かと物入りに違いねぇ。そう思ったから来てやったのに、なんてぇ口の利き方だい」

「あんたに心配されるほど、こちとら落ちぶれちゃいないわよ」

「お加代」

一層語気を強めれば、お仙が間に割って入る。そして、娘の口を封じてから、にっこり笑って亥之助を見た。

「亥之さん、気持ちはありがたいけど、あたしもお加代をそういった場に出す気はないんでね。今度店に来るときは、ぜひうちの人の噂を聞きこんで来ておくれ」

母と娘のつれない態度に、粘っても無駄だと悟ったらしい。不満そうな表情で亥之助が店を出ていくと、さっきの客も立ち上がった。

「ごっそうさん。銭(ぜに)はここに置いとくよ」

「はい、ありがとうございます」

「へんなところを見せちまって、すみませんでしたね」

二人揃(そろ)って頭を下げると、客は首を左右に振った。

「いいってことよ。それよりお加代坊、親分はきっと生きていなさる。傍(はた)はいろいろ言うだろうが、決して諦(あきら)めちゃいけねぇよ」

心のこもった励ましをにっこり笑って受け止める。そのまま去って行く後ろ姿を見えなくなるまで見送った。

凶賊「名なしの幻造」をひそかに探っていた父が消息を絶ってじき半年。今では多くの人たちが「もう死んでいる」と思っている。父に手札を与えていた同心の塚越も半ば諦め顔だ。

しかし、お加代は今でも父は生きていると確信していた。

多くの悪党をお縄にしてきた岡っ引き、悪党の十手どころか千手先を読むと言われた「千手の辰三」ともあろうものが、上方から来た連中にみすみすやられるはずはない。これまでだって、御用のために家を空けることはよくあった。

だから、今頃「名なし」一味を追い詰めているに違いない。

そう自分に言い聞かせてきたものの、半年の不在はあまりにも長過ぎた。父の無事を信じていても、不安が頭を離れないのに……。

なにが「江戸錦絵小町比べ」よ。

心の中で吐き捨てて、つい三崎屋を恨んでしまう。

この傍迷惑な催しが知らされたのは昨日のことだ。店閉め間際を見計らって、三崎屋の若旦那の京太郎が自ら教えに来たのである。

「日本橋一と呼び声の高いお加代ちゃんにはぜひ出て欲しいんでね。あらかじめ伝えに来たんだよ」

恰好をつけてささやく男は世間に知られた色男だ。おまけに、大店の跡取りだから、浮いた噂は数知れない。

江戸の若い娘なら、誰でも自分に気があるだろう――そう言いたげなにやけ面に、男嫌いで通る娘は迷う間もなく返事をした。

「あたしはそういったものに興味がないんです。まして、今はおとっつぁんが心配でそれどころじゃありませんから」

きっぱり断った瞬間の相手の表情は見ものだった。

怒っているのか、困っているのか、はたまた笑って見せたいのか。なんとも言葉にし難い顔で震える声を絞り出した。

「そ、それは残念。なら、二十日までに気の変わることを祈るとしよう」

一見平静を装いつつも、帰っていく足取りには不機嫌さがにじみ出ていた。

年頃の娘の全部が全部、男にちやほやされたいと思っているなら大間違いだわ。

仮にも商人の息子なら、人をよく見てものを言えってのよ。

さすがに塩こそ撒かなかったが、お腹の中で毒づいた。

今さら人に言われなくても、母親ゆずりの顔立ちが整っているのは知っている。

だが、それをありがたいとは一度も思ったことがない。通りすがりにひやかされたり、へんなちょっかいをかけられたりして、面倒のほうが多かった。

ましてや、お加代は女の我が身を心の底から嫌っていた。

あたしは、生まれを間違えたんだ……。

物心がついて「女は岡っ引きになれない」と知ってから、ずっと思い続けて来た。

もしも男に生まれていたら、母の手伝いなどしていない。

堀江町の二代目として御用を務めていただろう。

それにあたしが男だったら、こんなことにはならなかった……あたしさえ、おとっつぁんのそばにいたら……。

客のどんぶりを片付けながら、恨みがましく思ってしまう。そういう自分が情けなくて、お加代は奥歯を嚙み締めた。

いろはも知らない小さな頃から、父の語る捕物話を聞いて大きくなったのだ。

ままごとよりもあやとりよりも、悪人相手の大立ち回りに幼い胸をときめかせた。お転婆娘を面白がって、父は捕物の心得をひとつひとつ教えてくれた。

押し込み現場のあらため方や、狙われやすい人や家……おかげで、今ではいっぱしの目利きができると信じている。

とかく世間の人々も「血は争えない」というではないか。辰三の血を受け継ぐ自分は、子分の文治なんかよりはるかに捕物上手のはずだ。三月前の事件だって、自分が下手人を見破った。

たとえ、二目と見られない御面相でも構わない。男に生まれてさえいれば、どんなに幸せだっただろう。

父とて心の奥底では、息子を望んでいたろうに。

——どうして男に産んでくれなかったのよっ。

四年前、女のしるしが始まったとき。手を打ってはしゃぐ母親にお加代はひとりくってかかった。

ちょうど捕物の最中で辰三と文治は家にいない。その気やすさも手伝って、どうにもならないうっぷんをここぞとばかりに投げつけた。

——あたしは女になんか生まれたくなかった。男だったら文さんみたいにおとっつぁんの手助けができたわ。ううん、文さんなんかよりずっと役に立ったはずよ。だって、あたしはおとっつぁんの子なんだもの。

今にして思えば、初めて知る身体の変化に気が高ぶっていたのだろう。とんでもない言いがかりに母はさびしげな笑みを浮かべた。

──それで、あたしは……ひとりぼっちで留守番かい。

嘆くでもなく怒るでもなく悲しそうに問い返されて、さしものお加代も返事に困った。

自分がうんと小さな頃から「あんたが娘でよかったよ」と、母は口癖のように繰り返していた。言葉の裏の真意を知れば、二度と文句を言えなくなった。

だが、だからこそ──文治が妬ましくて仕方がない。

人並み外れて大きな身体はとにかく丈夫で力も強い。頭の巡りは今ひとつでも、悪い奴らと張り合える男の身体がうらやましい。

いつも一緒にいたくせに、親分が誰を追っていたのか知らなかったなんてどうかしている。もしもあたしが文さんだったら、とっくに行方を摑んでいるわ。

父の無事を祈る心と、何もできない歯がゆさと。

いろんな思いがごっちゃになって、ますます邪険にしてしまう。

そんな思いを知らないで、誰もが「小町比べに参加しろ」と口々に訴える。日ごとに苛立ちは増していき、文治にきつく当たってはお仙に叱られる日々が続いた。

まったく、みんな揃いも揃って。小町比べが何だってのよ。選ばれりゃ男になれるんだったら、あたしも喜んで出てやるわ。

小町比べを三日後に控え、お加代は周囲の声を逃れて母の使いで浅草（あさくさ）へ。その帰り道、柳橋（やなぎばし）を通りかかったときだった。

「ひょっとして、辰三親分とこのお加代ちゃんじゃねぇか」

呼ばれてひょいと振り向けば、遊び人風の男が薄笑いを浮かべて立っている。

「そうですけど、あの……」

「俺（おれ）だよ、俺。前に親分の世話になっていた飾り職の卯吉（うきち）だよ」

やけに馴（な）れ馴れしくされてうっすら眉をひそめたとき、そういう名前の下（した）っ引（ぴ）きが昔いたことを思い出した。

「そういえば」

「なんでぇ、つれねぇなぁ。こういうときは世辞でいいから、『おひさしぶり』くらい言うもんだぜ」

上機嫌な相手の様子にお加代は怪訝（けげん）な目を向ける。

確か、卯吉は強請（ゆすり）を働き、父に縁を切られたはずだ。今頃一体何の用だと自（おの）ずと身構えてしまう。

「そう構えることねぇじゃねぇか。そりゃあ縁を切られはしたが、一度は親分と慕ったお人が行方知れずになったんだ。俺もずいぶん手を尽くして八方捜し回ったんだぜ」

「えっ」

「文治は要領が悪いから、後ろぐれぇ連中の口を割らせることはできめぇ。その点、俺はいろんな奴らに顔が利く。ずいぶん手間がかかったが、ついさっき親分の居場所を突き止めたところよ」

その瞬間、お加代は今までのすべてを忘れて男の腕を摑んでいた。

「卯吉さん、それ本当なの」

「おうさ。それにしても、わかったとたんにこんなところで会うなんてよ。こいつあ観音様（かんのんさま）のお導きかもしれねぇな」

「おとっつぁんはどこっ。どこにいるの」

縋（すが）るようにして尋ねれば、相手の目が急にいやらしい光を帯びた。

「しかし、お加代ちゃんはきれいになったな。こんなべっぴんに育つと知ってりゃ、俺もおとなしくしていたんだが」

「話をそらさないでちょうだい」

「別にそらしちゃいねぇだろう。なぁ、お加代ちゃん。俺は今度のネタを仕入れるために、ずいぶん危ない橋も渡ったんだぜ。ちょっとくれぇやさしくしてくれたっていいじゃねぇか」

言うなり尻を触られて、お加代は束の間息を呑む。

すぐさま相手を突き飛ばせば、逆にその手を摑まれた。

「そう邪険にするなって。これでも『千手の辰三』の下っ引きだった男だぜ。親分の行方を知っているのは神かけて本当さ」

「あ、あんたの言うことなんか信用できるもんですか」

「だったら信じなくてもいい。だが、親分はひどい怪我をしていなさる。このまま長く放っておけば、命の保証はなかろうよ」

「そんなっ」

うっかり釣り込まれたとたん、好色な笑みが飛び込んで来た。

「おめぇが一晩俺の相手をしてくれりゃあ、喜んで教えてやるんだが」

「冗談じゃないわ。ふざけないでっ」

足元を見た申し出を怒ったはずみで断れば、「そう言うんなら仕方がねぇ」とやけにあっさり引き下がった。

「だったら、文治と二人仲よく広いお江戸を捜すがいいや。運が良けりゃ、親分の息のあるうちに見つけ出せるかもしれねぇしな」

肩をすくめて言い放つと、卯吉の手が離れていく。

こんな男の言うことなんか決して信用すべきじゃない。

うかうかと口車に乗せられるほど、自分は世間知らずじゃない。

頭では、ちゃんとわかっている。

わかっているのに――お加代は、相手の袖を捕えずにはいられなかった。

だって、万が一にも本当だったら。

父がひどい怪我をして生死の境にいるのなら、取り返しのつかないことになる。

いっそ、文さんの手を借りて無理やり口を割らせれば……でも、そんなことをして失敗したら……。

さまざま思いを巡らしながら、女である身を改めて呪う。

この手で白状させられるなら、何の不都合もなかったものを。

力のなさに打ちのめされつつ、精一杯強気なふりで卯吉に向かって申し出た。

「それじゃ、十両払うわ」

「なんだって」

「おとっつぁんの居所を十両で買うと言ってるの。それなら文句はないでしょう」

「おいおい、まさか巾着切でもしようってのか。下手な見栄を張らねぇで、素直に言うことを聞きゃあ……あいたっ」

「三日間だけ待ってちょうだい。必ず十両、用意するわ」

　伸ばされた手を叩き落として、お加代はきっぱり断言した。

二

「お加代、あんた『江戸錦絵小町比べ』に出るって本当なのっ」

　十八日の七ツ（午後四時）過ぎ、近所に住むお志乃が青い顔で「たつみ」に駆けこんで来た。その後ろからもうひとり、お八重も心配そうに暖簾をくぐる。

　予期せぬ二人の訪れにお加代は思わず目を瞠った。

　十両の金を作るため、昨夜のうちに三崎屋へ行って「小町比べに出たい」と申し出た。母と文治にもそう伝えると、「なんでまた急に」と詰め寄られた。

「絶対出ないってあれほど言っていたじゃないか。どうして気が変わったのさ」

「そうだよ。お加代坊らしくもねぇ」

　一緒に暮らしているだけあって、揃って不審そうな顔をする。一体何があったんだと二人がかりで問い詰められたが、「急に出たくなっただけ」と頑なに言い張った。

卯吉のことを文治に言えば、すぐに捕えて口を割らせようとするだろう。だが、相手はかつての兄貴分だ。うっかり逃げられでもしたら、父につながる手掛かりをみすみす失うことになる。

ああいう男は金にものを言わせるのが一番よ。あたしが小町比べで一等を取れば、万事解決するんだもの。

とはいえ、母に打ち明ければ、反対されるのは目に見えていた。

――おとっつぁんのことは、文さんや塚越の旦那に任せておけばいいんだよ。

いつもそう言われている以上、頭ごなしに叱られるだろう。

その文さんが頼りないからこんなことになったのに。おっかさんはまるでわかっちゃいないんだから。

日頃の反感も手伝って、本当の理由は告げずに押し通した翌日。

「お加代ちゃん、やっぱり出るんだってね」

「これで錦絵小町はお加代ちゃんに決まったぜ」

店の支度をしていたら、訳知り顔の連中に次々声をかけられる。

噂の広がるあまりの速さに心底うんざりしていたが、幼馴染みの登場までは予想をしていなかった。

植木職人の娘のお志乃と、大名お出入りの菓子司、増田屋の娘のお八重——二人はお加代と同い年で、一緒に遊んだ手習い仲間だ。

しかし、成長するにつれて、立場や興味がそれぞれ異なってきてしまった。

容姿にはまるで無頓着なお加代と違い、お志乃は器量よしの器量自慢。二年前からあちこちの「美人揃え」や「小町比べ」にしきりと出るようになったのだが。

——「たつみ」のお加代ちゃんが出ていりゃあ、一等間違いなしだがなぁ。

——あの子のいねぇ美人揃えじゃ名前倒れというもんだ。

よろず難くせをつけたがる連中はどこにでもいるけれど、つけられた方は面白くない。次第にお志乃はお加代のことを目の敵にするようになった。

一方、お加代も何かと美人を鼻にかける相手の態度が気に食わない。

顔形なんて所詮は面の皮一枚なのに。だいたい親からもらったもので、自分の手柄という訳じゃなし。それを世間に見せびらかして、ちやほやされて喜ぶなんて心得違いもいいところよ——と本気で思っていたものだから、とかく言葉が厳しくなる。自然に仲も疎遠になって、ほとんど口も利かない間柄になっていた。

そんな二人であったから、今度のことをお志乃が知れば何も起きない訳がない。

気まずい思いでうなずけば、お志乃の目がつり上がる。

「器量の良し悪しなんて面の皮一枚。見てくれだけで持ち上げられて、のぼせる方がどうかしている。あんたはそう言ったじゃないの。どうして今頃、三崎屋さんの小町比べに出ようとするのよ」

「お志乃ちゃん、そんな風に責め立てちゃお加代ちゃんがかわいそうよ。こんなにきれいなんだもの。小町比べに出る気になって当然でしょ」

慌ててお八重が口を挟むが、お志乃の怒りはおさまらない。

「あんたは黙ってて！　お加代は今まであたしのことをさんざん馬鹿にしてきたのよ。それなのに……ひどすぎるわっ」

感情的にまくしたて、嚙みつかんばかりの勢いだ。

そのあまりの剣幕に「お客もおっかさんもいないときでよかったわ」と、お加代はこっそり息をついた。お仙がここに居合わせたら、「小町比べに出るのはやめろ」と反対されたに違いない。

小町比べで名を売ってから、お志乃はすっかり変わってしまった。男出入りの噂が絶えず、それればかりか「中条流（堕胎医）の世話になった」と陰口を利く者まででいる。

お加代だって本当は、そんなものに出たくない。

だが、十両を得るために、引き下がる訳にはいかなかった。

「お志乃ちゃんの言い分はもっともよ。だけど、あたしも小町比べに出なきゃならない理由ができたの」

「どんな理由があるのよ」

「……それは、言えないわ」

即座に理由を尋ねられ、思わず視線をそらしてしまう。

らしからぬ素振りがさらなる誤解を誘ったのか、相手の目つきが一層きつくなる。

「まさか、あんた……三崎屋の若旦那に気があるんじゃないでしょうね」

「ない、ない。何にもありゃしないわ」

見当違いな疑いに目を丸くして首を振る。

すると今度は、まるで哀れみを請うように両手を合わせて訴えられた。

「お加代ちゃん、後生だから小町比べに出ないでちょうだい。あたしはどうしても錦絵小町に選ばれたいの。小町に選ばれなかったら、あたしは若旦那と一緒になれないのよ」

「え、それじゃ」

「あたしと京太郎さんは将来を誓い合った仲なの。でも、あの人は三崎屋の跡取り息子、あたしはしがない植木職の娘。とても嫁には迎えられないって、大旦那は取りあっちゃくれなかった。それでも諦めきれなくてどうしてもとお願いしたら、今度の小町比べで一等を取れたら考えてやろうって。だから、何がなんでも負ける訳にはいかないのよ」

必死の面持ちで手を取られ、お加代は途方に暮れてしまう。

そちらの事情はわかったものの、こちらにだって都合がある。

第一、その跡取りが「小町比べに出てくれ」と最初に頼んで来たのである。突拍子もない懇願にうなずくことはできなかった。

「お志乃ちゃんには悪いけど、あたしは小町比べに出る。もう決めたのよ」

迷いを振り切り断ると、射殺さんばかりに睨まれる。そのあとすぐさま顔を覆ってお志乃は泣きながら出て行った。

「お加代ちゃんがそこまで言うなんて……よほど大事な理由があるのね。お志乃ちゃんはあたしがなだめておくから、気にしなくても大丈夫よ」

黙って成り行きを見ていたお八重が励ますように口を開く。

幼馴染みの三人のうち、この娘だけ器量が悪い。白くて丸い顔の中には、裂けたような目が二つ。小さく尖った鼻の下にいささか大きな口がつく。

けれども、口調はいつもやさしく育ちの良さが漂っている。持って生まれた顔だちよりも、むしろこっちが肝心だとお加代はかねがね思っていた。

「お八重ちゃん、ありがとう」

「いいのよ。それに、あたしはもったいないってずっと思っていたんだから」

「もったいないって、何が？」

「お加代ちゃんがちっとも自分に構わないことが、よ。そんなに器量よしなのに、紅も白粉もつけないなんて。もしよかったら、小町比べにはあたしの着物を着てちょうだい。あたしね、一度お加代ちゃんが着飾ったところを見たかったの」

はしゃいだ口調で付け加えられ、じんわり胸が温かくなる。

とかく張り合おうとするお志乃と違い、お八重は本当に人がよかった。

大店のひとり娘として何不自由なく育ったせいか、およそ人をうらやんだり、妬んだりするところがない。

気の強いお志乃とお加代が互いに意地を張っていると、いつも間に入って仲を取り持ってくれたものだ。

そんなやさしい幼馴染みと親しくできなくなったのは、自分が岡っ引きの娘だから。

——商人は信用第一。十手持ちのお身内が入り浸っては困ります。

二年前、増田屋の番頭に言われたときは無性に腹が立ったものの、友を思って引き下がった。

以来遊びに行かなくなったが、人のいいお嬢様は「店の手伝いがあるのだろう」と呑気に構えているようだ。習いごとの行き帰りに、お八重がさりげなく「たつみ」をのぞいていることをお加代は知っていた。

「そんなことをしたら、お志乃ちゃんが気を悪くするわよ」

「平気よ。お志乃ちゃんだって、あたしの着物で出るんだから」

けろりとした口調で言われて、お加代はうっかり笑ってしまった。

「おとっつぁんたら娘の器量も考えずに、派手な着物を何枚も作ってくれるんだもの。美人の二人が着てくれれば、さぞかし映えるに違いないわ。あたしはそんな二人の姿をぜひともこの目で見たいのよ。今からお志乃ちゃんを追いかけて、きっとわかってもらうから」

そう言い残してお八重が去ると、入れ違いに文治が飛び込んで来た。

「お加代坊、てぇへんだっ」

「なによ、騒々しい。今度はおとっつぁんの居所がわかったとでも言うつもりなの」

　息を切らせた十手持ちに娘はつんとそっぽを向く。

　あたしがこんな苦労をするのも、文さんが役に立たないからよ。まったくウドの大木なんだから。

　心中恨みがあるせいで必要以上に口調はきつい。

　しかし、文治は言い返さずに、厳しい顔で黙り込んだ。

「えっ、まさか、本当に」

　緊張をはらんだ沈黙に心の臓の音が大きくなる。

　考えてみれば、卯吉が突き止められたことを文治が知っても不思議はない。期待を込めて見つめれば、男はさっと視線をそらした。

「詳しいことは姐（あね）さんが戻ってからだ。あとどのくらいで戻るんだ」

「今さらもったいぶらないで。おとっつぁんのことがわかったんなら、早くあたしに教えなさいよっ」

「話すのは、姐さんが戻ってからだ。お加代坊ひとりに話したって仕方がねぇ」

たちまち頭に血が昇り、甲高い声を上げたとたん、

「なんですってぇ」

「いい加減におし、二人とも」

眉間に深い皺を寄せ、お仙が店に入って来た。

「だって、おっかさん。文さんたらひどいのよ」

「何がひどいんだい。あたしの帰りを待とうとしないあんたのほうが薄情だよ」

いつも同様ぴしゃりとやられ、お加代は頬を膨らます。その間に、お仙はさっさと暖簾を下げてしまった。

「え、急にどうしたの」

戸惑いながら尋ねれば、母親は大きなため息をつく。

「いい知らせか悪い知らせか、文さんの顔を見てわからないのかい。店のことをあれこれしながら聞ける話じゃないんだろ」

岡っ引きの女房に水を向けられて、子分はなぜか下を向いた。

「……『名なし』一味が現れました」

「どこにっ」

「昨夜、品川の煙草問屋で主人夫婦と奉公人を皆殺しにした挙句、有り金全部かっ

さらって逃げたようなんで」

低い声で告げられた信じたくない現実に、震える声で確かめる。

「で、でも……一家皆殺しなら、賊を見たものはいないんでしょ。なら、下手人が誰かなんてわからないじゃない。第一、『名なし』一味は江戸で押し込みを働いたことがないんだもの」

お加代の言い分にお仙も今度は同意する。

凶賊「名なしの幻造」は上方でこそ知られているが、江戸には手配書が来ているだけでまだ被害は出ていない。

だったら、どうして今度の件が「名なし」の仕業と言えるのか。

聞かれることがわかっていたのか、文治はおもむろに口を開いた。

「奴らは上方で押し込んだ家々に『名なし』とだけ記した書置を残していった。品川の煙草問屋にも同じ書置があったそうだ」

動かし難い事実を知って、見慣れた景色が色を失う。ふらついたお加代が入れ込み座敷に座りこむと、さらなる駄目押しが降って来た。

「書置は筆跡を誤魔化すためか、わざと汚い字で書いてあったらしい。だから、そんなものは証にならねぇとお加代坊は言うかも知れねぇ。けど、『名なしの幻造』

が『名なし』の書置を残すってことは、江戸じゃ知られていねぇはずだ。つまり、今回の一件が『名なし』一味の仕業だって確かな証になる」

「……でも……でも……」

「奴らが品川で押し込みを働いたにもかかわらず、追っているはずの親分からは何の便りもありゃしねぇ。かわいそうだが親分のことは諦めろと、塚越の旦那はおっしゃっていやしたが……」

子分がつらそうに言葉を濁すと、お仙は小さな声で言った。

「だいぶ前から覚悟はしていた。あたしは大丈夫だよ」

「姐さん」

「文さんがこれほど捜しているのに、未だに見つからないんだもの。もう生きちゃいないだろうと腹の中では思っていた。仕方がないよ」

淡々とした言い草がお加代には信じられなかった。

あの父が、悪党なんかに殺されるはずがない。

それに――卯吉は言ったのだ。

親分の居所がわかった。ひどい怪我をしているけれど、まだ生きている、と。

きっと、怪我をしたおとっつぁんは「名なし」一味に捕えられているんだわ。その居場所を卯吉さんは知っているのよ。

　祈るような思いを込めてお加代は自分に言い聞かせていた。

三

　その晩、店が休みになったのを幸いに、お加代は裏から外へ出た。

　聞いていた卯吉の住まいを訪ねてみると、男はごろりと横になって酒を飲んでいるところだった。

「誰かと思やぁ、お加代ちゃんじゃねぇか。ははぁ、やっぱり金よりも身体で払う気になったのかい」

　下卑(げび)た調子の言葉に構わず、汚い家に上がり込む。そして、下っ腹に力を込めて酔っ払いを見下ろした。

「おとっつぁんは生きているのよね。怪我をしているけど、まだ生きているって言ったわよね」

　嚙みつくような口調で聞けば、男の顔がだらしなく緩(ゆる)む。

「そうさ。今はまだ生きているはずだ。今は、ね」

「ねぇ、後生だから居場所を教えて。お金ならあとで絶対払うわ。この通り、頼みますから」

切羽詰まった思いが高じて破れ畳に手をつくと、突然卯吉にのしかかられた。

「なっ、何をするの」

「このまま黙って言うことをききゃあ、後でちゃんと教えてやるよ。親父の居所を知りたけりゃ、観念して脚を開きな」

「冗談じゃないっ。いやっ、放して！」

必死で抵抗しようとしても、重たい身体に押さえ込まれて思うように動けない。酒臭い顔が間近に迫り、無我夢中で首を振る。汗ばんだ手で裾を割られ、怖気が身中を貫いた。

「触らないでっ」

「へへっ、おぼこってなぁ年増と違った味があらぁ。この活きのよさがたまらねぇぜ」

「やめてぇえっ」

無理やり脚を開かされ、お加代はたまらず悲鳴を上げる。なす術もなく蹂躙される非力な身体がみじめだった。

あたしが女でなかったら、こんな思いはしなかったのに……。

最後の抵抗を続けながらも、心の隅で諦めたとき——見慣れた大きな人影が勢いよく飛び込んで来た。

「卯吉っ、その手を放しやがれ」

「ぶ、文治！」

暗い土間にそびえ立った仁王さながらの姿を見て、さしもの卯吉も怯んだらしい。すぐさま起き上がろうとしたが、文治が一足早かった。

「恩ある親分のお嬢さんになんてぇ真似をしやがる。恥を知れっ」

言いざま卯吉に摑みかかり、容赦なく土間に叩きつける。続けて数発殴りつけると、かつての兄貴分は恥も外聞もなく許しを求めた。

お加代はその隙に震えの止まらぬ身体を起こす。はだけた前を直していたら、殺気立った岡っ引きがくるりとこちらに振り向いた。

「この馬鹿！　一体何を考えていやがるっ」

「だって……」

「だっても勝手もあるもんか！　おいらが後をつけて来なけりゃ、おめぇは手込めにされたんだぞ。万一そんなことになってみろ。おいらは親分に顔向けできねぇ」

まともに怒鳴りつけられたが、さすがに言い返せなかった。

それでも、文治に礼を言うのは癪に障って仕方がない。

「なによ……文さんだって、いっつもヘマばかりしているくせに……」

かすれる声で文句を言うと、突然涙がこぼれ落ちた。まるで待っていたかのように、後から後から涙があふれて、たまらずしゃくりあげてしまう。

めったに見せない姿のせいか、文治は困った顔をして汗臭い手拭いを押しつけてきた。

「そんな顔をしていたら、姐さんが心配するじゃねぇか。これくらいでべそをかくなんて、お加代坊らしくもねぇ」

説教めかして言い放つと、決まり悪げに後ろを向く。見せつけられた大きな背中をお加代は強く睨みつけた。

人より大きなあんたなんかに、このくやしさがわかるものか。

男に力で来られたら、女は嫌でも逆らえない。

生まれながらに決まってしまったどうにもならない無力さ、つらさを、文治は一生知ることもなく呑気に生きていくのだろう。

だから、せめてもの腹いせに——貸してもらった手拭いで力一杯洟をかんだ。

「これ、返す」

「って、湊かんだ手拭いを返すなよ。きたねぇな」

「なに言ってんの。文さんの着物だって手拭いだって、あたしがみんな洗ってんじゃない。いちいち文句言わないの」

いつもの口調で言い返せば、相手の表情が幾分緩む。

だが、すぐさま目元を引き締めてお加代の顔をじっと見た。

「で、卯吉にどんな口実で呼び出されたんだ」

「それは……」

「俺が親分の行方を知っていると思ったのさ」

口ごもった娘に代わり、縛り上げられた悪党が忌々しげに吐き捨てる。

「一晩俺の相手をすりゃ教えてやると言ったんだが、代わりに十両払うってんで三日待つことにしたんだよ。それをいきなり手ぶらで来たら、相手をする気になったのかと早合点するに決まってらぁ」

「お加代坊、そいつは本当か」

低い声で念を押されて、びくつきながらも首を振った。

「あ、あたしは相手をする気なんかなかったわ」

「だが、この男から親分の居場所を聞き出すために、ここへ来たんだろう。突然小町比べに出ると言い出したのも、金を作るためだったんだな」

まともに図星をさされれば、さすがのお加代も否定はできない。不本意ながらうなずくと、すぐさま肩を落とされた。

「おいらを見くびるのもたいがいにしてくれよ。こんな野郎にわかることが、十手を預かるこのおいらにわからねぇはずねぇじゃねぇか」

「だ、だけど、卯吉はあんたの兄貴分だった男よ。いかがわしい奴らと付き合いもあるし、ひょっとしたら知っていたって」

「なら、石を抱かせて吐かせてやろうか」

岡っ引きにすごまれて、卯吉がたちまち青ざめる。

「お、おい、勘弁してくれよ。俺は親分の居場所なんか知らねぇんだ。そう言えばお加代が言うことを聞くと思っただけで、ちょっとふざけただけなんだよ」

「嘘よ！　おとっつぁんの居場所を知っている、神かけて本当だって言ったじゃない」

「そんなもなぁ、口から出まかせに決まってらぁ。江戸中の岡っ引きが血眼で捜しまわった辰三親分の行方だぜ。もしも本当に知っていたら、もっと金になるところへ売り込んでいるさ」

卯吉の必死な形相から真実を知り愕然とする。

「ったく、見え透いた手に引っ掛かりやがって。呆れてものも言えねぇや」

馬鹿にしている大男から見下すように言われても、今度ばかりはぐうの音も出なかった。

辰三が姿を消してから、お加代は心の奥底で文治に恨みを抱いていた。

一の子分がだらしないから、こんなことになったんだ。

当てにならない男に代わって、あたしがおとっつぁんを救ってみせる。

そうすれば、きっとおとっつぁんもあたしを頼りとしてくれるだろう。

見当違いな張り合う心がものを見る目を歪ませた。

かつての子分といったところで、卯吉は根っからの悪党だ。言われた言葉を真に受けるなどおめでたいにも程がある。

何より辰三が消えて以来、文治が必死で捜しているのを誰より知っていたはずなのに。

再び目の底が熱くなりかけ、お加代は慌てて唇を嚙む。

これ以上、ウドの大木に弱みを見せてなるものか。

「……ごめん、なさい」

口の端を下げたまま小さな声で謝罪する。

するとむこうはどういう訳か、落ち着かなげに身をよじった。

「そう素直に謝られると、うすっ気味悪くていけねぇや」

「なんですって」

「そうそう。その調子でないと、姐さんが心配すらぁ。いきなり小町比べに出るなんて言い出すから、ずいぶん気を揉んでいたぜ」

「ひょっとして、だからあたしの後を」

「まぁな。お加代坊が好き好んでそんなもんに出るはずがねぇ。とくりゃあ、出なくちゃならねぇ理由があるはず。もっともこういう理由とは思わなかったがな」

「……悪かったわね」

「だが、これで小町比べに出る必要もなくなったろう。明日にでも三崎屋に行って、取り消して来りゃあいい」

お加代は素直にうなずいてから、恐る恐る男を見上げた。

「ねぇ、文さん」

「なんだよ」

「今夜のこと、おっかさんに言う？」

危険が去って落ち着いた今、気がかりなのはそのことだった。お仙が今夜の顚末を知れば、それ見たことかと叱られた上、自分に対する締め付けが一層厳しくなるだろう。そうなることを避けるには、文治に口止めをするしかない。

こちらの思いを知ってか知らずか、身体ばかり大きな男はここぞとばかりにふんぞり返った。

「図体だけのおいらと違って、頭を使うのはそっちの得手だろ。せいぜい姐さんが怪しまねぇうまい言い訳を考えな」

結果、こっそり家を出たのは「急に甘いものが食べたくなった」からで、小町比べに出ようとしたのは「あんまりみんなが勧める」から。

「でも、お志乃ちゃんが出ないでくれってすごい剣幕で言うんだもの。だから、やっぱり出るのを止めるわ」

文治とともに家に帰ってから、お加代はお仙にそう言った。

我ながら苦しい言い訳だったが母はあっさり納得し、「あんまり心配させるんじゃないよ」と渋い顔で許してくれた。

そして、翌日の十九日。文治は「名なし」の手掛かりを求めて早朝から品川へ行き、お加代は昼の客が引いてから三崎屋へ出掛けた。

しかし、店の前まで行ったものの、どうにも敷居を跨(また)ぎづらい。

最初は断っておきながら、「やはり出たい」と申し出たのは一昨日のことである。それを再び翻(ひるがえ)すのは、さしものはねっ返りも気が引けた。

それでも、なんとか度胸を決めて店に入ろうとしたところへ、黒い羽織(はおり)の京太郎が慌てた様子で飛び出してきた。

「若旦那、青い顔してどうしたんです」

驚いたはずみで声をかければ、ぶっきらぼうな返事が来た。

「あぁ、お加代ちゃん。その気になったのに申し訳ないが、小町比べは取り止めになったから」

「えっ、なぜ」

「小町比べに出るはずだったお志乃って子が身を投げてね。あとの障りを考えて、取り止めることにしたんだよ」

「何ですって」

一瞬しめたと思ったものの、事情を知って仰天する。すると、若旦那が不意に顔をしかめた。

「こんなことなら、おまえさんに声をかけるんじゃなかったねぇ」

「どういうこと」

「お志乃は何が何でも錦絵小町に選ばれる気でいたらしい。間際になってお加代ちゃんも出ると知って、ずいぶん気落ちしていたそうだ。おかげであたしまで町方の旦那に呼ばれてね。まったくいい迷惑だよ」

　いかにも面倒くさそうに、京太郎は歩き出す。薄情過ぎるその言い草にお加代はたちまちかっとなった。

「ちょっと待ちなさいよ。あんたとお志乃ちゃんは将来を誓い合った仲なんでしょ。いい迷惑ってどういうことなの」

　とっさに絽の羽織にしがみつけば、ぎょっとした様子で振り払われた。

「往来で人聞きの悪いことを言わないでおくれ。お志乃が身を投げたのはおまえのせいで、あたしゃ関わりないんだよ」

　面と向かって言い切られ、二の句を継げなくなってしまう。足早に去る男の背中を今度は引きとめられなかった。

　確かに、「出ないでくれ」との懇願を断ったのは自分自身だ。

それでお志乃が望みをなくし、早まった真似をしたのなら……。言われた言葉が胸に刺さり、罪の思いにさいなまれる。泣きながら店を出て行ったお志乃の姿が頭から離れない。どうしていいかわからずに、お加代は江戸の通りをさまよい歩いた。

そのうち夏の日も暮れて、帰りを急ぐ人々を江戸橋のたもとで眺めていたら、

「この馬鹿っ。心配ばっかりかけるんじゃねぇ」

品川から戻った文治に見つかり、こっぴどく怒鳴りつけられた。

問答無用で連れ戻されると、お仙が今日も店を休んで娘の帰りを待っていた。

「お加代、大丈夫かい」

「おっかさん……」

「お志乃ちゃんのことは文さんから聞いたよ。亡くなったのは気の毒だけど、それはおまえのせいじゃない。気に病むことはないんだからね」

ことさらやさしい口調で言われ、お加代は母にしがみつき声を限りに泣き始める。

日頃勝気(かちき)な娘の背中を母は黙ってさすってくれた。

「どうだい、落ち着いたかい」

「うん」

　泣くだけ泣いてすっきりすると、今度は急に恥ずかしくなる。消え入りそうな返事を聞いて、文治が疲れた調子で言った。

「やれやれ、お加代坊もそこらの娘と変わらねぇな。身投げかどうかわからねぇのに、てめぇのせいだと思い込んで」

「なんですって」

「お志乃の土左衛門が浜町河岸に上がったのは、今日の四ツ（午前十時）。植木職の父親は『娘は昨夜、帰っちゃいねぇ』と言っているそうだ。一方、増田屋のお八重によれば、お志乃は昨日の七ツ（午後四時）過ぎにお八重と一緒に『たつみ』へ来た。そして、お加代坊と言い合いをして、泣きながら店を出たんだよな」

　その通りなのでうなずけば、岡っ引きが話を続ける。

「少ししてからお八重が後を追いかけたが、あいにくお志乃は見つからなかった。つまり昨日の七ツ過ぎから、仏の足取りは摑めちゃいねぇ。ところが、相生町の仁吉親分はおいらの留守に話を聞き、『お志乃は小町になれねぇと思い込み、てめえで身を投げたんだ』と勝手にケリをつけちまった」

「ちょ、ちょっと待って」

あまりに安易な結論にお加代は慌てて質問する。

「それじゃ身を投げるところを見た人はいなかったのね。書置や揃えた草履は」

すると、文治は待ってましたと言いたげににやりと笑った。

「浜町河岸は武家地の中だ。人の通りは多くないから、お志乃が身を投げたところを見ていた奴はいやしねぇ。もちろん辺りにゃ書置どころか、女ものの草履だって残っちゃいなかった。もっとも仏は溺れ死で亡骸は裸足だったから、『すれっからしの夜鷹あたりが持っていったに違いねぇ』と仁吉親分は言っているがな」

「そんなのおかしいわ。誰かに川へ突き落とされて、溺れている最中に脱げただけかもしれないのに」

とっさに反論の声を上げると、岡っ引きも大きくうなずく。

「そもそも、あのお志乃が身投げなんぞするタマかってんだ。てめぇが飛び込むくらいなら、お加代坊を突き落とすクチじゃねぇか。それに負けて死ぬならともかく、勝負の前に死ぬなんざぁ早手回しが過ぎるだろう。

男出入りのひどいお志乃を恨みに思っている野郎は多い。尻軽娘に群がっていた狼どもを調べれば、きっと下手人がわかるはずだ。おいらが必ず御用にするから、今度こそおとなしくしていろよ」

最後に文治は念を押すと、暗い夜道に飛び出して行った。

四

「三崎屋の跡取り京太郎か、増田屋の手代正吉。お志乃を突き落としやがったなぁ、このどっちかに違えねぇ」

数日後の昼過ぎ、文治は仏と噂のあった男を端から調べ上げて、いかにも自信たっぷりに二人の名前を口にした。

「まず、三崎屋の京太郎だ。深い仲になったお志乃は夫婦になれると思っていたが、大旦那が待ったをかけた。京太郎は跡継ぎだし、あの通りの美男子だ。いい縁談が山ほどあるのに、育ちの悪い尻軽を迎えようとは思うめぇ。若旦那だって面白半分、本気で惚れた訳じゃねぇ。いっそここらで縁を切ろうと別れ話を持ち出した」

「けど、京太郎さんと二世を誓ったってお志乃ちゃんが」

異議を唱える娘の前で男は諭すように言う。

「寝物語の誓いなんざぁとんと当てにはならねぇさ。だいたい堅気の娘なら、男の親に反対されりゃたいがい黙って身を引くもんだ。ところが、お志乃は引かねぇどころか『嫁にしないと言うのなら、あんたの子を流したことを親と世間にばらしてやる』と若旦那を脅しにかかった」

「じゃ、あの子が中条流の世話になったたって噂は本当だったの」

信じられない気持ちで聞けば、文治がうなずいた。

「知る人ぞ知る噂とはいえ、そんなことをされた日にゃ店の暖簾に傷がつく。さりとていくら覚えがあろうと、居直る女は願い下げだ。嫌気の差した京太郎はてめぇで親に打ち明けたのよ。

事情を知った三崎屋は、ますます嫁にはできないと小町比べを考えついた。負けて素直に身を引けばよし。それでもうるさく騒ぐようなら『選ばれなかった腹いせに、根も葉もないことを言い立てる』と、しらばっくれる気でいたらしい」

裏の事情を明らかにされ、お加代は呆気にとられてしまった。

道理でわざわざ京太郎が「小町比べに出てくれ」と店まで言いに来た訳だ。

まさか、お志乃と手を切るための小町比べだったとは。

お願いだから出ないでくれと手を取って訴えた幼馴染み。必死の表情を思い出し、短気な娘は怒りに震えた。

「女をきずものにしておいて、一緒になる気はないなんて身勝手にも程があるわ」

「とはいえ、三崎屋が嫌がったのも無理はねぇ。ああいう身持ちの悪い女を御新造さんに迎えてみろ。若い手代や番頭に色目を使うに決まっていらぁ」

「失礼ねっ。お志乃ちゃんはそんな人じゃないわ。そりゃ惚れっぽいところはあるけれど、若旦那を真実好きで一緒になりたいと思っていたのよ。好きな男と夫婦になったら、浮気なんかしやしないわ」

お加代は力んで反論するが、文治は軽く受け流す。

「そう思いたい気持ちはわかるが、お志乃はたいした性悪だぜ。いい男を見かければ、片っ端から色目を使う。そのくせもっといい男ができりゃ、たちまち洟もひっかけねぇ。そんな娘を恨みに思う野郎は片手じゃおさまらねぇ。増田屋の正吉もそういう野郎のひとりなのさ」

「増田屋って、まさか菓子司の」

「そうさ。お志乃はお八重と親しいから、増田屋にはよく出入りする。正吉ってなぁ優男だが、根はいたって真面目な方だ。浮気な娘に誘われてすっかりその気になっちまった。

一方、お志乃にしてみれば、菓子屋の手代は暇つぶしだ。京太郎とできたとたん、いきなりそっぽを向かれちまった。見る影もなくやつれた手代を見かねたお八重が世話を焼いて、ようやく元気になったそうだ」

「あの子は根っからやさしいもの」

さもありなんと納得すれば、文治に鼻を鳴らされる。

「男と女の話ってぇと、どうしてそうもにぶいんだか。最初っから増田屋のお嬢さんは、男前の手代を憎からず思っていたんだよ。それに気付いた主人夫婦が正吉を娘の婿（むこ）として迎える気になったらしい」

「ちょ、ちょっと待って。そんな人がどうしてお志乃ちゃんを殺すのよ」

「正吉は飯も食えねぇくらいお志乃に惚れていたんだぜ。奉公先への婿入りが急に決まったからといって、すっぱり忘れられるもんか」

「でも、お志乃ちゃんは京太郎さんと」

「だが、京太郎は一緒になる気なんぞねぇ。小町比べのことがなきゃ、まずこいつが怪しいと目星をつけるところだが……」

岡っ引きの言葉を引き取り、お加代がその先を続ける。

「小町比べを計画したのは、あくまで穏便（おんびん）に手を切るため。無理やり口をふさぐなら、そんな必要はなかったはずよ」

「やっぱりそう思うかい。なら、増田屋の正吉だな」

「馬鹿なことを言わないで。正吉さんにはこの上ない縁談が持ち上がっているんだもの。それこそ人殺しなんてしやしないわ」

「とはいうものの、理屈なんざ通じねぇのが恋の道ってもんじゃねぇか。京太郎への面当て（つらぁ）に、お志乃は振った手代にちょっかいを出した。未練たらたらの正吉はたちまちその気になっちまったが、あいにく女は本気じゃねぇ。思わず頭に血が昇り、かわいさ余ってひと思いに……」

「そんなっ」

「でなきゃ女の強談判（こわだんぱん）に、業（ごう）を煮やした若旦那がはずみで川に突き落としたか……どっちもありうる話じゃあるが、あいにく証がありゃしねぇ」

ひとり呟（つぶや）く大男に娘が再度ケチをつける。

「お志乃ちゃんと付き合いのある男は他にもいたんでしょ。どうして二人に絞ったの」

「そいつぁ大勢いるにはいるが、お志乃殺しのあった晩に妙な動きをしていやがるのは、こいつら二人っきりなのさ。京太郎は米沢町（よねざわちょう）の料亭で一杯やって、五ツ半（午後九時）に家へ戻った。ところが、なぜか駕籠（かご）を使わず、ひとりで歩いて帰っていやがる。

一方、正吉は同じく米沢町へ使いに出たが、あいにく先方は留守だった。ひとり空しく戻って来たのは五ツ（午後八時）を過ぎたあたりらしい。どっちも店は日本橋だ。ちょいと浜町河岸に寄ってお志乃を殺す暇はあらぁ」

理詰めで順に説明されれば、黙ってうなずかざるを得ない。

「で、二人は何と言っているの」

「どっちも自分はやっちゃいねぇ、関わりねぇの一点張りだ。実際手証は何もねぇし、相生町の親分は身投げでケリをつける気らしい。しかし、おいらは諦めねぇぜ。二人のうちのどっちかがお志乃を殺ったはずなんだ」

事情が明らかになるにつれ、お加代はかえって不安になった。

万一、正吉が下手人だったら、お八重はどんなに傷つくだろう。幼馴染みのことを思うと調べていくのが怖くなる。

「ねぇ、文さん。お志乃ちゃんは……本当に身投げだったんじゃないかしら」

うかがうように声をかければ、文治の顔に驚きが走った。

「お加代坊、まさか本気じゃねぇだろうな」

「あの日、泣きながら出ていったのは本当だもの。ひょっとしたら、勢いで身を投げちまったかも……」

次第に弱くなる言葉を遮り、岡っ引きは言い切った。

「親分はいつも言ってたじゃねぇか。どんなにもっともらしくてもいつもと違うと思ったら、うっかり鵜呑みにしちゃならねぇって。お加代坊の知っているお志乃は、勝負もついちゃいねぇのに自ら死ぬような娘なのかい」

真っ正面から見つめられて、無言で下を向いてしまう。

自分でも身投げなどあり得ないと思っているくせに、お八重のことを案じるあまり目をつぶろうとしてしまった。

このまま身投げで落着させれば、傷つく者を出さずにすむ。

けれど、そうしてしまったら、無念を呑んで殺されたお志乃があまりに哀れである。

「文さん、ごめん。あたしが間違ってた。今から増田屋に行って来るわ」

考え違いを素直に詫びて、お加代はひとりで店を出た。

たとえどんな理由があろうと、罪は償わねばならない。果たして手代が下手人なのか、見極めようと思っていたら、

「正吉さんはお得意先回りで留守なの。半刻（一時間）もすれば戻るから、お茶で

も飲んで待っていて」

増田屋の店先でお八重に見つかり、奥の座敷に通された。

「それにしても、お加代ちゃんが来るなんて珍しいわね。正吉さんに何の用なの」

無邪気な笑顔で尋ねられ、つい正直に答えてしまう。

「ちょっとお志乃ちゃんのことで」

口が滑ったその瞬間、向かい合う娘の様子が変わる。

「どうして正吉さんにそんなことを聞くの」

「あの、本当にたいしたことじゃないのよ。ただ、あたしはお志乃ちゃんが身投げをするとは思えないから……」

しどろもどろに言い訳すると、目の前の顔が険しくなった。

「あのとき、お志乃ちゃんは泣きながら飛び出して行ったじゃない。お加代ちゃんが小町比べに出ると知って、あの子は望みをなくしたの。その挙句に浜町河岸から身を投げたのよ。正吉さんは関係ないわ」

問答無用と言わんばかりの厳しい口調で決めつけられ、お加代はますます困惑する。

「あたしは何も」

「正吉さんとお志乃ちゃんが付き合っていたのは知っているわ。でも、だいぶ前に別れて以来、口も利いていないの。それに、あたしと夫婦になるって決心をしてくれたんだもの。見当違いな言いがかりをつけたら承知しないわよっ」

初めて目にする喧嘩腰に、突如疑問が湧き起こった。

心やさしい幼馴染みが親しいはずの娘の死を身投げと決めてかかるなんて。

あの日、お八重は先に出たお志乃に追いつけなかったはずだ。

けれど——それが嘘だったら……。

あり得ないとは思っていても、一度芽吹いた疑いは頭から離れない。それを何とか打ち消したくて、お加代はさらに言葉を続けた。

「でも、十八日の晩、正吉さんの戻りは遅かったんでしょ。おまけに訪ねた先は留守だったとか」

「だから何だっていうの。それくらいのことで疑うなんて、お加代ちゃんもどうかしてるわ」

「……実はその日の六ツ半（午後七時）頃、浜町河岸で正吉さんを見た人がいるの」

言いにくそうに呟くと、相手の顔が青ざめる。

「嘘よ」

「あたしだってそう思いたい。けど、正吉さんはお志乃ちゃんに惚れ切っていたそうじゃない。たまたま出会ってつれなくされて、かっとなったのかもしれない」

「当てずっぽうもたいがいにして。正吉さんを見たってだけじゃ、何の証にもならないわ。それとも、あの人がお志乃を突き飛ばしたところを見たって言うのっ」

「だけど、やってないって証もないわ」

「無理よ！　できっこないんだから」

「どうしてそう言い切れるの」

「だって、お志乃は……」

激昂（げっこう）した相手の声がいきなり途切れてしまう。

細い目を大きく見開いた娘にお加代はそっと話しかけた。

「お志乃ちゃんが、どうかしたの？」

「……」

「正吉さんを信じたいお八重ちゃんの気持ちはよくわかる。でも、あのお志乃ちゃんが小町比べの前に身を投げるなんて、あたしにはとても思えないの。だとすると、その背を押した下手人がこの世のどこかにいるはずなのよ」

ことさらゆっくり訴えれば、お八重の白い顔がひくりと引きつる。泣き出しそうな表情に後ろめたさが込み上げた。

正吉を見たという証言はこの場の作り話である。友の無実を確かめたくて、思わずついた嘘だったが、

――だって、お志乃は……。

途切れてしまった言葉の先に一体何が続くのか。

心ひそかに察していても、わずかな望みを捨てきれない。固唾を呑んで見つめていると、射るような目とぶつかった。

「……あんたなんかに、あたしの気持ちがわかるもんですか」

「えっ」

「小さい頃から、やれかわいいの、器量よしのとおだてられて。それをありがたいとすら思わない人に、器量の悪い娘の気持ちがわかるはずなんてないわ」

面と向かって罵られ、お加代は無言で相手を見返す。呆然としているこちらのさまに幼馴染みは口を歪めた。

「知らなかったでしょ。あたしが腹の中ではこんな思いでいたなんて。幼馴染みの三人のうち、あんたもお志乃も器量よし。あたしひとりがこんなおかめで、どれほ

どみじめな思いでいたか。せめて心映えだけは人にほめられたいと思って、できる限り努力をしたのよ。

だけど、いくら頑張っても鏡を見るたび思ってしまう。みんながやさしくしてくれるのは、あたしが増田屋の娘だから。もしこの顔で貧乏だったら、誰も見向きもしないだろうって」

「何を言うの。お八重ちゃんが本当にいい人だから、みんながやさしくするんじゃない。顔形なんて二の次よ」

慌てて異を唱えたところ、お八重が悲鳴じみた声を上げた。

「そういうことを平気で言うから、あんたのことが嫌いなの。お金で顔が変えられるんなら、あたしは身代かけてでもあんたみたいな顔にしたわ。顔形なんて二の次ですって。そんなことを言えるのはきれいと言われる人だけよ」

「あ、あたしは、そんなつもりじゃ……」

「あんたがそういうことを言うたびに、あたしは余計みじめになった。お志乃みたいに自慢をすれば、心の中では見下せたのに。あんたが心底妬ましくって、自分がとことん情けなくって。どうにもならなくなったから、番頭さんにお願いをして出入り禁止にしたっていうのに」

ことなかったのに」

「いっそ、お志乃も遠ざけりゃよかった。そうしておけば、正吉さんがだまされることもなかったのに」

「お八重ちゃん」

女の醜さを隠そうともせず、おとなしいはずの幼馴染みは憎々しげに吐き捨てた。

あの日、お八重はお志乃に追いつき、言葉を尽くして慰めようとしたらしい。ところが。

――横からごちゃごちゃうるさいわねっ。別に心配しなくても、あんたんとこの手代なんかとよりを戻したりしないわよ。

――お志乃ちゃん。

――まったく、あんたはいいわよね。大店の家つき娘ってだけで、そんな御面相でも好いた男と一緒になれて。もっとも、正吉さんだって増田屋の身代が欲しいだけ。でなきゃ、あんたみたいな不細工と一緒になったりするもんですか！

人気のない夕暮れの浜町河岸。うるさいほどの蟬の声も一瞬、聞こえなくなって。

気がつけば、お志乃の背中を突き飛ばしていたとお八重は語った。

「どうして、こんな……一体……何がいけなかったの……」

そっと呟く娘の頬を一筋涙がすべり落ちる。

お加代はなす術もなく、見つめることしかできなかった。

容姿を武器に、なりふり構わずなり上がろうとしたお志乃。

恵まれた境遇に生まれながらも、見た目の良し悪しに囚われたお八重。

そんな二人の気持ちも知らずに、女であることを恨んでばかりいた自分。

手習い仲間でいた頃は、誰を恨むこともうらやむことも知らなかった。

ただ無邪気に遊び回って、みんな一緒と信じていたのに。

ややあって、泣いていた娘が静かに口を開いた。

「……明日、御奉行所に自訴して出るわ」

「えっ」

「今さら何を驚くのよ。それとも、あたしを見逃してくれるの」

冗談めかしているものの、問いかけた言葉には一縷の望みが込められている。それがわかっているくせに、応える言葉が出て来なかった。

たとえ今から自訴して出ても、死んだ娘は生き返らない。

お八重は重いお仕置きを受け、罪人を出した増田屋は店を傾かせるだろう。

ここで自分が目をつぶれば、多くの人が助かるのに。

お加代は強く唇を嚙み、震える両手を握りしめた。

罪を犯したからといって、悪人だとは限らない。

しかし、理由はどうであれ、罪を見逃すことはできない。

そんなことをしたら……あたしはおとっつぁんに顔向けができなくなる。

そう思う心と裏腹に、なぜか涙があふれてしまう。

必死で嗚咽(おえつ)をこらえていたら、お八重は髪から簪(かんざし)を抜き、お加代の前に差し出した。

「これ、あげる」

「で、でも」

「いいから、取っておいて。あたしね、あんたは嫌いだったけど、あんたの顔はこの世で一番好きだったの」

どこかとぼけた口調で言って、細い両目をさらに細める。

覚悟を決めた娘の顔は、今までになくきれいに見えた。

鰹（かつお）千両

宮部みゆき

一

糸吉が来客を知らせてきたとき、茂七は台所に立っていた。

風の香りもかぐわしい五月といえば、鰹である。茂七自ら包丁を手に、鰹の刺身をつくろうというのであった。

いつもの年なら、かみさんが半身のそのまた半分くらいの切り身を買ってきて刺身につくる。だが今年は、まるまる一本そっくりを、他所からもらってしまったのである。

つい半月ほど前、商人相手のたかり屋にひっかかって往生していた相生町の袋物問屋を、内々で助けてやったことがあった。こちらはもうそんなことなど忘れていたのだが、助けられたほうは律儀なもので、生きのいい鰹が手に入りましたからと、届けてきたという次第だ。

「あたしがのろのろいじくりまわして生あったかくしちまうより、おまえさんにつくってもらったほうがいいわね」

かみさんが、そう言って茂七に下駄を預けてしまったのには、ちょいと理由があ

る。以前、かみさんが鮪の赤身をおろしていたとき、その手元がのろついていたというので、茂七がからかい半分文句半分で、

「これだから、女のつくる刺身ってのは生あったかくて困るんだ」などと言ってしまったことがあるのだ。

その場はかみさんがむくれにむくれた結果、茂七親分が謝ることでおさまったのだが、謝ってもらったからといってしゃらりと忘れることができないのが、女の性分というものであるらしい。

鮪の敵を鰹で討たれ、実を言えば包丁片手に往生していた茂七は、お客と聞いて、天の救けと思ったことだった。

「誰が来たっていうんだい？」

台所から大声で呼ばわると、糸吉が呑気な声で返答した。

「角次郎さんですよ、三好町の」

ますますの天恵である。三好町の角次郎は棒手振りの魚屋なのだ。

「あがってもらえ。ずっとこっちまで来てもらいな」

大声で命じておいて、茂七はかみさんに言った。

「玄人の目の前で一丁前の面をして包丁をふるうなんて、野暮の極みだ。ここは

角次郎に頼むとしようぜ」

かみさんは横目で茂七を見た。

「おまえさんも悪運の強い人だこと」

さすがは商売人である。角次郎は茂七たちの見守る目の前で鰹をおろし、炭火で切り身の皮に焦げ目をつけて冷水でしめ、三角形の鮮やかな赤い切り口が美しく見えるように皿に盛りつけるところまで、とんとんと手ぎわよく片づけていった。

「あたしはいつも、鰹を食べるときは、この餅網を使って切り身を焙るんだけど。これでいいものかしら」

かみさんは、角次郎に言った。

「本当は、串に刺して焙るものなんでしょう?」

「なあに、これでかまいませんよ」

餅網を七輪の上にかざし、まんべんなく皮に焦げ目がつくように時折傾けたりまわしたりしながら、角次郎は答えた。

「あっしもこういう餅網を使ってます。ただこの餅網を、ほかの料理に使っちゃいけませんよ。魚の匂いがうつっちまいますからね」

「ええ、そんなことはしてないわ」

「そんならいいですよ。もともと、鰹をこうやってさっと火を通して食うのは、漁師が始めたやり方ですよ。そのときは、藁を燃して魚を焙ってたんですから」

　ふたりのやりとりを脇で聞いていた茂七は、そういえば角次郎は江戸へ出てくるまで、川崎のほうで細々と漁師をしていたのだと言っていたことを思い出した。この江戸の町の、無数のその日暮らしの人びと同様、角次郎もまた、故郷では食ってゆくことができずに江戸へ流れてきた口なのである。

　鰹まるまる一本分の刺身となれば、大変な量である。水屋のなかの皿の類は全部使い尽くしてしまい、茂七のかみさんは、さあ今度はどことどこにこれをおすそわけしようかと悩み始めた。その相談相手には糸吉をあてがっておいて、茂七は角次郎を座敷のほうへ招き入れた。

「ありがとうよ。おかげで大助かりだ」

「お安い御用でござんす」

　ぺこりと頭をさげ、角次郎は首に巻いていた手ぬぐいで額をぬぐった。

　歳は三十半ば。がっちりとした身体つきに、鰹節色に焼けた肌。いかにも漁師あがりという風情の男だ。大きな手はごつく、節くれだっているが、角ばった爪の並ぶその手が、どれほど器用に手早く仕事をやってのけるものか、たった今見せられるまでもなく、茂七はよく承知している。

「まあ、かしこまらねえで楽にしてくんな」

茂七はあぐらをかきながら、気楽な口調で切り出した。

「わざわざ俺のところに足を運んできてくれたのは嬉しいが、おめえにしては珍しい。何か困り事かい？」

茂七が角次郎と顔見知りになってから、かれこれ三年ほどになるが、今まで彼のほうから訪ねてきたことは一度もない。商いに来たことさえない。それは角次郎が怠け者だからではなく、茂七には贔屓にしている魚寅という魚屋がいることを承知しているので、そちらの顔を立てているのである。

角次郎は、もう汗は浮かんでいないのに、また手ぬぐいで額をぺろりとやった。

「なんとも……話しにくいことなんです、親分さん」

「ほほう」茂七はにやりとした。「なんだ、おめえに情女でもできたかい？」

「とんでもねえ」

角次郎は小さい目を真ん丸にして、あわてて手を振った。

「そういうことじゃねえんで。ただ、親分さんに信じてもらえるかどうかわからねえから。まったく妙ちきりんな話なんですよ」

角次郎の困惑ぶりは本物である。彼が真面目(まじめ)な男であることは茂七にもわかっているから、からかうのはそこで止(や)めにした。

「まあ、言ってごらんよ。俺はたいていのことじゃ驚かねえから」

手ぬぐいを握りしめ、くしゃくしゃにしてしまい、それで鼻の頭をひょいと拭(ふ)いてから、ようやく角次郎は顔をあげた。

目つきは真剣だが、どういうわけか口元が緩(ゆる)んでいた。今にも笑いだしそうだ。

「この季節ですからね、親分さん。あっしも鰹を仕入れて売ってます」

「うん、そうだろう」

「もっとも、あっしみたいな棒手振りの魚屋についてる客は、みんなあっしと同じくらいの貧乏人ですよ。まるまる一本とか、半身の鰹なんてもんには、とてもじゃねえが手が出ねえ連中ばっかりだ」

「うちだってそうさ。あの鰹はもらいもんだよ」

「そうですか。まあそんなことはいいんだけど――えーと」

「おめえも鰹を売ってるって話だ。客はつましい暮らしの連中だってところまで来た」

「そうそう」

角次郎はまた汗をかき始めた。顔はへらへら笑っている。

「あいすみません。あっしは馬鹿だから。差配さんにいつも言われてるんですよ、角次郎おめえは——」

茂七は途中でさえぎった。

「余計なことをしゃべるとまたわからなくなるぜ。それで、鰹がどうした」

「そうだ、鰹、鰹なんですけどね」

角次郎のごっつい顔に浮かんでいる汗や、きょろきょろと落ち着きのない目玉の動きを見ていると、こっちまでそわそわしてきそうだと茂七は思った。

どうしたというんだろう。わざわざ俺のところへやってくるくらいなのだから、確かに何やら困ったことを抱えているのだろうに、これではむしろ、いいことがあって浮かれているようにさえ見える。「情女でもできたか」とからかったのも、彼の様子が、それほど深刻なものには見えないからなのだ。

「あっしのところでは、鰹はおろして、刺身にして売ります」

ようやく本筋に戻って——戻ったのかどうか、しかとはわからないが——角次郎は続けた。

「冊で売ることもしません。全部刺身につくっておいて、お客に頼まれた分だけ売ることにしているんです。ほんの二、三切れを売ることだってありますよ」

女房を質に入れてでも食いたいと言われる旬の鰹である。角次郎のような棒手振りの魚屋がいてくれれば、貧乏人にも楽しみが増えるというものだ。

「そいつは大いに結構なことだと思うよ」

ありがとうございますと、角次郎は頭を下げた。

「そいですから、鰹の旬のこの時季には、あっしは毎朝、河岸で小ぶりの鰹を一本買うことにしています。それをうちに持って帰ってさっきみたいな刺身につくって、それから担いで売りに出るんです」

「まっとうな商いじゃねえか」

へい、と角次郎はうなずいた。

「それでもって、今朝のことです」

角次郎はどうしたのか、ここでごくりと唾を呑んだ。

「今朝のことですよ、親分さん」

「聞いてるよ、今朝何があったんだ」

角次郎のがっちりした肩が、わずかに震え始めている。茂七は身体を起こし、相手のほうに身を乗り出した。

「何があったんだい？」

角次郎は今は汗びっしょりだ。ようやく口を開いたとき、その声は割れていた。

「あっしが今朝、いつものように鰹を刺身につくろうとしていたときです。人が訪ねてきました。日本橋の通町の呉服屋の、伊勢屋ってところの番頭さんだっていうんです」

「その番頭がどうした」

「あっしの鰹を買いたいって。お店に持って帰るから、一本まるまる、刺身につくってくれっていうんです」

「そいつが妙な話だっていうのかい？」

角次郎はうかがうような目つきで茂七を見た。

「妙じゃありませんか？」

「通りがかりにおめえの鰹を見かけてさ、ああいい鰹だ、ぜひあれをと、まあそんなところじゃねえのかい？　日本橋の呉服屋といったら金持ちには違いねえ。もっとも、番頭がてめえひとりの采配でそんなことを言うのは出過ぎたことだが……。おめえも、そのへんが気になるんだろう」

角次郎は首を振った。

「そうじゃねえんです。だってその番頭さんは、はっきり言ったんですよ。私は旦那さまの遣いで来た。角次郎さん、うちの旦那さまは、どうしてもあんたから鰹を買いたいと言っておられる、売っておくんなさいって」

「じゃあ、結構なことじゃねえか。売ってやったらどうだ。金持ちの気まぐれだよ、角次郎。せいぜいふっかけて売ってやって、おめえの商いの分には、また別に鰹を仕入れればいいじゃねえか」

茂七の言葉に、角次郎は黙りこんだ。くちびるはぎゅっと閉じているが、目元は笑ったような緩んだような妙な具合になっている。

どうもおかしい。茂七もようやく本気で心配し始めた。

「おめえ、大丈夫か、角次郎」

「わからねえ」と、角次郎は正直に答えた。

「あっしにもこんなことは初めてだから」

「鰹をまるまる一本売ることがか？」

「そうじゃねえ。いくら貧乏な棒手振りだって、それくらいのことなら先にもあった」

「それじゃあ、いったいなんだっていうんだ？　おめえは何を気に病んでるんだよ」

茂七もいささか焦れてきて、声が高くなった。その声の余韻にまぎれてしまうような小さなささやき声で、角次郎は言った。

「――千両」

「え？」

「千両出すっていうんです」

茂七はじいっと角次郎の顔を見た。彼も鼻の頭に汗を浮かべたまま、茂七を見返した。

「そうなんですよ。あっしから鰹を買う。その買値に、千両とつけてきたんです。どうしても千両出すって言ってきかねえんです。それ以下の値じゃ買わねえ、なんとしても千両受け取ってくれって」

二

午近く、角次郎が商いに出たあとを見計らって、茂七は三好町の彼の住まいを訪ねた。

角次郎には同じ歳のおせんという女房と、十三歳になるおはるという娘がいる。おせんは腕のいいお針子だ。角次郎と所帯を持つ以前から、仕立物を生業の道としており、今も亭主とは別に立派に看板をあげて商いをしている。実は、茂七のかみさんも仕立物商売をしているものだから、その線からも、茂七はおせんの噂をよく聞いて知っている。

おせんが扱うのは、芸者衆が座敷で身に着ける高級な品物ばかりである。お得意先は、辰巳芸者と呼ばれる深川永代寺の門前町の芸者たちだ。

芸者の着物はもともと、袖付けをゆったりととってある。踊りを踊るからだ。髷を大きく結うから、襟の抜きも深い。そもそも反物を裁つときから、町の女たちの着物とは違っているのだそうだが、おせんの仕立てはそのうえさらに工夫がされており、それを着る千差万別の体形の芸者のひとりひとりが、それぞれいちばん美しく見えるように、微妙に裾の長さをかえたり、身幅を調節したりしてあるのだという。

所帯を持ったばかりのころ、おせんと角次郎は柳橋に住んでいた。つまりそのころは、柳橋の芸者衆がおせんのお得意先だったわけだ。何かと張り合うことの好きな芸者衆のことだから、辰巳芸者におせんをとられて、柳橋の姐さんたちも、当時はさぞかし悔しがったことだろう。

今、角次郎夫婦の住んでいるこの三好町の棟割長屋は、つくりとしてはどこにでもある形のものだ。木場のまん真ん中だから、周囲は木置場と掘割ばかり。日当たりも風通しもいい。そこにこの夫婦は、おせんの仕事の都合があって、この長屋のなかではいちばん広いところを借りていた。棒手振りとはいえ魚屋の住まいだというのに、生臭い匂いなどまったくしない。台所の脇の日当たりのいい場所に、角次郎が商いものをおろすときに使う大きな俎板と、おせんが飯の支度に使う小さな俎板が、きれいに洗って並べて干してあった。

表の障子戸にも、一枚には「さかなや　かくじろう」と、もう一枚には「おしたてもの　せん」と、おそらく差配の字であろう、なかなか重々しい手跡で書いてある。

自らそれだけの職を手に持ち、しっかり稼いでいるおせんにとっても、やはり千両というのは目の回るような大金である。茂七の顔を見ると、彼女のほうから飛びつくようにして話を持ち出してきた。

「じゃ、今朝うちの人がうかがったんですね。あいすみませんでした」

「謝ることはねえよ。確かに面妖な話だ」

心なしか、おせんの頬が紅潮しているようだ。そういえば角次郎もそうだった。鰹を千両で売ってくれなどと、にわかに信じられる話ではない。まともな取引ではない。何かよくない裏がある。そう思うのは自然の感情だ。だが反面、こつこつと働いて暮らしている庶民には、千両という言葉の重みもまた物凄い。

江戸の町では諸式が年々高くなるいっぽうなので、いちがいには言えないが、一両あれば、大人ひとりが一年食ってゆくことができるだけの量の米を買うことができる。千両あれば千人が、何もしなくても一年間、米の飯を食うことができるという計算だ。角次郎のところは三人家族だから、それぞれがこの先三百数十年、働かなくても米の飯にはありつけるということになる。千両とは、それほどの大金なのである。おかしな話だと思いつつも、角次郎の顔が変なふうに緩み、おせんのほっぺたが赤くなってしまうのも、無理からぬことだ。

「親分さんのところには、あたしが行けってすすめたんです」とおせんは言った。

「こんな話、おっかなくって乗れません。だけどやっぱり肘鉄くわせるには惜しいし……」

「そりゃそうだ。あたりまえだよ」

「とにかく親分さんに相談してみようと思って。伊勢屋さん……いったい、どうしたもんでしょうね」

今朝のところは、角次郎が今日仕入れた鰹を売りに来るのを楽しみに待っている客がいるから、とりあえず引き取ってもらったという。すると伊勢屋の番頭は、では明日、明日は必ず、あんたの仕入れた鰹を千両で売ってくれと念を押して帰っていったという。

だが、なぜ角次郎の鰹を買いたいのか、しかもなぜ千両という大金と引き換えでないといけないのか、その理由については、夫婦でどれだけ食い下がって尋ねても、頑として答えてくれなかったという。

「お金はきちんと用意してきたんだっていって、見せてくれたんですよ」

持参していた木箱を開け、切餅四十個できっちり千両、角次郎夫婦の目の前に並べてみせたのだそうだ。

「とりあえず俺は、日本橋の通町に本当に伊勢屋という呉服屋があるのかどうか、それを確かめてみたいんだ。あったとしても、その次には、ここへ来た番頭が、本当にその伊勢屋の番頭であるかどうかも調べねえと」

「じゃ、あたしがいっしょに出向いたほうがいいですよね?」

「そうしてくれねえか。先方にはさとられないように、そっと遠くから見るだけだから、面倒はないよ」

　おせんは大きくうなずいた。「わかりました。でも、ちょっと待ってもらえますか。はるを遣いに出したところなんです。おっつけ戻ってきますから、そしたらあの子に留守を頼んで出かけられます」

「おはる坊も、今度の話は知ってるんだろう?」

「ええ、あの子も起きてましたからね」

　おせんは言って、うふふと笑った。

「あの子がいちばん落ち着いてましたよ。子供はまだ、おあしの有難味を身にこたえて知らないからでしょうね」

　そんなことを言っているうちに、おはるが帰ってきた。

「あ、親分さん」と、にっこり笑った。「こんにちは」

「おう、こんにちは。ちいと見ないあいだに大きくなったな、おはる坊」

「やだなぁ、もうおはる坊なんて呼ばないでちょうだい」

「そうかい、そりゃ悪かった。おっかさんの手伝いをしてるのかい?」

　おはるは誇らしげにうなずいた。「あたしこのごろじゃ、裁ち物もできるのよ」

　角次郎はあの鰹節顔だし、おせんもお世辞にも色白とはいえないほうだが、娘の

おはるは肌も真っ白、目元の涼しい可愛い娘だ。あと二、三年すれば三好町小町

——いやいや深川小町と呼ばれるようになることだろう。

おはるに留守を預けて日本橋へと向かう道中、おせんはよくしゃべった。今度のことで嬉しいやら不安やらで気が転倒している角次郎に比べて、おせんはずっとしっかりしている。

「千両って聞いたときは、ただもう馬鹿ばかしくって」と、おせんは笑う。

「けど、あの番頭さんが帰ったあと、じわじわ考えるようになっちまったんですよ。もしもあの話が本当だったらどうだろう。お金持ちが粋狂で、なんだか知らないけどうちの鰹が縁起がいいとかで、どうしても千両払って買いたいっていうだけのことだったらどうだろうって。そしたら、あたしたちは千両手に入れることができる」

茂七は黙って聞いていた。目の先をついと燕が横切っていっても、おせんの目は遠くを見ている。

「そしたらあたしたち、念願の店が持てます。あの人も、もう棒手振りなんかしないで済む。真夏に汗だくだくになって歩き回ったり、雪の日にしもやけをこさえて干物を売って歩いたりしなくてよくなるんです」

「だけど、あんたは角次郎の店を手伝うことはできまい」と、茂七はゆっくり言った。「あんたが仕立物をやめちまったら、辰巳の芸者衆がみんな困る」

「魚屋のほうには、人を雇いますよ」おせんは大らかに言った。「あの長屋を出て、表店に住むんです。おはるにだって、もっと楽な暮らしをさせてやれる」

だがあの娘は今だって、けっして不幸せには見えねえよ――口には出さず心のなかで、茂七は呟いた。

ほとんど探すまでもなく、通町の伊勢屋はすぐ目についた。白地に紺で染め抜いた大暖簾が、五月の風にひるがえっている。

茂七はおせんと連れ立って、さりげない足取りで、伊勢屋の前を二往復した。そのあいだにおせんの目が、反物を積み上げた棚の向こう、相当な年代物であろう帳場格子の内側に座っている男の顔を見分けた。

「間違いない、あの人です。今朝うちを訪ねてきたのは」

「えらい繁盛しているお店だな」

千両ぐらい、右から左かもしれねえ。

「出鱈目じゃなかったんですね、親分」

おせんの声が、わずかに上ずっている。両手を拝むようにそろえ、口元にあてている。

「だけど、こんなことってあるものなのかしら」

今のおせんの心のなかには、金座の大秤よりも大きな秤があって、右の皿には彼女の夢が、左の皿には警戒心が載せられている。秤はふらふら揺れ続け、右があがったり左があがったりしている。茂七にはその様子が目に見えるようだった。

おせんの心の大秤の、目盛りを狂わせたくはない。茂七は努めて冷静に言った。

「なあ、おせん。水をさすわけじゃねえが、それでもやっぱり、この話は妙だよ」

彼女は目を伏せた。「そうですよね……」

「得心がいくまで、俺にこの話、預けてくれねえか。先方にどういう言い分があるのか、じっくり聞いて、調べてみてえんだ。なるほどこれならいいだろうと思ったなら、俺はそう言うよ。そしたら鰹千両、売ってやるといい。なあに、富くじに当たったと思えばいいことだ。だがな、おせん」

おせんを見おろし、彼女が目をあげて視線をあわせてくるのを待って、茂七は続けた。

「この話に待ったをかけたほうがいいと思ったときには、俺は遠慮なくそうするぜ。だから今は、今朝がたのことは夢だと思っていたほうがいい。そして、夢の金はあてにできるもんじゃねえ」

　呼吸ひとつほどの間をおいて、おせんは小さく答えた。

「はい、わかりました」

三

　おせんを三好町に送り届けると、茂七はいったん、回向院裏の住まいに帰った。かみさんと権三が雁首そろえて茂七の帰りを待っていた。むろん、鰹の刺身を食べようというのである。

「お昼っからこんな贅沢、罰があたりそうなもんだけど」

　飯をよそりながら、かみさんが言った。

「早く口に入れたほうが、鰹のためにもいいってもんでしょう。そのかわり、今夜はおこうこでお茶漬けですよ」

「糸吉は？」

「おすそわけに出たまま、まだ戻らないいんだけど、そろそろ帰ってくるでしょうよ」

鰹の刺身は、今の茂七の舌には、なんともやるせない味がした。千両の味がした。

食べながら、権三にことの次第を説明した。お店者あがりのこの下っ引きは、伊勢屋のことを調べあげるのにはうってつけだ。

「半日ももらえれば、あらかたのことは調べられましょう」

権三はしっかり請け合った。そうして昼飯があらかた済んだころ、糸吉があわてた様子で帰ってきた。

「急がなくても、糸さんの分ならとってあるよ」

笑ってかみさんが声をかけたが、糸吉は履き物を脱ぎ飛ばして座敷にあがると、

「そうじゃねえんだ、親分、梶屋がとうとうやりやがった」

と、息を切らせながら茂七に言った。

梶屋とは船宿の名前だが、実は地元のならず者の巣である。梶屋の主人であり、ならず者たちの頭の勝蔵は、茂七にとっては目の上のたんこぶだ。

もっとも、商売屋から所場代をとりあげたり、春をひさぐ女たちから用心棒代をとったり、博打場を開いたり——と、裏の手を使って町から金を吸い上げる族は、どんな土地にもいる。そういう族のなかでは、梶屋の勝蔵はずいぶんと扱いやすい

ほうではある。茂七も勝蔵とは長い付き合いになるが、これまでに、梶屋と本気でやりあって、彼らを叩き出さねばならぬと感じたことは一度もない。

「何をやりやがったんだ」

「ほら、あの富岡橋のたもとの稲荷寿司屋の親父ですよ」と、糸吉は言った。「あの親父に、梶屋の若いのがからんだんです」

富岡橋の稲荷寿司屋というのは、半年ほど前からそこに屋台を出している、正体の定かでない男のことだ。この男が現れ商売を始めたとき、例のごとく梶屋の若いのが早速出かけていって、なんだかんだと因縁をつけた。ところが何があったのかほうほうのていで引き上げて、以来、近寄ろうとしていなかった。

その稲荷寿司屋に、とうとう梶屋が手を出したか。

「どういうことだ」

「富岡橋の近くに、磯源て魚屋があるでしょう。そこであの親父が鰹の切り身を買おうとしているところへ、梶屋の若いのが因縁をつけたんです。その切り身は、俺が買おうとしてたんだとか言ってね」

「冊よ」と、茂七のかみさんが糸吉に言った。

「へ？　なんですかおかみさん」

「お刺身にする魚の切り身のことは、冊というのよ」

糸吉はへどもどした。「へえ、わかりました。でもとにかく親分、そういうことなんで」

「それで、騒ぎになったのかい？」

「そりゃもう、大騒ぎ」糸吉は唾を飛ばしてしゃべった。「梶屋の若いのは、こいつ名前は新五郎(しんごろう)っていうんですけどね、気の短い野郎ですぐに匕首(あいくち)を抜いたんです。ところがね、稲荷寿司屋も負けちゃいねえ、抜く手も見せずってな感じで新五郎の匕首を叩き落として、その場にのしちまいました」

茂七と権三は顔を見合わせた。

「稲荷寿司屋はそのまま帰っちまいましたから、あっしは新五郎をふんづかまえて、一応、番屋にぶちこんでおきました。野郎、まだそこで伸びてるはずです」

「寿司屋は素手(すで)でやったのかい？」

「そうです。いやあ、見事なもんでしたよ」

飯を終えると、茂七は着物を着替え、羽織を着込んで家を出た。暑いくらいの陽気だったが、日本橋の大店(おおだな)の主人を訪ねようというのだから、仕方がない。

伊勢屋に向かう前に、糸吉が新五郎をぶちこんだという番屋に寄ってみた。新五郎は目をさましていた。小柄だが眉が太く、きかん気そうな若者だ。両手を後ろ手にくくられ、顎のところに見事な青痣をこしらえて、ふてくされた顔をしていた。危ない匕首は、番屋の書役が糸吉から預かっているという。

「あの稲荷寿司屋が所場代を払わねえから、面白くなくてからんだのかい？」

尋ねても、新五郎はフンと鼻を鳴らすだけで返事をしない。

「食い物をネタに人様にからむなんざ、情けねえとは思わねえか」

新五郎はぎろりと目をむいた。

「稲荷寿司なんて子供の食い物を売ってるくせしやがって、一丁前に鰹を食おうなんて生意気だ」

「おめえこそ、ちゃんとした生業もねえくせして鰹を食おうなんて了見違いだ」

極め付けておいて、茂七はしゃがみこみ、新五郎の目に目をあわせた。

「勝蔵に命令されてやったのか」

新五郎は吐き捨てるように答えた。「親分は何も知っちゃいねえ」

たぶん、そうだろうと思っていた。

「それどころか、あの親父には手を出すな、放っておけと言われてるんじゃねえのか？」

そうでなければ、今まであの稲荷寿司屋が、梶屋に痛めつけられずに商いを続けていられるわけがない。

ことの始めから、茂七には、梶屋の勝蔵とあの稲荷寿司屋の親父のあいだに、なにがしかの因縁があるように思えてならなかった。今度のことで、その因縁がどういうものであるか、少しはわかってくるかもしれない。

「どうだ？　親分はなんと言ってる？」

新五郎は、床にぺっと唾をはいた。

「親分は、何も知らねえ」

ふふんと、茂七は思った。どうやらこの新五郎は、所場代も払わず商いをしている稲荷寿司屋を放っておく勝蔵に、歯がゆいものを感じているようだ。

「そうか。だったら、おめえは勝手に騒ぎを起こしちまったわけだな。梶屋にこのことが知れたら、大目玉をくうだろうな」

新五郎の目に怯えの色が浮かんだが、くちびるは動かなかった。

「おめえ、今どれぐらい持ち合わせがある？」

新五郎が答えないので、茂七は彼のかたわらにしゃがみこみ、懐をさぐって財布を取り出した。小粒がいくつかと、一両小判が一枚あった。

「金持ちだな」

中身を抜き出して自分の懐に移し、茂七は言った。

「これは、迷惑をかけた磯源への詫び料だ。俺が代わりに届けておいてやる。おめえは親分に叱られに、梶屋へ帰るといい」

新五郎の縄をほどいて番屋から追い出すと、茂七は書役から匕首を受け取った。そのまま富岡橋のほうへ向かった。

磯源で金を渡したあと、いつも稲荷寿司屋が屋台を出している場所をのぞいてみた。親父はいた。もう商いを始めていた。お客が数人、立ったまま稲荷寿司を食っている。包んでもらうのを待っている女もいる。

声をかけず、茂七はそこをあとにした。匕首は、永代橋の上から捨てた。

四

今度の千両の鰹のことで、角次郎以外の者、それも十手持ちが訪ねてくるなど、伊勢屋の側では夢にも思っていなかったらしい。茂七がおとないを入れ用件を告げたときの先方のあわてぶりと言ったら、たいへんなものだった。

とにかく奥へどうぞということで、あの番頭が自ら先に立ち、長い廊下を案内した。たくさんの唐紙(からかみ)の前を通り抜けた。途中で、線香の匂いがぷんと鼻をついた。

通されたのは広い座敷で、床の間(とこのま)には大きな達磨(だるま)の絵が掛けられている。庭にはさつきの木があり、薄紅色(うすべにいろ)の花がいっぱいに咲いていた。茂七はそこで、煙草(たばこ)を一服つけながら待った。

茶菓(さか)が出された。色も香りもいい玉露(ぎょくろ)だったが、茂七の舌にはいささかぬるすぎた。番茶のキンキンに熱いのが旨(うま)いと思うのは、こちらが貧乏人のせっかちだからだろうか。

やがて、四十そこそこの小柄な男が、待たせた詫びを言いながら現れた。伊勢屋の主人だった。小作りだがなかなかの美男で、頭も切れそうだと茂七は思った。目が鋭い。

すぐ後ろに、あの番頭が付き従っている。無言で茂七に頭をさげると、そのまま置物のようにじいっと座り込んだ。

「このたびは、わたくしどもの番頭の嘉助(かすけ)がとんでもないご迷惑をおかけしまして……」

「申し訳ございませんでした」と、嘉助が平伏する。

茂七は笑った。「棒手振りの角次郎も、迷惑をしてるわけじゃねえ。ただびっくりしてるんですよ。あたりまえの話だが」

「それもこれも、わたくしの言葉が足らなかったからでございます」と、嘉助が小さくなって言った。

「ぜんたい、いくら旬のものとはいえ、どうして鰹一本に千両も払わないとならねえんですかい？」

伊勢屋の主人の顔をじっと見つめて、茂七は訊いた。主人は小さく咳払いをすると、

「信じていただけないかもしれませんが」と前置きして、始めた。

「わたくしどもには、先代のころから懇意にしている、占いをよくする方がおられます。その方のお勧めにしたがって、鰹に千両払うことになったのでございます」

実はこのところ、伊勢屋の商いの風向きが芳しくないのだという。それを打開するには、何かの形で一時に大金を散財し、金と商いの流れに風穴を開けるがいいと言われたのだそうだ。

「散財と言われましても、さて困りました。これと言ってほしいものなど見当たり

ませんし、金の使い途がございませんのでね。そこで季節柄、鰹を買うことにしたのです。買い叩くなら文句も言われようが、高く買う分ならそれもあるまいと」

「じゃ、角次郎を選んだのは偶然だと?」

これには番頭がうなずいた。「はい。わたくしがたまたま見付けたというだけのことでございます。あの魚屋の鰹は確かに品もよさそうだし、それにどうせ高く買うのなら、大きな魚屋よりも、棒手振りから買ったほうが相手にも喜んでもらえると思ったものでございますから」

茂七はゆっくりと煙草を吹かした。

占いに凝る者なら、それなりに筋の通った話だと思うのかもしれないが、茂七には、逆立ちしてもはいそうですかと受け入れることのできる筋書ではなかった。なんだってこんな出鱈目を並べてまで、鰹に千両払おうとするのだろう?

伊勢屋の主人は、懐から紫色の袱紗を取り出した。ゆっくりと開く。なかから切餅――二十五両の包みがふたつ現れた。

「些少ではございますが、親分さんにはこれをご迷惑料としてお受け取りくださいますでしょうか」

おしいただくようにして、茂七に金を差し出す。茂七は煙草を吹かしながら、黙っていた。

そして、唐突に言った。「誰だか知らんが、盗み聞きはいけませんな」

伊勢屋の主人と番頭がはっと身じろぎした。茂七は素早く立ち上がり、座敷の唐紙をからりと開けた。そこには、驚きのあまり動くこともできず、身を強ばらせて顔青ざめた、女がひとり座っていた。

だがその顔を見たとき、今度は茂七のほうが、すっと血の気の引く思いを味わった。

「これは失礼を」と、伊勢屋が謝っている。

「わたくしの家内の加世でございます。どうぞお気を悪くなさいませんようにお願いいたします」

伊勢屋の声など、右から左に通過してしまっていた。ただ、「家内」という言葉だけがひっかかった。なるほどこの女はもう三十も半ばすぎの年代だ。

だが――歳のことをさておけば、その顔は、茂七がごく最近見たある顔に、生き写しと言っていいほどよく似ていた。肌の白さも、目元の涼しさも。

その顔とは――おはるの顔である。

もちろん金など受け取らず、俺がいいと言うまでは、角次郎一家には近づかないようにと厳重に釘をさして、茂七は伊勢屋をあとにした。

家に戻ると、権三が待っていた。

「これと言って、怪しいところなどないお店ですよ」と言った。「商いのほうも順調ですし、奉公人に不始末があったという噂も聞かない。鰹一本に千両、ぽんと出せるくらいの身代はあるでしょう」

茂七はゆっくりうなずいた。

「廊下を歩いているとき、妙に線香の匂いが鼻についたんだが、家のなかの誰かがなんまんだぶに凝ってるとかいうことはないかい？」

権三は微笑した。「さあ、そこまでは、今日の調べじゃわかりません。でも、その線香は、きっと娘のためですよ」

「娘？」

「ええ、ひとり娘のおみつというのが、半年ほど前に亡くなっているんです。疱瘡だったそうで」

茂七はぐっと考え込んだ。

「なあ、権三。伊勢屋ってのは、相当な老舗かい？」

「はい、今の主人で六代目ですからね」

「先代夫婦はまだ元気なのか？」

「いえ、ふたりとも、もう亡くなっています。先代の主人のほうは三年前に、お内儀のほうは、おみつが亡くなるほんの少し前に。ですから、葬式が続いたという意味では、このところ伊勢屋はついてなかったということになりますな」

　ここでちらりと、権三は苦笑した。

「先代のお内儀はなかなか気性の激しい女だったようですよ。すぐ裏の雑穀問屋で話を聞いたんだが、今のお内儀、つまり嫁の加世を怒鳴りつける声が、一日中聞こえていたそうです。もともと加世は、伊勢屋に出入りしていた染め物屋の娘でしてね。加世にしてみれば玉の輿ですが、伊勢屋の側から見れば、庭先からもらった嫁ということになる。先代のお内儀は、それが面白くなかったようで、ことあるごとに加世をいじめていたらしい」

　無言のまま腕組みをして、茂七は何度もうなずいた。

　おおかた見えてきた。しかし、嫌な話だ——

五

その晩、茂七はひとり、富岡橋のたもとの路地に出ている稲荷寿司屋台を訪れた。

客の切れ目であるらしく、親父がひとりでぽつねんとしている。茂七が声をかけると、

「おや、親分。今夜はお茶をひいているところです」と、薄い笑みを浮かべた。

近づいていって、茂七は驚いた。親父の屋台のすぐ後ろに、大きな酒樽をふたつ並べて、老人がひとり座っている。升がいくつか積んであるところを見ると、量り売りをしているらしい。

稲荷寿司屋の親父が、笑いを含んだ声で言った。

「私は酒を売りません。酒の扱いがわかりませんのでね。でも旨い料理にはやはり酒がほしいというお客さんの声が多いんで、こうして手を組むことにしたんですよ」

親父の声をよそに茂七は酒売りの老人の横顔を、じっと見つめていた。頬かぶり

をして顔を背けているので、すぐにはわからなかった。が、よく見ると――

「おめえ、猪助じゃねえか。そうだな？」

老人はゆるゆると頬かぶりをとると、茂七に向かって深く頭をさげた。

「身体のほうはもういいのかい？」

「おかげさんで、元気になりやした」

今年正月の藪入りに、大川端で女の土左衛門があがった。調べてみるとこれは担ぎの醬油売りのお勢という女だった。

猪助は、そのお勢の親父である。お勢が殺された当時は、身体を損ねて小石川の養生所に入っていた。

元気なころには酒の担ぎ売りをしていた男だ。では、こういう形で商いに戻ったというわけか。なるほどこれなら、病み上がりのじいさんが一日酒を担いで歩かなくても、この屋台のそばにいるだけで、充分な商いをすることができる。

（それにしても……）

茂七は稲荷寿司屋の親父を横目で盗み見た。

なんでこんなことを思い付いたのだろう？　どうやって猪助とつながりを持ったのだろう？

「なんになさいます、親分」

親父が声をかけてきた。茂七は彼の目を見返し、そこに手強そうな壁を見いだし、ため息と共に言った。

「あっちのじいさんから酒をもらうよ。おめえさんからは、鰹の刺身だ。昼間、たいそうな立ち回りをして買った鰹だそうだから、俺にも馳走してくれよ」

親父は眉毛一本動かさず、「へい」と答えると仕事にかかった。稲荷寿司屋でありながら、椀物焼き物刺身何でもございがこの屋台の売りである。

「今夜の親分は、いくらかふさいでいなさるね」

茂七が升酒を一杯あけたころ、親父が声をかけてきた。

「ここへ来るときは、俺はいつだってふさいでるんだよ」

このところ茂七は、考えごとにゆきづまったり、あるいは、考えごとの答えは出たが、それが気の滅入るような落ちであったりした場合、決まってこの屋台に来るようになってしまった。

今夜は、そのあとのほうだ。明日になれば、嫌な役目が待っている。今頭のなかにあることに間違いがなければ、とてつもなく辛いことになる仕事が待っている。

「あまり酒をすごさないでくださいよ」

親父は言って、それきり黙った。

黙々と飲みながら、角次郎夫婦とおはると伊勢屋夫婦のことを頭から追い払うためにも、茂七はしきりと考えていた。この親父は何者だろう？　梶屋とどんなつながりがあるのだろう？

元は侍だったらしい。今日、糸吉が見た立ち回りなどからも、それは当たっているだろう。だがしかし、それと梶屋が、どうつながる？

頭のなかがふくれてきて、酔いのせいで舌も軽くなり、思わず、（なあ親父、あんた梶屋の勝蔵とどういう関（かか）わりがあるんだい？）と、口に出してしまいそうになったそのとき、稲荷寿司屋の親父が、

「おや」と声をあげた。屋台の向こう側で、手元に視線を落としている。

「なんだい？」

茂七は立ち上がって親父の手元をのぞきこんだ。

「めずらしいものですよ」と、親父が言う。

どんぶり鉢のなかに、卵がひとつ、割り入れてある。ひとつなのに、黄身がふたつある。双子の卵だった。

「卵汁をこしらえようと思いましてね」と、親父が言った。「稲荷寿司によくあい

ますから」

「そいつは嬉しいな」と、茂七はうわのそらで言った。双子の黄身を見たとたん、明日こなさなければならない役目を思い出したのだ。

茂七はそそくさと稲荷寿司を食べ、卵汁をのんだ。どうも気勢があがらない。ほかの客たちがやってきて、長い腰掛けがにぎやかになってきたのをしおに、立ち上がった。

金を払って屋台を離れ、富岡橋に向かって路地を出ようとしたとき、右手の暗がりのほうに、何者かの気配を感じた。足を止めて目をこらすと、格別工夫をこらして隠れている様子ではないその者は、茂七に気づいてちらりとこちらを見た。

梶屋の勝蔵だった。

いかつい顔に猪首（いくび）、手の甲にまで彫り物がある。顎のところには、昔よほど鋭い刃物で切られたのだろう、肉が一筋（ひとすじ）盛り上がった醜い傷跡（みにくいきずあと）が斜めに走っていた。

「こんなところで何してる」

茂七の問いに、勝蔵は視線をそらしただけで答えなかった。

「稲荷寿司を食ってきたらどうだ。うめえよ」

それにも、何も言わない。

「なあ、勝蔵。あの親父、何者だ？　おめえはあいつを知ってるのか？」

ややあって、死にかけた犬が、それでも縄張を荒らそうとする新参者の犬に向かって唸るような低い声で、勝蔵は答えた。

「俺は知らねえ」

「じゃあ、なんであいつから所場代をとらねえんだ？」

勝蔵は答えない。ただじっと、屋台の親父を見つめている。と思うと、いきなりくるりと踵を返して、橋を渡って行こうとする。

「おい、勝蔵」

茂七の呼びかけは、空しく闇に吸い込まれてゆく。


翌朝夜明け前に、宿酔いで少しばかりぼうとした頭を抱えて、茂七は三好町の角次郎夫婦の住まいを訪れた。

これから河岸へ行くという角次郎を引き止め、夫婦ふたりを長屋の木戸の外に連れ出して、茂七は言った。

「俺がこれから訊くことに、正直に答えてくれ。おめえたちが素直に返答してくれて、そのうえで俺の頼みを聞いてくれたら、俺はこの先、すべてを忘れて聞かなかったことにするから」

夫婦は不安そうに顔を見合わせ、寄り添った。

「なんでしょう?」

茂七は、斬って捨てるような勢いで言った。

「おはるは、おめえら夫婦の子じゃねえな? 拾った子だろう。たぶん、生まれたばっかりの赤ん坊のころに。きっと、おめえらがまだ柳橋にいたころに」

おせんが見る見る真っ青になり、角次郎は彼女の肩を抱き支えた。

「正直に答える約束だぜ。どうだ?」

つっぱっていた肩をがっくりと落として、角次郎がうなずいた。

「……そうです」

「そうか」

「今までずっと隠してきました。おはる本人も、このことは知りません。柳橋のたもとに、古着に包まれて捨てられていたのを見つけたんです。可哀相で……思わず連れて帰ってきちまいました」

泣くような声で、おせんが言った。「あたしらのあいだには子供ができなかったし、おはるは本当にあたしらの娘と同じです。こっちに移ってきたのも、あの子が捨て子だったってことを知ってる近所の人たちから、あの子を引き離したかったから……。だからうちの人には商いの縄張をかえてもらって、あたしも柳橋のお得意を全部捨てて」

「それでよかったんじゃねえか」

茂七は強くうなずいた。

「訊きたいのはそれだけだ。で、俺の頼みってのはこうだ。あの千両のことは忘れてくれ。あれはただの、金持ちの粋狂だ。まともな話じゃなかった」

夫婦はびくりと身体を震わせた。が、それは、金惜しさから生まれた反応ではなかった。おせんが茂七に詰め寄った。

「それ、どういうことです、親分さん。おはるのことと、あの千両が何か関わりがあるってことですか？」

茂七は彼女の目を見据えた。それから訊いた。

「もしもそうだと言ったら、おめえはどうする？」

「どうって？」

「おはるをとるか、千両をとるか」

いきなり、おせんが茂七の横面を張った。やってしまってから、彼女自身が驚いたらしい。ふらふらと倒れかかった。角次郎があわてて支える。

「それでいいよ、安心した」

ぶたれた頬がひりひりするが、茂七はにやりと笑った。

「おはるを大事にな」

言い置いて、背を向けた。


伊勢屋でも、昨日茂七が去ったあと、ちょっとした騒ぎが起こったらしい。訪ねてゆくと嘉助が出てきて、お内儀さんが具合が悪くなられてお目にかかれないという。

「旦那だけでもいい。ぜひ会いたいと伝えてくれ」

昨日と同じ座敷で、今度はあまり待たされずに済んだ。伊勢屋の主人はむくんだような顔つきで、まぶたが少し腫れていた。

「てっとり早く言おう」と、茂七は切り出した。「棒手振りの角次郎の娘のおはるは、その昔――十三年前に、あんたら夫婦が柳橋に捨てた赤ん坊だな？」

伊勢屋の主人は答えなかった。しきりとまばたきばかりを繰り返す。

「おはるは、半年前に疱瘡で死んだ、あんたらの娘のおみつの双子の妹だ。あんたのお内儀さんは、双子の娘を産んだんだろう」

　まばたきをやめて、伊勢屋は小声で訊いた。「なぜわたくしどもが赤ん坊を捨てねばならないんでしょう」

「あんたら夫婦は捨てたくなかっただろう。だが、捨てないわけにはいかなかった。あんたの親――とりわけ気の強いあんたのおっかさんが、身分の低い娘を嫁にするからこんなことになるんだ、加世は畜生腹（ちくしょうばら）だったじゃないかと言って、相当騒ぎたてたろうからな」

　伊勢屋の主人は首うなだれた。

「お武家さんや商人の家では、双子を嫌うもんだ」と、茂七は続けた。「子宝（こだから）が一度にふたつ授（さず）かることを、どうしてそんなに嫌がるのか、俺にはさっぱりわからねえがな」

「わたくしだって辛かった」

　書かれたものを読むように、平たい声で伊勢屋は言った。

「この十三年、わたくしも加世も、どれだけ苦しんだことか」

「ところが、その怖いおっかさんはもういない」と、茂七は言った。「おまけに、あろうことかおみつも死んでしまった。あんたらは寂しくなり、捨てた赤ん坊を取り返したくなった。それでおはるを探し出した。よくまあ、半年足らずであの子を見つけることができたもんだな」

「居所はずっと以前から知っていました」と、伊勢屋は言った。「捨てたときに、どんな人が拾ってくれるかと、物陰（ものかげ）に隠れて見ていたんです。あとを尾（つ）けて、身元も確かめていました。わたくしどもにも、そういう親心はあったんです」

茂七は声を厳しくし、伊勢屋の顔を見据えた。

「じゃあ、あの千両はどういうつもりだった？　おはるの家に恵んでやるつもりだったのか？　それとも、そういう妙なことをやらかして、あの家とつなぎをつけたかったのか？　いきなり訪ねていって、おはる、おまえの本当の親はわたしたちだよと言って謝る勇気はなかったのか？　だから小細工しようとしたのか？」

伊勢屋は声を絞りだした。「あの子に幸せになってほしかった。棒手振りの魚屋の娘じゃ、あまりに可哀相だ――」

「棒手振りのどこがいけねえ。今でも充分に幸せだよ、おはるは。あの子はあんたらの子じゃない。あんたらの赤ん坊は、十三年前捨てられたときに死んだんだ。何千両払ったって、買い戻しはきかねえ」

伊勢屋は顔を伏せてしまった。

「諦めるんだな」茂七はつっぱなすように言った。「それで相談だ。なあ伊勢屋さん、あの千両、角次郎に払ったと思って俺にくれないものかね？」

伊勢屋はさっと顔をあげた。顔面が紅潮していた。

「どういう意味です？」

「そうさな、口止め料だ」

「払わなければ、わたくしたちがしたことをおはるに話すというんですか？」

茂七は黙っていた。しばし無言で茂七を睨んでから、伊勢屋ははじかれたように立ち上がり、座敷を飛び出した。

しばらくして足音も荒く戻ってきた。昨日も見せられたあの袱紗をひっつかんでいた。

「そら、これだ」

金を茂七の目の前に投げ出した。

「持って帰るがいい。この野良犬め！」

茂七はゆっくりと金を拾った。それから、それを袱紗に包み直した。伊勢屋はずっと、肩で息をしながらそれを見つめていた。

「じゃあ、伊勢屋さん」

茂七は包んだ袱紗を伊勢屋の前に滑らせた。

「俺はこれを、あんたに払う。俺からあんたへの、口止め料だ」

伊勢屋の口が、がくんと開いた。

「二度と、おはるにちょっかいを出すな。あの子が捨て子であることを、この世の誰にも口外するな。いいな?」

それだけ言うと、茂七はさっさと立ち上がった。

廊下を歩いていると、昨日と同じように線香の匂いがした。茂七はそこで足を止め、軽く合掌（がっしょう）した。

それから数日後、おはるが茂七の住まいを訪れた。

「今度のことのお礼ですって、おとっつぁんとおっかさんが」

彼女が差し出したのは、一本の見事な鰹だった。

「もしもよろしければ、おとっつぁんがこれをおろしにうかがいますけどもって言ってました。どうします、親分さん?」

にっこり笑って、茂七はおはるに言った。

「頼むよって、おとっつぁんに伝えてくれ。おっかさんによろしくな」

脇でかみさんが呆れている。

「よくわからないわねえ。あの鰹を千両でどうのこうのってことでしょう？　おまえさん、何もしなかったじゃないの」

いや、一発張り飛ばされたと、茂七は心のなかで思った。

解説

細谷正充

二〇一七年十一月に刊行された、時代小説アンソロジー『あやかし』は、幸いにも多くの読者の支持を受けることができた。本書『なぞとき』は、それに続く第二弾だ。もちろん作者は、すべて女性。そして、『あやかし』のテーマがホラー（妖怪や怪異）だったの対して、こちらは捕物（とりもの）である。

さて、各作品に触れる前に、もう少し捕物帳（帖）について記しておこう。小説のジャンルとしては珍しく、捕物帳は出発点が明確である。大正時代に岡本綺堂（きどう）が始めた、「半七（はんしち）捕物帳」シリーズだ。岡っ引き・三河町の半七を主人公とした短篇シリーズは、優れた文章による、克明な江戸の描写により、捕物帳のひとつのスタイルを確立した。その後、江戸を庶民のユートピアとした「銭形平次（ぜにがたへいじ）捕物控」シリーズを、野村胡堂が執筆。綺堂と並ぶ、捕物帳の巨匠となる。

かくして時代小説の一ジャンルとなった捕物帳は、無数の作家とシリーズによって、大きく発展していく。戦後、GHQ（連合国軍最高司令官総司令部）の方針によるチャンバラの制約があったが、それに抵触しない捕物帳が大量に執筆され、ブームを巻き起こしたこともあった。また一九七〇年代以降、岡っ引きを庶民の嫌われ者にした笹沢左保の「地獄の辰・無残捕物控」シリーズ、捕物帳で本格ミステリーを実践した都筑道夫の「なめくじ長屋捕物さわぎ」シリーズ、職業としての岡っ引きを描いた佐藤雅美の「半次捕物控」シリーズなど、次々と新機軸を打ち出した捕物帳が生まれている。さらに平岩弓枝の「御宿かわせみ」シリーズのように、捕物帳のテイストを持つ市井物も、数多い。まさに百花繚乱なのだ。

本書は、その膨大な作品群の中から、捕物帳の収穫というべき、現在の傑作秀作を精選したつもりである。以下、各作品の読みどころを解説していこう。

「五月菓子」和田はつ子
現代ミステリーで活躍していた作者は、二〇〇五年二月に刊行した『藩医 宮坂涼庵』で、時代小説に進出した。同年十一月、小学館文庫から『口中医桂助事件帖南天うさぎ』を出版したのを皮切りに、これをシリーズ化すると、怒濤の勢いで文庫書き下ろし時代小説を刊行。その他にも「料理人季蔵捕物控」「鶴亀屋繁盛記」「やさぐれ三匹事件帖」「ゆめ姫事件帖」「お医者同心 中原龍之介」等のシリーズがある。そしてこの中で、特に人気が高いのが「料理人季蔵捕物控」シリーズだ。ここに選んだ作品は、その一篇である。

　主人公は日本橋にある一膳飯屋「塩梅屋」で働く、料理人の季蔵。ちょっと複雑な過去がある（作中でちらっと名前の出てくる〝瑠璃〟という女性も、それに関係している）のだが、知らなくても本作を読むのに、差支えはない。料理人の傍ら、北町奉行・烏谷椋十郎の密命を受けて動くことがあるとだけ、覚えておけばいいだろう。

　今回、季蔵がかかわるのは、商家の妾が、主の跡取り息子を毒殺したという事件である。別々の人から話を聞き、妾が犯人であることに疑いを抱いた季蔵は、ひそかに調査を始める。事件の真相は単純だが、それゆえに意外性が抜群。このネタを、時代小説で使うのかと感心した。また、季蔵の料理が、どれもこれも美味しそう。かつて私は、本シリーズの推薦文を求められて、「味よし、謎よし、すべてよし」という文章を作った。その推薦文を、あらためて本作にも贈りたい。

「煙に巻く」梶よう子

お次は岡っ引きと並んで、捕物帳の主役になることが多い、同心を扱った作品にしよう。といっても奉行所の花形である定廻りではなく、北町奉行所の諸色調掛――物の値段を調べる同心である。

もともとは定町廻りを経て、隠密廻りを務めていた澤本神人。訳あって、諸色調掛同心をしているが、生来楽観的な性格で、今の境遇を気にしてはいない。私生活では、妹が命と引き換えに産んだ姪の多代を育てている。そのため三十を過ぎても独身だが、そちらもたいして気にならない。とにかく太平楽な男だ。

だが、同心としての能力は優れている。イケメンの双子により繁盛している煙草屋を調査したのが縁になり、ある殺人事件を解決することになるのだ。双子が出てきた時点で、ミステリー・ファンならば、あれこれトリックを考えてしまうだろう。そのあたりのことを詳しく書くわけにはいかないが、実に巧みな使い方をしている。全体に流れるユーモラスな雰囲気もいい。秀作である。

なお、ちらりと登場するお勢という女性は、以前の事件の関係者だ。興味を覚えた人は、シリーズをまとめた『商い同心 千客万来事件帖』にも、手を伸ばしていただきたい。

「六花の涼」浮穴みみ

第三十回小説推理新人賞を受賞した、浮穴みみのデビュー作「寿限無　幼童手跡指南・吉井数馬」は、時代ミステリーであった。その後、時代エンターテインメントから歴史小説まで、縦横に作風を広げた作者だが、ミステリー味の強い物語が多い。人情時代小説と帯で謳われた連作集『こらしめ屋お蝶花暦　寒中の花』も、そのような一冊である。どの話もミステリーの趣向が凝らされているが、なかでも佳品といっていい本作を収録することにした。

元は深川芸者だったが、花屋の伊三郎と好き合い夫婦になったお蝶。しかし伊三郎は、「御役目が終わったら、きっと帰ると約束する」と言い残し、姿を晦ましてしまう。伊三郎の言葉を信じたお蝶は、御茶漬屋「夢見鳥」を開き、夫の帰りを待っている。気風のいいお蝶は、よくお節介を焼いては、困っている人を助ける。そんな彼女のことを人々は、親愛の情を込めて、こらしめ屋お蝶と呼ぶのだった。

というのが、シリーズの基本設定である。本作でもお蝶は、お節介を焼きまくり。冒頭で、かっぱらいを捕まえ、取り戻した変化朝顔を少女に返却する。だが少女は、女装した少年であった。この奇妙な出来事を切っかけにお蝶は、ある商家の騒動に介入することになる。ありふれた騒動の裏に秘められた、事件の真の構図が面白く、健気な少年のために奔走するお蝶も魅力的。気持ちのいい物語だ。

「人待ちの冬」澤田瞳子
骨太の歴史小説で知られる澤田瞳子は、一方で、時代小説の連作集も上梓している。「京都鷹ケ峰御薬園日録」シリーズだ。京都の鷹ケ峰にある幕府直轄の薬草園で働く元岡真葛を主人公にした市井物だが、ミステリーの要素も濃厚で、捕物帖として楽しむことができる。そこで本書では、シリーズ第一話となる「人待ちの冬」を収録した。ヒロインの真葛の設定は、かなり入り組んでいるが、そちらは物語で参照していただきたい。

卓越した調薬と、薬草栽培の腕を持つ真葛のもとに、評判の悪い薬種屋「成田屋」に関する、不審な話が持ち込まれる。八年あまり奉公している雪という女性と、連絡が付かなくなったというのだ。雪の弟が行っても、追い払われる始末である。頼み込まれて「成田屋」を訪ねた真葛だが、たしかに様子がおかしい。「成田屋」の秘密を探る真葛は、ある真実に到達するのだが……。

「成田屋」の秘密は、さほど驚くようなものではない。だが、終盤の展開には驚愕した。あまりにも厳しい現実と、真葛は対峙することになるのだ。シリーズ第一話で、これほどの悲劇を描くとは。澤田瞳子、時代小説でも骨太である。

「うき世小町」中島要

中島要の作品を読んでいると、いつも〝有情無情〟という言葉が浮かぶ。きっと、人の有情と無情が、物語世界の中で、混ざり合っているからだろう。「六尺文治捕物控」シリーズの第二話である、本作もそうだ。

捕物上手として知られる千手の辰三親分が、大悪党を追って行方知れずになった。残された子分の文治は、親分の行方を探しながら、縄張りを守ろうと奮闘する。一方、辰三の娘のお加代は、母親と一緒に一膳飯屋を営んでいた。だが、男だったら父親の後を継げたのにと不満を抱き、いらだちを文治にぶつけている。そんなお加代が、辰三の情報を得るための金が必要になり、「江戸錦絵小町比べ」に参加することを決意。しかしそれが、幼馴染の殺される事件へと繋がっていくのだった。

文治を侮っているお加代だが、彼女の行動の方が、よっぽど危なっかしい。前半で危機に陥るのも、自業自得というべきか。さらに後半の殺人事件で、お加代を含めた三人の幼馴染の愚かさが浮き彫りになる。人の心の哀しみを掬い上げながら、しかし眼差しは冷徹。だから、有情と無情が、鮮やかに表現されているのだ。ここに物語の魅力がある。

ところで本作だけ読むと、お加代が嫌な娘に見えるかもしれない。でも彼女は、さまざまな事件や体験を通じて成長していく（もちろん文治も）。ふたりの主人公の変化も、シリーズならではの楽しみとなっているのだ。

「鰹千両」宮部みゆき

掉尾を飾る作品は、宮部みゆきの「回向院の茂七」シリーズからチョイスした。本所一帯を預かる岡っ引き・回向院の茂七を主人公にした、このシリーズには、ふたつの特徴がある。ひとつは何らかの食べ物が、登場したりモチーフになったりしていること。そしてもうひとつが、いつも富岡橋のあたりに屋台を出している、謎の稲荷寿司屋だ。その正体を気にしながら、しだいに茂七が寿司屋の親爺と親しくなっていく様子が、シリーズのポイントとなっている。さらに付け加えると、本作で寿司屋の隣で酒を売っている老人は、シリーズ第一話「お勢殺し」の関係者だ。しかし、この話の筋には絡まないので、気にする必要はないだろう。

回向院の茂七は、棒手振りの魚売りの角次郎から、奇妙な相談を受けた。ある商家が、角次郎の扱う鰹を、千両で購入するというのだ。親子三人で暮らす角次郎一家にとっては、降ってわいたような幸運。しかし信じていいのか。角次郎の話を聞いた茂七は、商家に乗り込み、意外な真実に到達する。

角次郎を読者に紹介する、巧みな導入部。繊細に描かれる、角次郎の女房の揺れる心。意外な真実と、それを踏まえた茂七の爽(さわ)やかな行動。どこを取っても素晴らしい。脂(あぶら)の乗った鰹のように、味わい深い名品である。

オーソドックスな岡っ引きから、市井の人々、さらには異色の同心まで、主人公は多士済々(たしせいせい)。ストーリーも、それぞれ独自の魅力がある。現在の捕物帳が、どれだけバラエティに富んでいるか、分かってもらえただろうか。「半七捕物帳」シリーズから始まった捕物帳は、これからまだまだ発展する。本書に収録した作品によって、そのことをあらためて確信したのである。

（文芸評論家）

出典

「五月菓子」（和田はつ子『おやこ豆 料理人季蔵捕物控』所収　ハルキ文庫）
「煙に巻く」（梶よう子『商い同心 千客万来事件帖』所収　実業之日本社文庫）
「六花の涼」（浮穴みみ『こらしめ屋お蝶花暦 寒中の花』所収　双葉文庫）
「人待ちの冬」（澤田瞳子『ふたり女房 京都鷹ヶ峰御薬園日録』所収　徳間文庫）
「うき世小町」（中島 要『晦日の月 六尺文治捕物控』所収　光文社文庫）
「鰹千両」（宮部みゆき『〈完本〉初ものがたり』所収　ＰＨＰ文芸文庫）

本書は、ＰＨＰ文芸文庫のオリジナル編集です。

著者紹介

和田はつ子（わだ　はつこ）

東京都生まれ。日本女子大学大学院修了。出版社勤務の後、『よい子できる子に明日はない』がテレビドラマの原作となり注目される。著書に「口中医桂助事件帖」「ゆめ姫事件帖」「料理人季蔵捕物控」シリーズなどがある。

梶よう子（かじ　ようこ）

東京都生まれ。2005年、「い草の花」で九州さが大衆文学賞大賞を受賞。08年、「一朝の夢」で松本清張賞を受賞。16年、『ヨイ豊』で歴史時代作家クラブ賞作品賞を受賞。著書に『北斎まんだら』『墨の香』「御薬園同心 水上草介」シリーズなどがある。

浮穴みみ（うきあな　みみ）

1968年、北海道生まれ。千葉大学文学部卒。2008年、「寿限無」で小説推理新人賞を受賞。著書に『夢行脚』『おらんだ忍者（しのび）・医師了潤』、明治開化短編集『鳳凰の船』などがある。

澤田瞳子（さわだ　とうこ）

1977年、京都府生まれ。同志社大学卒、同大学院前期博士課程修了。2011年、『孤鷹の天』で中山義秀文学賞受賞。12年、『満つる月の如し 仏師・定朝』で本屋が選ぶ時代小説大賞、13年、新田次郎文学賞受賞。16年、『若冲』で親鸞賞受賞。著書に『腐れ梅』『火定』などがある。

中島　要（なかじま　かなめ）

早稲田大学教育学部卒。2008年、「素見（ひやかし）」で小説宝石新人賞を受賞。10年、『刀圭』で単行本デビュー。著書に『酒が仇と思えども』「着物始末暦」「六尺文治捕物控」シリーズなどがある。

宮部みゆき（みやべ　みゆき）

1960年、東京都生まれ。87年、オール讀物推理小説新人賞を受賞し、デビュー。92年、『本所深川ふしぎ草紙』で吉川英治文学新人賞、93年、『火車』で山本周五郎賞、99年、『理由』で直木賞、2002年に『模倣犯』で司馬遼太郎賞、07年、『名もなき毒』で吉川英治文学賞を受賞。著書に『桜ほうさら』『〈完本〉初ものがたり』『この世の春』などがある。

編者紹介
細谷正充（ほそや　まさみつ）
文芸評論家。1963年生まれ。時代小説、ミステリーなどのエンターテインメントを対象に、評論・執筆に携わる。主な著書・編著書に、『あやかし〈妖怪〉時代小説傑作選』『西郷隆盛 英雄と逆賊 歴史小説傑作選』『歴史・時代小説の快楽 読まなきゃ死ねない全100作ガイド』『情に泣く 人情・市井編』などがある。

PHP文芸文庫　なぞとき
〈捕物〉時代小説傑作選

2018年1月23日　第1版第1刷
2018年9月20日　第1版第4刷

著　者　和田はつ子　梶よう子
浮穴みみ　澤田瞳子
中島　要　宮部みゆき
編　者　細谷正充
発行者　後藤淳一
発行所　株式会社PHP研究所
東京本部　〒135-8137 江東区豊洲5-6-52
第三制作部文藝課　☎03-3520-9620（編集）
普及部　☎03-3520-9630（販売）
京都本部　〒601-8411 京都市南区西九条北ノ内町11
PHP INTERFACE　https://www.php.co.jp/

組　版　朝日メディアインターナショナル株式会社
印刷所　図書印刷株式会社
製本所　東京美術紙工協業組合

ISBN978-4-569-76796-3

PHP文芸文庫

あやかし

〈妖怪〉時代小説傑作選

宮部みゆき、畠中恵、木内昇、霜島ケイ、小松エメル、折口真喜子 共著／細谷正充 編

いま大人気の女性時代小説家による、アンソロジー第一弾。妖怪、物の怪、幽霊などが登場する、妖しい魅力に満ちた傑作短編集。

定価 本体八二〇円（税別）

PHP文芸文庫

〈完本〉初ものがたり

宮部みゆき 著

岡っ引き・茂七親分が、季節を彩る「初もの」が絡んだ難事件に挑む江戸人情捕物話。文庫未収録の三篇にイラスト多数を添えた完全版。

定価 本体七六二円（税別）

PHP文芸文庫

桜ほうさら（上）（下）

宮部みゆき 著

父の汚名を晴らすため江戸に住む笙之介の前に、桜の精のような少女が現れ……。人生のせつなさ、長屋の人々の温かさが心に沁みる物語。

定価 本体各七四〇円（税別）